데미안

지은이
헤르만 헤세

독일의 시인, 소설가, 화가. 1877년 독일 남부 소도시 칼프에서 선교사의 아들로 태어났다. 열네 살 때 어려운 시험을 통과해 신학교에 입학하지만, 시인을 꿈꿨던 헤세는 학교를 중퇴한 뒤 서점원, 시계공장 견습공 등으로 일했다. 서점에서 일하며 글을 쓰기 시작하면서 작가로서의 발걸음을 내디뎠다. 1899년 첫 시집 『낭만적인 노래』를 출간했고, 1904년 첫 번째 소설 『페터 카멘친트』를 발표하며 명성을 얻기 시작했다. 1906년 자전적 소설 『수레바퀴 아래서』를 출간했고, 1919년 '에밀 싱클레어'라는 필명으로 발표한 『데미안』이 큰 반향을 일으켰다. 주요 작품으로 『크눌프』, 『싯다르타』, 『황야의 이리』, 『나르치스와 골드문트』 등이 있으며 『유리알 유희』로 노벨 문학상과 괴테상을 수상했다. 1962년 스위스 몬타뇰라에서 뇌출혈로 세상을 떠났다.

옮긴이
한다해

경영학을 전공했고 외국계 기업에서 마케터로 근무한 경력이 있다. 현재는 바른번역 전문번역가로 활동 중이다. 옮긴 책으로는 『착각에 빠진 리더들』, 『만들어진 붕괴』 등이 있다.

데미안

DEMIAN
Hermann Hesse

헤르만 헤세 한다해 옮김

서 사 원

CONTENTS

서문 | *6*

제1장 | 두 세계 *11*

제2장 | 카인 *39*

제3장 | 도둑 *68*

제4장 | 베아트리체 *96*

제5장 | 새는 알에서 나오려 몸부림친다 *127*

제6장 | 야곱과 싸움 *152*

제7장 | 에바 부인 *184*

제8장 | 종말의 시작 *221*

DEMIAN

서문

**나는 그저 내 안에서 절로
우러나오는 삶을 살고 싶었을 뿐이다.
그게 왜 그토록 어려웠을까?**

내 이야기를 하려면 머나먼 시간을 거슬러 올라가야 한다. 가능하면 더더욱 멀리, 내 어린 날들의 최초 시작으로, 그보다 훨씬 아득히 먼 내 존재의 근원으로까지 돌아가야 할 것이다.

작가들은 소설을 쓸 때 자신이 신이라도 되는 양 행동하는 경향이 있다. 마치 전지전능한 신이 어느 누구의 인생사든 그 너머를 꿰뚫어 보고 깊이 이해하며 모든 진실을 있는 그대로 들려주는 듯한 태도로 이야기를 펼쳐 보이려 한다. 하지만 나는 그런 능력이 없으며, 다른 작가들도 마찬가지다. 그러나 나의 이 이야기는, 여느 작가들에게 자신의 작품이 중요한 그 이상으로 의미가 있다. 왜냐하면 나 자신의 이야기이고, 한 인간의 이야기이기 때문이다. 그러니까 이상화한 가공의 인물이 아닌 진짜로 살아 있는 유일무이한 존재의 이야기인 것이다.

오늘날, 진짜로 살아 있는 인간이란 무엇인지를 정의하는 일은 그 어느 때보다 미궁 속에 빠져 있다. 인간 하나하나가 다 자연의 고귀하고 독창적인 시도이건만, 그런 존재들이 무차별적으로 총에 맞아 쓰러져가고 있다. 우리들 각자가 유일무이한 존재 그 이상이 아니고, 단 한 발의 총탄으로 정말 이 세상에서 사라져도 되는 존재에 불과하다면, 한 사람의 인생사를 이야기하는 일이 무슨 의미가 있겠는가. 하지만 모든 인간은 그 자신일 뿐만 아니라, 하나뿐인 독특한 점, 어떤 경우에도 특별한 의미를 지니고 주목할 가치가 있는 하나의 점이며, 세상의 다양한 현상들은 그 점에서 오직 단 한 번, 반복되는 일 없이 교차한다. 그래서 한 사람 한 사람의 이야기는 귀중하고, 영원하고, 거룩하다. 그렇기에 한 사람 한 사람은 살아가면서 자연의 의지를 실현하는 한, 한없는 관심을 받을 만한 경이로운 존재이다. 각 인간의 영혼은 육신으로 태어나며, 그 안에는 온 창조의 고통과 십자가에 못 박힌 구세주가 있다.

오늘날, 인간이 무엇인지 아는 사람은 거의 없다. 대신 그것을 직감하는 사람은 많다. 그래서 그들은 더 쉽게 죽는다. 나 역시 이 이야기를 마치고 나면 더 쉽게 죽을 수 있을 것이다.

    나는 학문적인 것을 추구하는 사람이라고는 할 수 없다. 다만 언제나 진리를 찾아 헤매는 자였고, 지금도 그러하다. 하지만 더 이상은 별이나 책 속에서 찾지 않는다. 나는 내 핏속을 흐르는 깨달음의 속삭임에 귀를 기울이기 시작했다. 내 이야기는 유쾌하지 않고, 지어낸 이야기처럼 세련되게 조화롭지도 않다. 자기 자신을 기만하지 않겠다고 다짐한 모든 이의 삶이 그러하듯 내 이야기에는 어리석음과 혼돈, 광기와 꿈이 뒤섞여 있다.

    모든 인간의 삶은 자기 자신에게 이르는 여정이고, 길을 찾으려는 시도이며, 누구에게나 그 길은 암시적으로만 존재한다. 지금껏 누구도 온전한 자기 자신이 되어본 사람은 없지만, 누구나 그렇게 되기 위해 분투한다. 우둔한 자도, 총명한 자도 저마다 자신의 능력껏 애를 쓴다. 모든 인간은 출생의 잔류물, 태초의 점액과 알껍데기를 죽는 날까지 지닌 채 살아간다. 그

중 다수는 인간이 결코 되지 못하고 개구리로 머물거나 도마뱀, 개미에 그치고 만다. 상반신은 인간, 하반신은 물고기로 남는 이들도 상당수이다. 그럼에도 결국 그 모두는 한 인간을 창조하려는 자연의 시도이다. 우리 모두는 그 기원이 같다. 우리의 어머니에게서, 동일한 깊은 구덩이에서 왔다. 각 개인은, 그 심연으로부터 내던져진 실험적 존재로서, 자신만의 목적지를 향해 부단히 나아간다. 우리가 서로를 이해할 수는 있어도, 자기 자신을 해석할 수 있는 건 오직 자신뿐이다.

제1장

두 세계

                         열 살 때 작은 도시에서 라틴어 학교를 다니던 시절의 경험으로 내 이야기를 시작하려 한다.

  그 시절을 떠올리면 많은 것의 향기가 밀려와 슬픔과 기분 좋은 떨림으로 나의 마음을 흔들어 놓는다. 어두운 골목과 화창한 거리의 풍경, 집과 탑들, 시계 종소리와 사람들의 표정이 떠오르고, 편안하고 따뜻한 환대가 느껴지는 공간들, 은밀한 비밀과 으스스한 공포가 서린 방들도 생각이 난다. 그곳은 아늑한 공간, 토끼와 하녀, 손수 만든 약제와 말린 과일들의 향기로 가득한 세상이었다. 거기에는 두 세계가 얽혀 있었다.

빛과 어둠이 양극단에서 그곳으로 모여들었다.

하나는 부모님 집이라는 세계였다. 사실 이 세계의 범위는 제한적이어서 여기에 속한 사람은 아버지 어머니뿐이었다. 이 세계는 거의 모든 면에서 내게 익숙했다. 다시 말해 어머니와 아버지, 사랑과 근엄, 올곧은 행실과 생활 방식을 의미했다. 은은한 빛, 투명함, 가지런함이 깃든 세계이므로 부드럽고 상냥한 대화, 깨끗이 씻은 손과 단정한 옷차림, 올바른 예절이 일상이었다. 이 세계에서는 아침마다 찬송가가 울려 퍼졌고, 크리스마스 날이면 의식을 치렀다. 그 속에는 미래로 곧게 뻗은 길들이 있었고 의무와 죄의식, 양심의 가책과 자백, 관용과 선의, 사랑과 경외, 지혜와 성경 말씀이 있었다. 이 세계에서 순수하고 더럽혀지지 않으면서 아름답고 질서 있는 삶을 살기 위해서는 신중히 처신해야 했다.

반면 또 하나의 세계 역시 우리 집 한복판에서 시작되었지만, 완전히 다른 세계였다. 냄새와 언어가 달랐고 요구되는 바와 약속도 달랐다. 이 두 번째 세계에는 하녀들과 인부들이 살았으며, 괴담과 추문, 괴상하고 끔찍하지만 모두들 궁금해하는 불가사의한 사건들이 들끓었다. 도살장과 감옥, 술 취해 상스럽게 욕하는 여인들, 산통에 시달리는 암소들과 절름거리는 말들에 관한 이야기가 떠돌았고, 강도와 살인과 자살에 관한 소문도 들려왔다. 이토록 자극적이고 추악하며 과격하고 잔혹한 일들이 바로 옆 골목에서, 이웃한 집들에서, 사방팔방에서 벌어지고 있었다. 순찰단이 곳곳을 돌아다녔고, 떠돌이들이 활개 쳤으며, 술주정뱅이들이 아내에게 폭력을 휘둘렀다. 저녁이 되면 젊은 아가씨들이 공장에서 물밀듯 쏟아져 나왔고, 늙은 마녀들은 마법을 걸어 사람들을 병들게 할 수도 있었다. 숲에는 도둑들이 숨어 지냈으며 방화범들은 기마경찰에게 붙잡혀갔다. 이토록 거친 두 번째 세계의 냄새는 어딜 가나 맡을 수 있었다. 단, 아버지 어머니가 살고 있는 우리 집만은 예외였다. 그곳에는 오직 선함만이 존재했다. 평화와 질서와 안정이 있고, 의무와 양심, 용서와 사랑이 가득한 집에서 산다는 건 경이로운 일이었다. 동시에 다른 세계, 즉 시끄럽고 날카로우며 음산하고 폭력적인 세계가 존재했지만, 한 발짝만 뛰어오르면 어머니에게로 돌아갈 수 있다는 사실을 아는 것 또한 근사한 일이었다.

한 가지 기이한 점은 두 세계가 맞닿아 있다는 것이었다. 예컨대 우리 집 하녀 리나는 저녁기도 시간이면 거실 현관문 옆 자리에 앉아 방금 씻고 온 두 손을 다림질한 앞치마 위에 모은 채 맑은 목소리로 찬송가를 따라 불렀는데, 그럴 때면 그녀는 내 어머니와 아버지, 환하고 올곧은 우리 세계에 온전히 속했다. 하지만 기도가 끝나자마자 부엌이나 장작 헛간에서 내게 머리 없는 난쟁이 이야기를 들려주거나, 비좁은 정육점 안에서 동네 여자들과 말싸움을 벌일 때는 딴사람으로 변해 다른 세계에 속했고, 베일에 싸인 존재가 되었다. 실은 모든 사람이 그랬으며, 그 누구보다 심한 건 나였다. 나는 부모님의 자식으로서 의심할 여지없이 밝고 바른 세계의 구성원이었으나, 귀를 열고 눈을 돌리면 다른 것들을 볼 수 있었고 그 다른 세계에 반쯤 몸을 담그며 살아갔다. 그 세계에는 괴상하고 수상한 것들이 대부분이어서 극심한 공포와 양심의 가책을 느낄 수밖에 없었지만 말이다. 사실 나는 때로 금지된 세계에서 살기를 원했다. 밝은 세계로의 복귀는 — 반드시 해야 하는 옳은 일인 건 맞지만 — 재미없고 단조롭고 따분한 세계로 돌아가는 것처럼 느껴질 때가 많았다. 나는 내 삶의 운명이 아버지 어머니처럼 되는 것, 고결하고 정직하고 절제하며 살아가야 하는 것임을 의식하고 있었지만, 그러기엔 갈 길이 멀었다. 일단 학교에서 부단히 공부하고 크고 작은 시험을 치러야 했다. 하지만 그 길은 항상 또 다른 세계인 어두운 세계를 통과해야 했으므로, 어두운 세계에 영영 남게 되는 일도 아예 불가능한 건 아니었다. 이런 일이 실제로 일어나 방탕한 사나이가 되어버린 이들의 이야기들을 열정적으로 몰입하여 읽은 적이 있었다. 방탕한 아들은 언제나 아버지에게로, 올곧은 길로 다시 돌아왔는데 구원받는 모습이 어찌나 아름다워 보이던지, 나는 오직 그 길만이 바르고 선하고 가치 있다고 확신했다. 그럼에도 불구하고 사악하고 갈 곳 잃은 자들의 이야기가 펼쳐지는 대목이 훨씬 더 매혹적으로 다가오는 건 어쩔 수 없었다. 만약 내 솔직한 마음을 고백해도 되었다면, 방탕한 아들이 속죄하고 다시 '착한 아들'이 되는 결말 부분에서 아쉬움을 느꼈다고 터놓았을 것이다. 하지만 이 감정은 예감이나 가능성처럼 내 안의 깊숙한 곳에 희미하게 존재할 따름이었다. 나는 악마를 상상할 때면, 변장을 했건 본모습 그대로건 상관없이 길거리나 시장이나 술집을 떠도는 악마의 모습은 쉽게 떠올릴 수 있었지만, 집 안에 머무는 악마의 모습은 도무지 그려지지 않았다.

내 누이들도 마찬가지로 밝은 세계에 속했다. 누이들은 나보다 성품 면에서 아버지 어머니 쪽에 더 가까운 듯했고, 더 훌륭하고 고상했으며 나무랄 데라곤 거의 없었다. 물론 부족한 면과 변덕스러운 구석이 있기는 했지만 내 눈에는 그다지 심각하지 않았다. 어두운 세계에 훨씬 근접해 있어 악과의 접촉으로 억압과 고통을 받는 나와는 달랐다. 누이들은 아버지 어머니처럼 존중받고 악한 것들로부터 보호받아야 할 존재였다. 누이들과 싸우기라도 하는 날이면 시간이 지나서 잘못했다고 느끼는 쪽은 늘 나였다. 마치 내가 원인을 제공한 것처럼 용서를 빌어야 했다. 누이들을 모욕하는 건 부모님을 모욕하는 행위였고, 그럴 때면 나는 선행의 의무를 저버렸다는 죄책감이 일었다. 내게는 비밀들이 있었는데, 누이들에게 말하느니 차라리 거리의 불량한 소년들에게 말하는 편이 덜 꺼려졌을 것 같은 그런 류의 비밀이었다. 모든 것이 환하고 내 양심에 거리낄 것 없는 편안한 날에는 누이들과 어울려서 놀고, 착하고 다정하게 굴며, 누이들의 고귀함에 동화되는 나 자신을 느낄 수 있어 좋았다. 천사가 된 기분이란 바로 이런 것일까! 천사야말로 우리가 상상할 수 있는 가장 이상적인 존재가 아닌가. 천사가 되어 크리스마스의 즐거운 분위기를 연상시키는 달콤한 음악과 향기에 둘러싸인다면 얼마나 멋지고 황홀할까, 하고 우리들은 생각했다. 하지만 그런 날들과 시간은 어찌나 드물게 찾아오던지! 누이들과 나는 부모님에게 허락받은 가벼운 놀이를 하곤 했는데, 그 놀이가 지나치게 격렬하고 과격해질 때 나는 욱하고 화내며 해서는 안 될 말을 내뱉었고, 그래서 결국 다툼과 불행으로 끝난 적이 잦았다. 나에게서 튀어나온 언행이 너무도 끔찍했던 나머지, 나는 그런 행동을 하면서도 심장이 새까맣게 타들어가는 기분을 느꼈다. 이런 일이 한바탕 벌어진 뒤에는 후회와 반성으로 침울한 시간을 보냈고, 그다음에는 용서를 구하는 고통의 순간을 마주했다. 그러고 나서는 다시 구원의 빛 한 줄기가 비쳐들며 고요가 찾아왔고, 은혜롭고 티끌 없는 선함의 기운이 오랫동안 — 때에 따라서는 잠깐 동안 — 이어졌다.

나는 라틴어 학교에 다녔다. 시장 아들과 수석 산림관 아들이 같은 반이어서 가끔 나와 어울려 놀았다. 거친 면은 있었지만 '존경받는' 세계에 속하는 아이들이었다. 하지만 나는 우리들이 평소 아래로 내려다보는 동네 남자애들과도 가까이 지냈다. 내 이야기는 그중 한 아이에게서 시작된다.

어느 휴일 오후 — 열 살이 된 지 얼마 안 된 무렵이었다 —

동네 남자애 두 명과 내가 마을을 돌아다니며 놀고 있을 때였다. 덩치가 크고 질이 나빠 보이는 열세 살쯤 된 남자애 하나가 우리 쪽으로 다가왔다. 그 애는 공립학교에 다녔으며 재단사의 아들이었다. 그 애 아버지는 술주정꾼에다, 들려오는 온 가족의 평판도 좋지 않았다. 이 프란츠 크로머라는 녀석의 존재를 나는 잘 알았고 또 두려워했기에, 그 애가 다가왔을 때 마음이 몹시 불안했다. 그는 벌써 어른 행세를 하며, 젊은 공장 노동자들의 걸음걸이와 말버릇을 따라했다. 우리는 대장 노릇을 하는 그를 따라 다리 옆 강둑으로 내려가, 사람들의 이목에서 벗어난 첫 번째 아치 아래로 향했다. 아치형 교각과 느릿느릿 흐르는 강물 사이의 좁은 강변에는 온갖 쓰레기와 산산조각 난 유리, 뒤엉킨 녹슨 철사, 버려진 폐기물들이 쌓여 있었다. 그중 쓸 만한 물건이 눈에 띄기도 했다. 우리는 프란츠 크로머의 지시에 따라 그 주변을 샅샅이 뒤져 찾아낸 것을 그에게 보여주어야 했다. 그러면 그는 그것을 자기 주머니에 넣든지 물속으로 던져버리든지 했다. 특히 납이나 황동, 주석으로 된 물건들이 있는지 잘 뒤져보라고 시켰다. 그런 것들이 발견되면 여지없이 그의 주머니로 들어갔고 뿔로 만든 낡은 빗도 마찬가지였다. 나는 그와 함께 있기가 영 꺼림칙했다. 아버지가 이 관계를 용납하지 않으리라는 생각도 물론 있었지만, 그보다는 프란츠 자체가 두려웠다. 한편으론 그가 나를 받아들이고 다른 애들처럼 대해주는 것이 좋기도 했다. 그는 명령하고 우리는 복종했다. 그와 어울리기는 이 날이 처음이었는데도 왠지 오래전부터 그래온 것 같았다.

이윽고 우리들은 맨땅에 앉았다. 프란츠는 강물에 침을 찍 뱉었는데, 잇새로 침을 날려 보내 목표한 곳에 명중시키는 것이 꼭 다 큰 성인의 모습 같았다. 대화가 시작되자 아이들은 자기가 저지른 비행들이 대단한 업적인 양 허풍을 늘어놓았다. 나는 아무 말도 않고 있었는데, 이런 내 모습이 혹시라도 프란츠의 심기를 건드려 분노를 살까 봐 겁이 났다. 나머지 두 친구는 프란츠의 눈에 잘 보이려들었고, 나와는 애초부터 거리를 두었다. 그들 사이에서 난 이방인이었고, 내 옷차림과 태도가 그들 눈에는 거슬렸을 것이다. 프란츠는 라틴어 학교 학생이자 좋은 집안 아들인 나를 좋아할 리 없었다. 그리고 다른 두 명, 걔네는 프란츠가 나를 싫어한다는 사실이 확실해지면 나를 버리고 떠날 것이 분명했다.

결국 나도 순전히 불안함에 떠밀려 이야기를 시작하게 되었다. 내가 주인공으로 등장하는 도둑질 일화를 나는 길게 꾸며냈다. 야밤에 모퉁이 물방앗간 옆에서 친구와 내가 사과 한 자루를 몽땅 훔쳤다고 말했다. 그것도 그냥 평범한 사과가 아니라, 사과 중에서도 최고급 품종인 골든 피핀을 말이다. 순간의 위기를 모면하기 위해 이야기 속으로 도피한 것이긴 했지만, 막상 이야기를 지어내고 들려주는 일은 하나도 어렵지 않았다. 이야깃거리가 바닥나 너무 빨리 끝나지 않게, 행여 그랬다간 더 곤란한 문제에 휘말리게 될 테니, 나는 갖은 상상력을 다 짜냈다. 한 명이 계속 망을 보고, 다른 한 명이 나무에 올라가 사과를 아래로 던졌으며, 사과 자루가 너무 무거워져서 하는 수 없이 자루를 열어 절반을 덜어낸 뒤 일단 한 차례 가져가고, 나머지 절반은 30분 후에 다시 돌아와서 가져갔다고, 나는 말했다.

이야기를 마친 순간 박수가 나오겠거니 기대했다. 막판에 가서는 기세가 올라 술술 터져 나오는 내 입담에 내가 심취해 버렸던 것이다. 두 녀석은 크로머 눈치만 보며 조용히 입을 다물고 있었다. 프란츠 크로머는 눈을 가늘게 내리뜨더니 날카로운 눈빛으로 나를 노려보며 위협적으로 물었다. "그거 진짜냐?"

"당연하지." 내가 대답했다.

"확실해?"

"어, 확실하다니까." 반항적으로 받아쳤지만 속으로는 두려움에 숨이 막힐 지경이었다.

"맹세할 수 있어?"

나는 뜨끔했지만 맹세할 수 있다고 망설임 없이 답했다.

"하느님 걸고?"

"응, 하느님 걸고."

"그래, 됐어." 그는 이렇게 말하고는 뒤돌아섰다.

나는 이 위기를 무사히 넘겼다고 안심했고, 그가 일어나

집에 가려 하자 기뻤다. 우리가 다리 위로 올라왔을 때 나는 이제 집에 가봐야 한다고 소심하게 말을 꺼냈다.

"뭐가 그리 급하실까." 크로머는 코웃음 쳤다. "어차피 우리는 같은 방향인데."

그는 어슬렁대며 걸었고, 나는 감히 그를 앞서 걸어갈 엄두를 못 냈다. 그런데 정말로 그는 우리 집 쪽으로 향하고 있는 것이었다. 집 앞에 이르러 대문과 묵직한 청동 손잡이, 햇빛이 반사된 창문, 어머니 방의 커튼이 보이자 안도의 한숨이 새어 나왔다. 집에 돌아왔구나! 오, 선함과 축복이 있는 집으로, 빛과 평화의 세계로, 다시 돌아왔구나!

내가 잽싸게 문을 열고 안으로 들어가 등 뒤의 문을 닫으려던 찰나, 프란츠 크로머가 그 틈새를 비집고 따라 들어왔다. 타일 깔린 복도는 안마당에서만 빛이 들어오는 터라 선득하고 어두웠다. 그는 내게 바짝 붙어 서서 속삭이듯 말했다. "너, 내가 급해할 거 없다고 했잖아!"

나는 질겁하여 그를 쳐다보았다. 내 팔을 붙든 그의 손아귀 힘이 무쇠처럼 단단했다. 도대체 무슨 꿍꿍이인 건지, 나한테 무슨 해코지라도 하려는 작정인지 짐작해보았다. 만약 지금 내가 집이 떠나갈 정도로 비명을 질러댄다면 위층에 있는 누군가가 나를 구하러 잽싸게 달려와주지 않을까? 하지만 나는 단념했다.

"왜 이래?" 내가 물었다. "나더러 뭘 어떡하라는 거야?"

"별 건 아니고. 너한테 뭐 좀 물어보게. 다른 애들은 들을 필요 없는 얘기라."

"그래? 무슨 얘기가 듣고 싶은 거야? 난 이제 올라가봐야 해, 알잖아."

"거기 모퉁이 물방앗간 옆에 있는 과수원, 누구네 건지 너도 잘 알지?"

"아니, 난 몰라. 물방앗간 주인 거겠지."

프란츠가 한쪽 팔을 내 어깨에 두르고 자기 쪽으로 바싹 끌어당기는 바람에, 어쩔 수 없이 코앞에서 그의 얼굴을 보게 되었다. 그의 눈동자는 악으로 번득였고, 사악한 웃음이 흘러나왔다. 얼굴에는 잔혹하고 위압적인 기세가 가득했다.

"그래, 꼬마야, 과수원 주인이 누군지는 내가 알려주지. 그 집 사과가 도둑맞고 있다는 걸 난 오래전부터 알았어. 과수원 주인이 사과를 훔쳐간 자식이 누군지 알려주는 사람한테는 2마르크를 주겠다고 한 것도 잘 알지."

"맙소사!" 나는 탄식했다. "설마 주인한테 일러바치는 건 아니겠지?"

그의 도의성에 호소해봤자 부질없을 것 같았다. 그는 '다른' 세계에 속한 사람이 아닌가. 그런 그에게 배신은 죄악이 아니었다. 그 정도는 나도 분명히 알고 있었다. '다른' 세계 사람들은 이런 일에 있어 우리와는 달랐다.

"일러바치지 않는다고? 이봐, 꼬마, 내가 돈을 마음대로 찍어내서 모자에서 몇 마르크쯤 뚝딱 꺼낼 수 있을 줄 아나 본데? 난 가난뱅이야. 너처럼 부자 아빠도 없다고. 2마르크를 벌 수만 있다면 난 벌어야 한다고. 잘하면 과수원 주인이 몇 푼 더 챙겨줄 수도 있고."

그는 나를 뒤로 하고 불쑥 떠나버렸다. 우리 집 현관 복도에서는 더 이상 평화와 안전의 향기가 나지 않았다. 내 주변 세계가 무너져 내리고 있었다. 그는 내가 범인이라고 고발할 테고, 그러면 그 일이 아버지의 귀에 들어갈 테고, 어쩌면, 경찰이 들이닥칠지도 몰랐다. 혼란과 공포가 나를 위협했다. 내 앞날이 소름끼치도록 위태로웠다. 내가 사과를 훔치지 않았다는 사실은 전혀 중요하지 않았다. 이미 맹세까지 해버렸으니. 아, 신이시여! 눈물이 차올랐다. 내 모든 걸 갖다 바쳐서라도 이 위기를 탈피해야겠다고 느낀 나는 그에게 줄 만한 물건이 있나 호주머니를 죽어라 뒤져보았다. 하지만 사과 한 알도, 주머니칼 한 개도, 그 무엇도 나오지 않았다. 그 순간, 시계가 번뜩 떠올랐다. 은시계였는데 움직이지는 않았다. 그냥 '그 상태'로 가지고 다닌 그 시계는 할머니가 물려주신 거였다. 나는 그걸 곧바로 꺼냈다.

"크로머. 날 절대로 이르면 안 돼. 그건 비열한 짓이잖아. 자, 내 시계를 줄게. 미안하지만 내가 가진 거라곤 이것뿐이야. 가져가도 돼. 은으로 만들어진 거야." 나는 초조한 마음에 덧붙여 말했다. "이거 성능 좋은 시계야. 살짝 고장이 나 있긴

한데 그건 금방 수리하면 돼."

그는 비웃음을 날리며 큼지막한 손으로 시계를 받아들었다. 그 손을 보자 포악한 살기와 함께 그가 내 삶과 평화를 얼마나 더 꽉 움켜잡으려 하는지가 느껴졌다.

"그거 은이야." 나는 우물쭈물하며 같은 말을 또 했다.

"네 고물 은시계 따위 난 관심 없다고!" 그는 싸늘한 경멸조로 말했다. "너나 고쳐 쓰든가!"

"그래도 프란츠!" 그가 이대로 가버릴까 봐 두려워 파들파들 떨리는 목소리로 외쳤다. "잠깐만! 시계 가져가! 정말 은이야, 진짜야. 그리고 나 다른 건 아무것도 없어."

그는 나를 멸시하듯 냉담한 눈초리로 쳐다보았다.

"지금 내가 누굴 만나러 갈지 알고 있긴 한가 봐? 아니면 경찰한테 가서 불어버릴 수도 있어. 친한 경찰이 있거든."

그는 돌아서서 가려고 했다. 나는 그의 소맷자락을 붙들고 늘어졌다. 절대로 이렇게 보낼 수는 없었다. 그가 이대로 가버리고 난 후에 닥칠 앞으로의 일들로 고통받느니 차라리 죽어버리고 싶었다.

"프란츠," 나는 뜨거운 감정이 북받쳐 필사적으로 애원했다. "어리석은 짓은 제발 하지 말아줘! 그냥 장난치는 거지?"

"장난 맞아. 근데 너한텐 무시무시한 장난이 되겠지."

"내가 뭘 하면 좋을지 말만 해줘, 프란츠. 시키는 건 뭐든 다 할게!"

그는 눈을 가느스름히 내리뜨고는 다시 비웃었다.

"멍청하게 굴긴!" 그는 가식적인 친절한 투로 이어 말했다. "내 사정이 어떤지 나만큼 잘 아는 사람이 왜 그러실까. 이 기회로 난 2마르크를 벌 수 있다고. 난 부자가 아니라서 이 기회를 절대 놓칠 수 없어. 근데 넌 부자잖아. 시계까지 있고. 나한테 2마르크만 주면 돼. 그러면 모든 게 깔끔하게 해결돼."

그의 논리가 이해는 갔다. 하지만 2마르크라니! 내게 그 돈은 10마르크, 100마르크, 1,000마르크나 마찬가지였다. 갖은 수를 써도 구할 수 없는 어마어마한 액수였다. 내 수중에는 돈이 없었다. 저금통 하나가 있기는 했다. 어머니가 나를 위해 보관하는 저금통인데, 삼촌들이나 다른 친척들이 집에 왔을 때마다 넣어준 5페니히, 10페니히 동전이 몇 개 들어 있기는 했다. 하지만 그게 전부였다. 그때는 따로 용돈을 받지 않던 때였다.

"나한테 그런 돈은 없어, 정말이야." 나는 침울하게 말했다. "돈은 없지만, 다른 건 뭐든 다 줄게. 인디언 책도 있고, 병정도 있고, 나침반도 있어. 다 가져다줄게."

크로머는 입을 비죽거리며 음흉하게 웃더니 바닥에 침을 탁 뱉었다.

"헛소리 좀 작작 하라고!" 그는 명령하듯 말했다. "그따위 쓰레기들은 너나 가져. 나침반? 날 더 이상 화나게 하지 마. 잘 들어. 돈을 내놓으라고!"

"하지만 난 한 푼도 없는걸. 용돈도 안 받는단 말이야. 나더러 어떡하라는 거야?"

"그건 모르겠고, 내일 오전에 2마르크를 가져와. 학교 끝나고 저 아래 시장에서 기다릴 테니까 준비해놔. 그 돈 안 가져오면 어떻게 되는지 똑똑히 보여줄게."

"하지만 돈이 한 푼도 없는데, 어디서 그만큼을 구하라는 거야?"

"너희 집 돈 많잖아. 그건 너 하기에 달렸어. 내일 학교 끝나고다. 경고하는데, 빈손으로 오면, 알지?" 그는 위협적인 눈빛으로 날 쏘아보더니, 다시 침을 뱉고 그림자처럼 홀연히 사라졌다.

나는 도저히 위층으로 올라갈 수 없었다. 내 인생은 이제 끝이었다. 이대로 어디론가 달아나 영영 돌아오지 말까, 물에 확 빠져 죽어버릴까, 막연히 그런 생각들이 스쳤다. 나는 집 바깥 층계의 맨 아래 칸에 쪼그려 앉아 깊은 고뇌에 잠긴 채 절망 속으로 나를 내던졌다. 그때 장작을 가지러 바구니를 들고 내려온 리나가 거기서 울고 있는 나를 발견했다.

나는 리나에게 가족들에게는 제발 아무 말도 하지 말아달라고 부탁하고는 위층으로 올라갔다. 유리문 오른편에는 아버지의 모자와 어머니의 양산이 걸려 있었다. 이 물건들에는 집에서만 느낄 수 있는 애정이 함께 걸려 있었다. 고향의 옛

방을 마주하고 익숙한 냄새를 들이마시는 방탕한 아들의 심경이란 이런 것일까. 나는 내 방의 풍경에 가슴이 따스해지고 감사함이 차올랐다. 그러나 이제 내 것은 아무것도 없었다. 이 모두는 부모님 세계에 속하는 것이었다. 나는 뼈저린 죄책감을 느끼며 낯선 물살에 휩쓸려갔다. 나는 모험과 잘못된 일에 휘말렸고, 적에게 위협받고 위험 요소에 에워싸여 공포와 수치에 떨었다. 모자와 양산에서부터 오래된 고급 사암이 깔린 바닥, 복도 장식장 위에 걸린 큰 그림, 거실에서 들려오는 누이들의 목소리까지, 이 모든 것이 어느 때보다 뭉클하고 소중했지만 내게는 더 이상 위로가 되지 못했고, 내가 기댈 수 있는 것들이 아니었으며, 오히려 나를 향한 질책으로 느껴졌다. 이제는 내 세계가 아니었기에 나는 그 속에서 즐거움과 평온함을 함께 누리지 못했다. 내 발에는 현관 매트에 문질러서 닦아낼 수 없는 더러움이 묻어 있었고, 우리 집이라는 세계가 전혀 알지 못하는 어두운 그림자를 집 안까지 끌고 들어왔다. 그 전에도 많고 많은 비밀과 불안을 가지고 있었지만, 그날 집 안으로 끌고 들어온 것에 비하면 아무것도 아니었다. 운명이 나를 뒤쫓고, 음험한 손들이 나를 향해 뻗쳐오고 있었다. 어머니조차도 그 손을 물리칠 수 없었으며, 애당초 그것의 존재를 전혀 알지 못했다. 내 죄가 도둑질인지 거짓말인지는 (하느님을 걸고 거짓 맹세를 하지 않았던가?) 중요하지 않았다. 내 죄는 도둑질도 거짓말도 아니었다. 중요한 건 악마와 손을 잡았다는 사실이었다. 나는 왜 하필 그 애와 어울렸던 것일까? 왜 그 애의 말을 아버지의 말보다 더 따랐던 것일까? 도둑질이 영웅적 행위라도 되는 양 이야기를 꾸며내면서까지 거짓말을 했던 이유는 뭘까? 이제 나는 악마의 손아귀에 붙들렸고, 도처에는 적이 도사리고 있었다.

당장 내일이 두렵다기보다는, 암흑으로 떨어지는 내리막길을 걷고 있다는 소름끼치는 확신이 더 공포로 다가왔다. 원래 잘못이라는 것이 한 번 저지르고 나면 다른 잘못으로 줄줄이 이어지게 되는 법이 아닌가. 누이들과 노는 내 모습, 부모님에게 표현하는 내 사랑이 위선 같았고, 나는 가족들 앞에서 운명을 숨긴 채 거짓된 삶을 살아가고 있는 것처럼 느껴졌다.

아버지의 모자를 바라보고 있자니 내 안에서 신뢰의 빛과 희망의 빛이 순간 번쩍였다. 아버지에게 모든 진실을 고백한다면, 아버지는 판정과 함께 벌을 내려주실 테고, 그러면 아버지는 내가 믿고 비밀을 털어놓을 수 있는 대상이자 구원자가 되리라. 그렇다면 내가 줄곧 해온 속죄의 경험과 다를 게 무엇이란 말인가. 암담하고 고통스러웠던 순간의 경험, 죄책감에 시달리며 힘겹게 용서를 구하던 그 속죄의 경험과 말이다.

이 모든 상상이 어찌나 달콤하던지! 어찌나 나를 유혹하던지! 하지만 소용없었다. 애당초 내 자신이 그렇게 하지 않으리라는 걸 알고 있었으니까. 이제 내게는 남모를 비밀이 생겼는데, 그것은 나 혼자 힘으로 해결해야 할 마음의 빚이었다.

어쩌면 나는 인생의 갈림길에 서 있었는지도 모른다. 이제부터 평생 악한 자들 편에 속해 그들에게 의존하고, 복종하며, 결국 그들 중 하나가 될지도 몰랐다. 배짱 두둑한 영웅이라도 되는 양 행동한 것에 따른 결과를 이제 스스로 감당해야 했다.

흙투성이가 된 신발을 보고 아버지가 야단치신 일은 차라리 다행이었다. 더 큰 죄를 들키지 않고 비껴갈 수 있었으니까. 속으로는 다른 잘못이 자꾸만 연상되고 떠올랐지만, 가벼운 꾸중을 듣는 것으로 그 순간을 넘길 수 있었다. 낯선 감정이 내 안에 번득인 건 바로 그때였다. 가시가 빼곡히 박힌 듯 잔인하고 불쾌한 감정, 그것은 아버지에 대한 우월감이 아닌가! 비록 짧은 찰나였지만, 아버지에 대한 경멸감이 솟구쳐 오르는 것이었다. 아무런 진실도 모른 채 신발에 흙이 묻었다는 이유로 나를 꾸짖는 아버지의 태도가 너무도 하찮아 보였다. '아버지가 그 일을 알았다면'이라는 생각이 들었는데, 그 순간에는 마치 살인을 자백해야 하는 마당에 빵 한 덩어리를 훔친 죄로 재판을 받는 범죄자가 된 기분이었다. 그것은 추악하고 역겨운 기분이었지만, 동시에 강렬하고 매혹적이었으며, 내 비밀과 죄책감보다도 나를 더 단단히 옭아맸다. 크로머 녀석이 이미 경찰한테 가서 내 비밀을 불어버렸을지도 모른다는 생각이 스쳤다. 내 머리 위로는 폭풍우가 몰려오고 있는데, 나는 집에서 어린애 취급이나 받고 있었다!

그 순간, 그 감정은 지금까지 내가 이야기한 모든 경험을 통틀어 가장 중요하고 영속적인 의미를 지닌다. 그것은 아버지라는 신성한 존재에 일어난 최초의 균열이었으며, 어린 시절 내 삶을 지탱해온 단단한 기둥, 그러나 인간이라면 누구나 진정한 자신이 되기 전 무너뜨려야만 하는 그 기둥에 깊숙이 생긴 최초의 상처였다. 우리 운명의 진정하고 내밀한 본질은 다른 사람들 눈에 보이지 않는 이런 경험들로 이루어져 있다. 이런 감정적 상처나 충격이 다시 아물고 잊힐 순 있겠지만, 내면의 구석진 곳에서는 계속 살아남아 피를 흘린다.

이 생경한 감정에 너무도 끔찍한 충격을 받은 나머지, 나는 당장이라도 아버지 앞에서 무릎을 꿇고 용서를 빌고 싶었다. 하지만 근본적인 잘못이라면 용서를 구한다고 되는 일이 아니다. 아무리 어린아이라도 그쯤은 분별력 있는 여느 어른들 못지않게 잘 알고 있다.

나는 내 문제를 돌이켜보고 당장 내일 어떻게 대처할지 계획을 세워야겠다고 생각했지만 아무것도 하지 못했다. 할 수 있는 건, 그날 저녁 평소와 다른 거실 공기에 익숙해지는 일뿐이었다. 벽시계와 테이블, 성경과 거울, 책장과 그림들이 나를 뒤로한 채 떠나가고 있었다. 나의 세계, 나의 평화롭고 행복한 삶이 과거의 것이 되어버려 내게서 멀어져가는 모습을 나는 얼어붙은 마음으로 지켜볼 수밖에 없었다. 곧게 뻗은 나의 새로운 뿌리가 어둡고 낯선 땅속에 닻을 내렸다는 사실을 부정할 수 없었다. 내 인생 최초로 나는 죽음을 맛보았다. 죽음은 쓰디썼다. 그것은 끔찍한 시작에 앞선, 출산의 진통과도 같은 두려움과 공포였기 때문이다.

침대에 눕자 마침내 안도감이 밀려왔다. 잠자리에 들기 직전 내게 내려졌던 마지막 고통은 가족 기도에 억지로 참석하는 일이었다. 게다가 나는 내가 제일 좋아하는 찬송가까지 따라 불러야 했다. 모든 음 하나하나가 쓰디쓴 독약 같았다. 나는 찬송가를 제대로 따라 부르지 못했다. 아버지가 축복의 말씀을 올릴 때도 함께 기도하지 못했고, 아버지가 "신이시여, 우리 모두를 지켜주소서……" 하고 기도를 마친 순간에는 가족의 울타리에서 추방된 느낌마저 들었다. 가족들 모두는 신의 은총을 누렸지만 나는 아니었다. 한기와 피로를 느낀 나는 위층으로 올라갔다.

침대에 누워 있으니 따스하고 포근했는데 그것도 잠시, 내 마음은 다시 두려움으로 얼어붙어, 공포 속에서 오늘 있었던 일 주변부를 쉴 새 없이 서성거렸다. 어머니는 언제나처럼 잘 자라는 인사를 남기고 갔다. 방 안에는 여전히 어머니의 발걸음 소리가 맴돌았고, 문틈으로는 어머니가 들고 있는 촛불의 은은한 빛이 새어 들어왔다. 지금, 어머니가 내 고통을 알아차리고 다시 돌아와 잘 자라고 입맞춤을 해준다면, 가엾은 눈길로 나의 모든 일에 대해 물어온다면, 눈물이 터져 나오고 목구멍에 박힌 돌덩이가 스르르 녹아내리리라. 그러면 어머니의 품에 안겨 그동안의 일들을 전부 털어놓고, 그러면 모든 것이 괜찮아져 구원받을 수 있으리라. 문틈으로 새어들던 빛이 사라지고 다시 깜깜해진 뒤에도, 나는 한참을 숨죽이며 생각했다. 꼭 그렇게 될 거라고, 꼭 그렇게 되리라고.

그러자 내 마음은 또다시 오늘 일로 되돌아갔고, 나는 적의 얼굴을 정면으로 마주했다. 그의 얼굴이 똑똑히 보였다. 일그러진 한쪽 눈, 야비한 미소로 비틀린 입가. 그를 바라보면 바라볼수록 헤어날 수 없는 감정에 집어삼켜졌다. 그 사이 그는 점점 더 거대하고 흉측해져갔고, 두 눈에선 악령의 빛이 번뜩였다. 그는 내 옆에 붙어 서서 내가 잠들 때까지 나를 지켜보았다. 그러나 정작 내 꿈속에 등장한 것은 크로머도, 이미 지나간 오늘 일도 아니었다. 나는 부모님과 누이들과 함께 배를 타고 여행을 떠나는 꿈을 꾸었다. 우리는 휴일의 평화롭고 따사로운 광채에 감싸여 있었다. 한밤중에 눈을 떴을 때 행복의 여운이 여전히 내 안에 감돌았고, 누이들의 새하얀 여름 드레스가 햇볕 아래에서 반짝이던 모습도 아른거렸다. 하지만 그것도 잠시, 천국에서 현실로 추락하자 '사악한 눈'을 가진 적이 또다시 내 앞에 서 있었다.

다음 날 왜 아직도 침대에 있는 거냐고 외치며 어머니가 서둘러 올라왔을 때 내 안색이 아파 보였는지 어머니는 어디가 안 좋으냐고 다시 물어왔고, 그 순간 나는 느닷없이 구토를 하고 말았다.

몸이 조금 아픈 날, 침대에 누워 있을 때면 작은 선물을 받은 기분이 들었다. 캐모마일 차를 마시면서, 어머니가 옆방을 정리하는 소리와 리나가 복도 현관에서 푸줏간 주인과 가격을 흥정하는 소리를 침대에서 듣고 있는 순간이 좋았다. 학교에 가지 않는 아침 시간은 동화처럼 느껴졌다. 그런 날 방 안으로 비쳐 드는 햇살은 교실의 초록 커튼에 가로막힌 햇살과는 달랐다. 하지만 오늘은 그런 즐거움조차 느낄 수 없었다. 모든 것이 공허했다.

차라리 죽어버리고 싶었다! 하지만 언제나처럼 나는 조금만 아플 뿐, 아무 일도 일어나지 않았다. 학교에 가는 상황은 피할 수 있었지만, 열한 시에 시장에서 나를 기다리고 있을 크로머는 피할 수 없었다. 어머니의 상냥함도 위안이 되지 못했고, 오히려 마음만 무겁고 괴로울 따름이었다. 나는 잠든 척하고, 이 모든 상황을 어떻게 할 것인지 다시 곰곰이 생각했다. 하지만 모든 것이 소용없었다. 나는 열한 시에 시장에 가야만 했다. 하는 수 없이 열 시쯤 조용히 일어나 어머니에게 몸 상태가 나아졌다고 말했다. 이런 날은 보통 다시 침대에 눕거나 오후에 학교를 가야 했다. 그래서 나는 학교에 가겠다고 말했다. 결단을 내렸다.

크로머에게 빈손으로 갈 수는 없었다. 알량한 내 저금통이라도 챙겨가야 했다. 저금통에 돈이 충분하지 않다는 사실은 알고 있었지만 조금이라도 있는 것이 아예 없는 것보다는 나을 것 같았고, 어떻게든 그를 달래야 한다는 생각뿐이었다.

양말 신은 발로 어머니 방에 살그머니 들어가 어머니 책상에서 내 저금통을 들고 빠져나왔을 때 나는 죄책감을 느꼈다. 하지만 전날 느꼈던 것보다는 덜한 수준이었다. 심장이 미친 듯이 뛰어 숨이 막힐 것만 같았고, 계단 아래에서 저금통을 살펴보고서 잠겨 있는 걸 발견했을 때도 심장은 여전히 팔딱팔딱 뛰었다. 저금통 따기는 어렵지 않았다. 얇은 양철 격자판만 뜯어내면 되었다. 그것을 뜯는 순간 자괴감이 몰려왔다. 나는 도둑질을 하고 있었다. 이전에는 고작 설탕이나 과일을 남몰래 먹은 게 전부였다. 한데 지금 내가 하는 짓은, 내 돈이긴 하지만 명백한 도둑질이었다. 나는 크로머에게, 크로머의 세계에 한 발짝 더 다가가고 있음을, 조금씩 타락의 길로 빠져드는 건 너무도 쉬운 일임을 깨달았다. 이제 악마가 나를 데리러 올지도 몰랐다. 하지만 돌이킬 방도는 없었다. 나는 초조하게 돈을 세어보았다. 소리로는 제법 많을 것 같았던 돈이 막상 손에 쥐고 보니 턱없이 적었다. 65페니히가 전부였다. 나는 저금통을 아래층 현관에 숨겨두고, 손에 돈을 꼭 움켜쥔 채 대문을 통과하지 않고 집을 빠져나갔다. 위층에서 누군가가 나를 부르는 소리가 들려오는 것 같았지만 나는 황황히 달아났다.

아직 시간은 충분했다. 그래서 일부러 돌아가는 길을 택해 몰래몰래 움직였다. 한 번도 본 적 없는 음산한 구름 아래로 몰라보게 달라진 마을의 골목골목을 통과한 뒤 나를 뚫어지게 바라보는 집들을, 나를 의심의 눈초리로 쳐다보는 사람들을 지나쳐갔다. 가는 길에 문득 학교 친구 한 명이 가축 시장에서 1탈러Thaler[1]를 주웠다던 얘기가 떠올랐다. 신에게 기적을 일으켜달라고, 내게도 똑같은 일이 생기게 해달라고 기도할 수 있었다면 얼마나 좋았을까. 하지만 나는 기도를 올릴 자격조차 박탈당한 상태였다. 설령 기도를 한다고 해도 저금통을 원상태로 되돌려놓을 순 없는 노릇이었다.

프란츠 크로머는 저 멀리서 걸어오는 나를 이미 보았지만 괜히 못 본 척 어슬렁어슬렁 다가왔다. 나와 가까워진 그는 자기를 따라오라고 거만하게 손짓을 까딱하고는 한 번도 뒤돌아보지 않고 걸어갔다. 슈트로 골목을 따라 내려가 도로를 건넌 뒤, 마침내 길 끝자락의 집들 사이에 자리한 새 건물 앞에 멈춰 섰다. 아직 짓고 있는 건물이어서 벽들만 휑뎅그렁하게 서 있었고, 문도 창문도 달려 있지 않았다. 크로머는 주위를 쓱 살피더니, 원래는 문이 있어야 할 자리로 들어갔고, 나도 따라 들어갔다. 벽 뒤에 선 그는 나더러 자기 쪽으로 오라고 까딱까딱 손짓한 뒤 손바닥을 내밀었다.

"가져왔지?" 그는 냉담하게 물었다.

나는 꼭 움켜쥔 손을 주머니에서 꺼내 그의 평평한 손바닥에 돈을 쏟았다. 마지막 5페니히 동전이 떨어지기도 전에 그는 벌써 액수를 다 셌다.

[1] 15세기에서 19세기까지 유럽에서 통용된 은화.

"65페니히잖아." 그는 압박하는 눈빛으로 날 노려봤다.

"맞아." 나는 긴장한 채 대답했다. "내가 가진 전부야. 충분하지 않은 거 알아. 하지만 그게 다야."

"네가 그렇게 바보 같은 놈인 줄은 몰랐네." 그는 나긋한 투로 나를 비난했다. "명예를 아는 남자들끼리 지킬 건 지켜야지. 난 제값 아니면 안 받아. 알겠어? 동전 따위 도로 가져가, 자! 네가 아는 다른 누군가는 돈을 깎으려 하지 않아. 확실히 다 지불하지."

"하지만 더는 없어! 저금통에서 꺼낸 돈이 전부란 말이야."

"그건 네 사정이고. 하지만 널 괴롭힐 생각은 없어. 그러니까 넌 아직 나한테 1마르크 35페니히 빚을 지고 있는 거야. 언제 받을 수 있지?"

"무슨 일이 있어도 갚을게, 크로머. 언젠지는 당장 말해줄 수 없지만, 아마, 어, 내일이나 모레쯤 되면 돈이 좀 생길지도 몰라. 아버지한테는 이 일에 대해서 한마디도 할 수 없다는 거 너도 잘 알잖아."

"그건 내 알 바가 아니지. 널 해코지할 생각은 없어. 오늘 점심 전까지 난 내가 받아야 할 돈을 받을 수 있었다고. 알아? 난 가난뱅이야. 넌 옷도 좋은 거 입고 음식도 더 맛있는 거 먹잖아. 하지만 더 이상 말 안 할게. 좀 기다리지 뭐. 내일 모레 낮 열두 시에 내가 휘파람 불 테니까 그때 해결하자. 내 휘파람 알지?"

그는 휘파람 소리를 들려주었다. 많이 들어본 소리였다.

"응, 알고 있어."

그는 나와 상관없는 사람인 양 휙 가버렸다. 우리 사이에는 단지 거래가 있었을 뿐, 그 이상의 의미는 없었다.

만약 오늘이라도 갑자기 크로머의 휘파람 소리가 들려온다면 나는 질겁할 것 같았다. 그 소리가 자꾸만 귓가에 맴도는 듯했다. 어디에 있든, 어떤 놀이나 활동을 하든, 어떤 생각을 하던 그의 휘파람 소리가 내 귓속을 파고들었다. 그 소리 하나에 나는 꼼짝없이 묶였고, 그것이 내 운명이 되어버렸다. 색색의 단풍이 든 포근한 가을날의 오후면, 나는 내가 좋아하는 집 마당의 작은 화단에 자주 나와 있곤 했다. 문득 이상하게도, 어릴 때 하던 놀이를 다시 해보고 싶은 기분이 일었다. 착하고 천진하며 세상이 안전하다고 느껴졌던, 지금보다 어린 나를 흉내 내며 놀았다. 그렇게 한참을 놀고 있으면 어디선가 불쑥 크로머의 휘파람 소리가 들려왔다. 매번 예상은 하지만 매번 소스라치게 놀라고, 섬뜩한 그 휘파람 소리는 놀이의 흐름을 끊어버리고 내 동심을 갈기갈기 찢어놓았다. 그러면 나는 나를 괴롭히는 그 녀석의 뒤를 따라 악취 나는 곳으로 가서는, 변명을 하고 돈 갚으라는 협박을 들어야 했다. 이 모든 일이 몇 주 정도 이어졌지만 내게는 그 시간이 몇 년, 아니 영원처럼 느껴졌다. 나는 돈을 거의 구하지 못했다. 가끔 리나가 부엌 테이블에 장바구니를 두고 자리를 뜨곤 했는데, 그럴 때 5

페니히나 10페니히를 슬쩍 주머니에 넣는 것이 전부였다. 크로머는 나를 만날 때마다 비난과 멸시의 말을 내 정수리 위에 퍼부어댔다. 내가 자기를 속이며 정당하게 받아야 하는 돈을 빼앗으려 한다고, 내가 자기 돈을 훔쳐가고 자기를 불행하게 만들었다고! 살면서 이렇게 고통스러울 때가 있었을까. 이보다 더 절망적이거나 누군가의 손아귀에 완전히 거머잡힌 적은 단 한 번도 없었다. 저금통은 장난감 동전으로 채워 제자리에 갖다놓았기에 아무도 그에 대해 묻지 않았다. 그러나 언제든 터질 수 있는 일이었다. 크로머의 날카로운 휘파람 소리를 듣는 것보다 더 무서운 건 어머니가 내게 살며시 다가올 때였다. 혹시 저금통에 대해 물어보려는 건 아닐까 하는 생각 때문이었다.

내가 빈손으로 나타날 때가 잦아지자, 악마는 다른 방법으로 나를 괴롭히기 시작했다. 내게 일을 시켰다. 그는 자기 아버지를 위해 심부름을 해야 했는데, 그 일들을 내게 떠밀었다. 또는 10분 동안 한 발로 뛰기, 지나가는 사람의 외투에 종잇조각 붙이기 등 굴욕적인 행위를 시켰다. 밤마다 꿈속에서도 이런 극심한 고통이 계속되었고, 악몽에 시달리느라 식은땀에 흠뻑 젖곤 했다.

몸이 아프기 시작했다. 걸핏하면 구토를 하고 오한에 떨었고, 밤이 되면 다시 식은땀을 뻘뻘 흘렸다. 뭔가 이유가 있을 거라고 생각한 어머니는 나를 가엾게 바라보며 정성스럽게 돌봐주었지만, 정작 나는 어머니의 믿음에 보답할 수 없어 더 괴로울 따름이었다.

어느 밤 침대에 누워 있는 내게 어머니가 초콜릿 한 조각을 가져다주었다. 그것은 부모님 말씀을 잘 들으면 종종 밤에 초콜릿 같은 작은 선물을 받곤 했던 유년 시절의 향수를 불러일으켰다. 어머니는 거기 그 자리에 서서 다시 초콜릿을 내밀고 있었다. 나는 너무 아파서 고개만 저었다. 어머니는 무슨 일이냐고 물으며 내 머리를 쓰다듬어주었다. 하지만 나는 "아니, 아니! 아무것도 안 먹을 거예요"라는 말밖에 할 수 없었다. 어머니는 초콜릿을 침대 옆 탁자에 두고 나갔다. 그리고 다음 날이 되어 어머니가 어젯밤 내 행동의 이유를 물어보려 했을 때 나는 잘 알아듣지 못한 척을 했다. 한 날은 어머니가 의사를 불렀고, 의사는 나를 진찰한 뒤 아침마다 찬물로 샤워하라는 처방을 내렸다.

그 무렵 내 상태는 일종의 정신착란이었다. 나는 마치 유령처럼, 집 안의 질서 잡힌 평화의 한가운데에서 마음 졸이고 괴로워하며 지냈다. 다른 사람들과 단절되었고, 한시도 그 일을 잊지 못했다. 아버지는 자주 역정을 내며 이유를 추궁했고, 그런 아버지에게 결국 나는 차갑게 입을 닫아버리고 말았다.

제2장

카인

나를 괴롭히던 자로부터의 구원은 전혀 예기치 않은 방향에서 찾아왔다. 그와 동시에 나는 내 삶에 새로운 무언가가 들어왔음을 의식하게 되었고, 그것은 지금까지도 내 삶에 영향을 미치고 있다.

얼마 전 새로운 남학생이 라틴어 학교로 전학을 왔다. 우리 마을로 이사 온 그는 유복한 미망인의 아들이었고, 소매에 검은 상장喪章을 두르고 다녔다. 나보다 상급반에 있었고 나이도 몇 살 더 많았는데, 나 역시 다른 아이들과 마찬가지로 그에게 남다른 인상을 받았다. 범상치 않은 이 학생은 나이가 더 들어 보였고, 사실 소년의 모습이 전혀 아니었다. 자신보다 어린 아이들 사이에서 그는 이상할 정도로 성숙하게 행동했으며, 마치 어른처럼, 아니 신사처럼 보였다. 소란을 피우기는커녕 아이들과 어울려 놀지도 않아 인기가 많지 않았다. 그런 그도 유일하게 다른 아이들의 마음을 샀던 점이 있었는데, 선생님을 대하는 확고하고 당당한 태도였다. 그의 이름은 막스 데미안이었다.

이따금 그랬듯 그날도 무슨 이유에선지 우리 반이 사용하는 큰 교실에서 다른 반과 합동 수업이 이루어졌다. 그 반에 데미안이 있었다. 우리 하급생들은 성경 수업을 듣고 있었고, 상급생들은 에세이를 써야 했다. 나는 카인과 아벨 이야기를 듣는 동안 자꾸만 데미안을 힐끗힐끗 쳐다보게 되었다. 그의 얼굴에는 묘한 매력이 있었다. 환하고 지적이며 남달리 결단력 있어 보이는 얼굴을 푹 수그린 채 에세이 쓰기에 몰두하는 그를 나는 관찰했다. 그의 모습은 '학교 숙제'를 하는 보통의 학생이라기보다는, 자신만의 문제에 열중하는 연구가에 더 가까웠다. 사실 나는 그에게 호감을 느끼지 않았고 오히려 반감이 있었다. 그는 지나치게 침착하고 냉정했으며, 과하게 도전적으로 자신감이 넘쳤다. 그의 눈에는 아이들이 좋아할 리 없는 성숙함과 약간의 슬픔이 묻어나는 조소가 서려 있었다. 하지만 그를 좋아하고 아닌 감정과는 별개로, 내 눈은 자꾸만 그를 응시하고 있었다. 그러다 그가 나를 한 번 흘낏하던 순간,

나는 어찌할 바를 모르고 다급히 고개를 돌려버렸다. 지금 돌이켜보면, 학생으로서의 그의 모습은 모든 면에서 다른 아이들과 확연히 달랐다. 그는 자기만의 개성과 성격이 뚜렷하게 돋보이는 사람이었다. 그 자신은 눈에 띄지 않으려 했지만, 마치 농부들 사이에서 왕자가 농부 같아 보이려고 애쓰는 것처럼 보였다.

학교를 마치고 집으로 가는 길에 그는 내 뒤를 걸어오고 있었다. 다른 아이들이 모두 흩어지자, 그는 내게 다가와 먼저 인사했다. 아이들의 말투를 따라했음에도 인사하는 그의 모습은 성숙하고 정중했다.

"잠깐 같이 걸을래?" 그가 친근하게 물었다. 나는 내심 기쁜 마음에 고개를 끄덕였다. 그리고 우리 집이 어딘지도 그에게 자세히 알려주었다.

"아, 거기 사는구나?" 그는 씩 웃었다. "나도 그 집을 알아. 현관문 위에 독특한 게 달린 집이잖아. 볼 때마다 정말 흥미롭지."

처음에는 그가 뭘 말하는 건지 전혀 몰랐고, 나보다도 우리 집을 더 잘 알고 있다는 사실에 어리둥절할 따름이었다. 혹시 아치 현관문 꼭대기에 새겨진 문장紋章을 말하는 건가 싶었다. 하지만 그건 세월에 닳아 반질반질해지고 여러 번 덧칠까지 된 데다, 내가 알기로 우리 집안 역사와는 전혀 관련이 없었다.

"그거에 대해선 난 아무것도 몰라." 나는 주춤거리며 말했다. "새 아니면 새 비슷한 뭔가인데, 꽤 오래됐을 거야. 우리 집이 옛날에 수도원 건물 중 하나였다고 하더라."

"그럴 수도 있겠군." 데미안이 고개를 끄덕였다. "나중에 한 번 잘 봐봐. 내 생각엔 매 같았거든."

우리는 계속 걸었다. 나는 뭔가 불편한 기분이 들었다. 그러던 중 데미안이 무슨 재밌는 일이 떠올랐는지 갑자기 웃음을 터뜨렸다.

"아까 수업 시간에 나도 거기 있었잖아." 그는 이야기를 꺼냈다. "이마에 표식을 단 카인 이야기였지? 재밌었니?"

나는 별로 재미있지 않았다. 학교에서 배워야 하는 것들에는 좀처럼 흥미를 느끼지 못하는 편이었다. 하지만 이런 내 속마음을 솔직하게 내보이면 안 될 것 같았다. 어른을 마주하고 있는 기분이었기 때문이다. 결국 나는 꽤 재미있었다고 대답했다.

데미안은 내 어깨를 툭툭 쳤다.

"이봐, 친구. 내 앞에선 속마음을 숨길 필요 없어. 그 이야기는 정말로 독특해. 다른 수업에서 배우는 이야기들보다 훨씬 더 독특해. 그런데 너희 선생님은 많은 걸 이야기해주지 않았어. 신과 죄에 관한 평범한 이야기뿐이었지. 하지만 내 생각에는……." 그는 갑자기 말을 멈추더니 미소를 지으며 물었다. "그런데 너도 이 이야기에 관심이 있니?"

"그렇다고 생각하고," 하고 그는 말을 이어갔다. "카인에 대한 이야기가 달리 해석될 수 있다고 봐. 우리가 배우는 대부분의 이야기는 나름의 의미와 진정성이 있지만, 선생님들의 관점과는 또 다르게 볼 수 있거든. 그러면 훨씬 더 많은 의미를 발견할 수 있지. 예를 하나 들면 카인의 이마에 있는 그 표식 말이야, 설명이 좀 미흡하지 않나? 형제와 싸워서 때려죽이는 일은 물론 있을 수 있어. 그러고 나서 공포에 질린 나머지 결국 죄를 겸허히 인정하는 일도 있을 수 있지. 하지만 그가 비겁했다는 이유로 '표식'을 받았고, 그 표식이 일종의 보호막 역할을 해서 다른 사람들에게 두려움을 불러일으킨다는 건 아무리 생각해도 이상해."

"그건 그래." 나는 그 주제에 점점 관심을 느끼며 대답했다. "그런데 어떻게 달리 해석할 수 있다는 거야?"

그가 다시 내 어깨를 툭툭 쳤다.

"그야 아주 간단해. 이 이야기가 탄생한 배경에는 바로 그 '표식'이 있었어. 한 남자가 있었는데, 그 남자의 얼굴에는 사람들을 주눅 들게 하는 뭔가가 있었지. 그래서 누구도 감히 그를 건드리지 못했어. 그 남자는 물론 그의 후손들까지도 사람들은 두려워했어. 그런데 말이야, 이마에 우체국 소인 같은 표식이 진짜로 찍혀 있을 리가 없잖아! 세상은 그렇게 단순하지 않아. 그보다는 한눈에 알아보기 힘든 표식, 이를테면 사람들이 흔히 보던 눈빛과는 다른, 뭐랄까, 통찰력과 자제력이 깃든 뭔가였던 거야. 그 남자에게선 힘이 느껴졌고, 그 앞에서는 누구나 움츠러들었어. 왜냐하면 '표식'이 있었으니까. 하지만 표식이라는 건 결국 해석하기 나름이잖아. 사람들은 항상 자기 편한 대로 생각하고 본인의 생각을 정당화하려 하니까. 그래서 사람들은 카인의 후손들까지도 두려워했어. 후손들 역시 표식을 가지고 있었지. 그러다 보니 사람들은 그 표식을 본래 의미와는 정반대로 해석해버린 거야. 표식을 지닌 사람을 보면 모두들 수상하다고 수군댔어. 뭐 틀린 말은 아니긴 해. 용기와 개성을 지닌 자들은 그렇지 않은 자들에게 불길한 느낌을 주기 마련이잖아. 두려움을 모르는 수상한 족속이 활보하는 건 정말 불길한 일이었고, 그래서 사람들은 이 족속에게 별명을 붙이고 괴담을 꾸며낸 거야. 그들이 느끼는 두려움을 씻어내고 죄책감에서 벗어나기 위해서 말이지. 이제 이해가 되니?"

"응. 그럼 네 말은 카인이 실제로 나쁜 사람이 아니었다는 거야? 성경에 나오는 카인 이야기가 사실과 다르다는 말이지?"

"그렇기도 하고 아니기도 해. 이런 아주 오래된 이야기는 나름 진실을 담고 있지만, 이야기라는 것이 매번 정확히 기록되거나 해석되는 게 아냐. 한마디로, 난 카인이 참 멋진 남자라고 봐. 그런데 사람들이 그를 두려워해서 그런 괴담을 덧씌운 것뿐이지. 결국 그 이야기는 소문이었어. 사람들이 아무 생각 없이 떠드는 그런 이야기 있잖아. 다만 카인과 그의 후손들이 어떠한 '표식'을 지니고 있고 남들과는 좀 달랐다는 건 사실이야."

나는 큰 충격을 받았다.

"그럼 아벨을 죽였다는 것도 실제 사실이 아니라는 거야?" 나는 완전히 빠져들어 물었다.

"아니, 그건 분명한 사실이야! 강한 자가 약한 자를 죽였어. 카인이 진짜 아벨의 형제였는지는 의심의 여지가 있어. 하지만 그건 중요하지 않아. 모든 인류는 형제니까. 결국은 강자가 약자를 죽인 사건일 뿐이야. 어쩌면 영웅적 행위일 수도 있고, 아닐 수도 있는 사건이지. 어쨌든 그러고 나서 다른 약한 자들은 두려움에 벌벌 떨면서 하소연했어. 누군가 그들에게 '당신도 그를 때려죽이면 되잖아?'라고 물으면, 그들은 '우린 겁쟁이라서 못해'라고 대답하는 대신 '그럴 수 없어. 그에겐 표식이 있잖아. 그는 신이 낙인찍은 자야!'라고 말하고 다녔어. 얼토당토않은 그 이야기는 이렇게 만들어졌을 게 분명해. 어이쿠, 내가 널 너무 오래 붙잡고 있었구나. 그럼 잘 가!"

그는 알트 골목으로 꺾어 들어갔고, 나는 생전 처음 느껴보는 혼란에 휩싸인 채 그 자리에 멍하니 서 있었다. 그가 가버리자마자 그가 했던 모든 말들이 도무지 믿기지 않았다. 카인이 고귀한 사람이고 아벨이 겁쟁이라니! 카인의 낙인이 명예의 상징이라니! 말도 안 돼. 그건 극악무도한 신성 모독이잖

아. 그럼 신은 어디 계셨단 말이지? 신이 아벨의 제물을 받으신 것도, 아벨을 사랑하신 것도 아니란 말인가? 아니, 이건 가당치도 않은 소리였다. 데미안은 날 꾀어내 곤경에 빠뜨리고 싶은 거였다. 어찌나 악마처럼 교활하게 말도 술술 잘하던지. 하지만 나에게는 통하지 않았다.

그전까지 나는 성경 이야기든 뭐든 이토록 깊이 골몰해본 적이 없었다. 프란츠 크로머를 몇 시간 동안, 아니 저녁 내내 까맣게 잊은 것도 정말 오랜만이었다. 집에 돌아와 성경 속 카인과 아벨 이야기를 다시 읽어보았다. 이야기는 짧고 명료했다. 거기서 특별한 숨은 의미를 찾아내려 하는 것은 너무 무리한 일 같았다. 그렇게 따지면 살인자 모두가 신의 총애를 받은 자처럼 꾸미고 다닐 수 있다는 말인가! 아니, 정말 어처구니없는 소리였다. 결국, 데미안이라는 녀석이 모든 걸 꿰뚫고 있는 양 경쾌하고 설득력 있게 이야기를 하니까 그렇게 들린 거였다. 그리고 그 눈빛! 그것도 한몫했지.

그러면서도 내 안에서 무언가가 단단히 잘못되어가는 것 같은 기분이 들었다. 그동안 나는 마치 아벨처럼 조금의 더러움도 없는 깨끗한 세계에서 살아왔다. 그런데 지금은 '다른' 세계에 꼼짝없이 갇힌 처지가 되었다. 다른 세계 속으로 추락하여 가라앉고 있었다. 하지만 마음 한편으로는 어쩔 수 없다고 느꼈다. 어쩌다 이 지경이 된 것일까? 그러다 문득, 숨이 멎을 듯한 기억 하나가 스쳐 지나갔다. 지금의 불행이 시작되었던 그 운명의 저녁, 아버지와 함께 있을 때였다. 그때 나는, 빛과 지혜로 가득한 아버지 세계의 이면을 꿰뚫어 보았다! 사실 카인은 다름 아닌 나 자신이었고, 바로 내가 표식을 지닌 자였으며, 나는 그 표식을 치욕이 아닌 명예로 생각했다. 내가 악행을 저지르고 불행에 빠진 덕분에 아버지보다 더, 신실하고 올곧은 사람들보다 더 높은 위치에 있다고 여겼다.

당시 내 생각이 이렇게까지 명확했던 것은 아니었지만 이런 내용들을 포함하고는 있었다. 이상한 감정들이 일렁이며 나를 아프게도 하고 자부심으로 가득 채우기도 했다.

돌이켜보면 데미안은 두려움을 모르는 자와 비겁한 자에 대해 얼마나 기묘한 연설을 폈던가. 카인의 이마에 있는 표식을 어찌나 독특하게 해석하고, 그의 놀랍도록 성숙한 눈빛은 또 얼마나 기이하게 빛났던가. 그러다 갑자기 몇 가지 의문이 떠올랐다. 데미안 그 자신이 바로 카인이 아닐까? 카인의 감정을 똑같이 느끼지 않았다면 왜 카인을 옹호했던 거지? 그의 눈에는 어떻게 그런 힘이 서려 있던 거지? 왜 그는 '다른 사람들', 즉 겁 많은 이들에 대해 경멸하듯 말했을까? 그들이 결국엔 경건한 자들, 신에게 선택받은 자들인데.

이런 생각들이 끝도 없이 이어졌다. 우물에 돌멩이 하나가 떨어졌다. 우물은 내 어린 영혼이었다. 그리고 오랫동안 이 카인과 살인 그리고 '표식'에 관한 문제는 내가 무언가를 인식하고 의심하고 비판하려 할 때마다 내 사고의 중심이 되었다.

나는 데미안의 매력이 나 아닌 다른 아이들에게도 통하고 있음을 목격했다. 내가 카인에 대한 이야기를 아무에게도 꺼낸 적이 없었는데도, 다른 아이들도 그에게 관심을 보이는 듯했다. 어찌 됐든 '새로 온 전학생'에 대한 무성한 소문이 나돌고 있었다. 그 소문을 속속들이 내가 다 알았더라면, 데미안의 성격을 조금은 이해할 수도 있었을 테고, 그 속에서 뭔가 중요한 의미를 발견할 수 있었을 터였다. 하지만 내가 알고 있던 사실은 데미안의 어머니가 상당히 부유하다는 것밖엔 없었다. 어머니도 데미안도 교회를 다니지 않는다는 소문도 있었다. 어떤 애는 두 모자가 유대인 아니면 무슬림일 수 있다고 추측했다. 막스 데미안의 완력에 대한 만화 같은 이야기도 떠돌았다. 반에서 제일 힘 센 아이가 데미안에게 싸움을 걸었다가 거절당하자 데미안을 겁쟁이라고 놀렸는데, 데미안이 그 애한테 제대로 굴욕을 주었다고 했다. 데미안이 한 손으로 그 애의 목덜미를 잡고 확 비틀어버렸을 뿐인데, 그 애는 얼굴이 시퍼렇게 질려 엉거주춤 달아났다고, 그 현장에 있던 아이들은 떠들어댔다. 그날 이후 그 애는 며칠 동안 팔을 쓰지 못했다고 한다. 어느 날 저녁에는 그 애가 죽었다는 소문까지 나돌았다. 한동안은 데미안에 대해 떠도는 말이라면 아무리 부풀려진 이야기여도 사람들은 쉽게 믿었다. 모두 놀랍고 흥미진진한 소문들이었다. 그러다 얼마간은 또 잠잠했다. 그리고 얼마 지나지 않아 우리들 사이에서는 또 다른 소문 하나가 퍼졌다. 데미안이 여자애들과 긴밀한 관계이며 '모르는 게 없다'는 것이었다.

한편 프란츠 크로머와의 일은 피할 수 없이 계속되었다. 나는 그에게서 헤어날 수 없었다. 며칠간 그가 나를 가만히 내버려두었을 때조차 나는 그에게 매여 있었다. 꿈속에서 그는 그림자처럼 나를 쫓아다녔고, 현실에서 걸지 못한 주문을 걸어 나를 완전히 자신의 노예로 만들어버렸다. 매일 밤 꿈을 많이 꾸는 편이었던 나는 악몽 속에서 살았고, 때문에 현실에서보다 이 어두운 그림자 속에서 체력과 에너지를 더 많이 소모했다. 반복적으로 꿨던 악몽 중 하나는 그에게 잔인하게 학대당하는 꿈이었다. 그는 내게 침을 뱉으며 나를 짓밟았다. 더 끔찍한 악몽은 나에게 중대한 범죄를 저지르도록 끌어들이는 꿈, 아니 더 정확히는 그의 무시무시한 성격으로 나를 압박하며 그렇게 하도록 강제하는 꿈이었다. 그중에서도 반쯤 정신 나간 채로 깨어났던 가장 오싹한 꿈이 있었는데, 그 꿈에서 나는 아버지를 죽이려 했다. 크로머는 칼을 갈아 내 손에 쥐여주었고, 우리 둘은 길가의 나무 뒤에 서서 누군가를 기다리고 있었다. 그 누군가가 다가오자 크로머가 내 팔을 꼬집어 저 사람이 내가 찔러야 할 자라고 말해주었다. 그 사람은 내 아버지였다. 그리고 나는 잠에서 깼다.

이런 것들에 쫓기면서도 카인과 아벨 이야기에 대한 생각은 여전히 떠올랐지만, 데미안에 대해서는 거의 생각나지 않았다. 데미안이 내게 다시 다가온 건 기묘하게도 꿈속에서였다. 다시금 나는 학대와 폭력의 희생양이 되는 꿈을 꾸었는데, 이번에 나를 짓밟은 건 크로머가 아닌 데미안이었다. 이번 꿈은 매우 독특해 깊은 인상을 남겼다. 크로머에게 괴롭힘을 당할 때는 온몸으로 저항하며 고통스러워했지만, 데미안의 손아귀에서는 기꺼이 그 고통을 감수했고 두려움과 황홀감이 복합된 감정까지 느꼈다. 나는 이 꿈을 두 번 꾸었고, 세 번째부터는 다시 크로머와 마주했다.

한참 전부터 나는 꿈속에서의 일들을 현실과 구분할 수 없었다. 그런 중에도 크로머와의 악연은 계속 이어졌고, 내가 훔친 푼돈으로 그에게 진 빚을 모두 갚은 뒤에도 악연은 끝나지 않았다. 도리어 그는 돈을 어디서 구해왔냐며 끈질기게 따져 물었고, 결국엔 내가 돈을 훔친 사실을 알아버렸다. 그래서 나는 이전보다 더 세게 그의 손아귀에 휘어잡히고 말았다. 툭하면 그는 내 아버지에게 모든 사실을 불어버리겠다고 협박했다. 그럴 때마다 나는 두려움보다는, 아버지에게 처음부터 모든 걸 말하지 않았다는 후회를 더 깊이 느꼈다. 그렇게 비참했지만, 적어도 매 순간, 모든 일을 다 후회한 건 아니었다. 이렇게 되어버린 내 처지가 때로 어쩔 수 없는 운명이라 믿었다. 내 운명이 내 머리 위에 드리워져 있었고, 그것으로부터 도망치려는 시도는 무용한 짓이었다.

이런 상황이 지속되는 사이, 부모님은 아마 크게 상심했을 터였다. 나는 낯선 기운에 휘감겼다. 친밀히 결속된 우리

가족이라는 공동체에 이제 나는 어울리지 않는 사람이 되었고, 잃어버린 낙원을 그리워하듯 이전 시절을 향한 미칠 듯한 그리움이 나를 덮쳐왔다. 어머니는 나를 아픈 아이라기보다는 방황하는 아이처럼 대해주었지만, 누이들을 보면 상황이 정말 어떤지 더 잘 알 수 있었다. 내가 하고 싶은 대로 다 하게 내버려두던 누이들의 태도는 나를 한없는 비탄에 빠뜨렸다. 그들의 그런 모습은, 나를 일종의 '악령에 홀린 사람'으로 본다는 것을 확실히 말해주고 있었다. 나는 비난이 아닌 동정을 받았지만, 그럼에도 불구하고 악마에게 점령당한 존재로 취급받고 있었다. 가족들은 나를 위해 그 어느 때보다 절실히 기도했지만, 그것이 부질없음을 나는 알았다. 고통을 내려놓고 싶은 욕구, 모든 것을 진실하게 고백하고 싶은 열망이 수시로 뜨겁게 타올랐다. 하지만 어머니나 아버지에게 사실을 이실직고할 수 없음을 나는 진작부터 알았다. 부모님은 내 모든 상황을 동정 어린 마음으로 받아들이고 안타까이 생각해도 온전히 이해해주지는 못하리라는 것을, 결국엔 내 행동이 일탈로 여겨지리라는 것을 나는 알았다. 그러나 그것은 숙명이었다.

과연 이런 감정이 열한 살도 안 된 어린아이에게서 나올 수 있는 것인가, 의심하는 이들이 많을 것 같다. 하지만 이 이야기는 그런 자들을 위한 것이 아니다. 나는 이 이야기를 인간 본성을 이해할 수 있는 이들에게 들려주고 싶다. 자신의 직관을 논리로 바꾸는 법을 배운 어른들은 아이의 이런 생각을 헤아리지 못하고 끝내 아이의 경험 자체를 부정하고 만다. 하지만 나는 그 시절에 느낀 고통의 감정보다 더 아픈 감정을 경험한 적은 거의 없었다.

비 내리는 어느 날, 나는 나를 괴롭히는 자로부터 명령을 받고 마을 광장으로 나가야 했다. 그곳에서 나는 젖은 밤나무에서 떨어지는 축축한 잎사귀들을 발로 헤집으며 그를 기다리고 있었다. 돈은 없었지만, 크로머에게 뭐라도 줄 요량으로 케이크 두 조각을 챙겨 나갔다. 한쪽 구석에 서서 그를 기다리는 일이 이제 익숙했다. 때로 그 시간이 아주 길어질 때도 있었으나, 피할 수 없는 것을 참는 법을 수련한다는 생각으로 그 시간을 견뎌냈다.

마침내 크로머가 나타났다. 그는 오래 머물지 않았다. 내 옆구리를 몇 번 쿡쿡 찌르더니 웃으면서 케이크를 받아들었고, 심지어 비에 젖은 담배를 권하기까지 하며 평소보다 친절하게 굴었다.

"아, 근데 말이야." 떠나려고 하던 참에 그가 말했다. "까먹을까 봐 말해두는 건데, 다음에는 네 누나도 데리고 나와라. 이름이 뭐였더라?"

그의 말뜻을 이해하지 못한 나는 아무런 대답도 하지 못했다. 어안이 벙벙한 눈길로 그를 바라볼 뿐이었다.

"무슨 말인지 몰라? 네 누나랑 같이 나오라고."

"알아, 크로머. 하지만 그건 무리야. 그럴 순 없어. 우리 누나도 절대 나오지 않을 거야."

나는 그의 말에 크게 놀라지 않았다. 그것은 속임수이고 구실이라는 걸 알았다. 그는 번번이 그렇게 수작을 부렸다. 말도 안 되는 것을 요구하고 겁박하며 나를 어쩔 줄 모르게 만들고 나서야 조금씩 양보하는 척했다. 그런 그를 나는 돈이나 선물로 달래야 했다.

하지만 이번에는 달랐다. 내가 거절했는데도 그는 좀처럼 화를 내보이지 않았다.

"그래 뭐," 그는 대수롭지 않게 말했다. "한번 잘 고민해 봐. 난 네 누나를 만나보고 싶은 거야. 네가 산책을 하자고 하고 밖으로 데리고 나오면, 그때 내가 나타나는 거지. 내일 휘파람을 불 테니까 그때 다시 얘기하자고."

그가 가버린 후 그의 요구가 무엇을 뜻하는지 불현듯 깨달았다. 이런 일에 있어 아직 나는 아무것도 모르는 어린애였지만, 또래 남자애들과 여자애들이 몇 학년만 더 올라가면 은밀하고 부적절한 짓을 저지를 수 있다는 얘기쯤은 익히 들어서 알고 있었다. 나는 크로머의 요구가 얼마나 끔찍한 것인지 퍼뜩 깨닫고는, 절대로 그의 계략에 가담하지 않겠다고 즉시 마음을 굳혔다. 하지만 앞으로 어떤 일이 벌어질지, 크로머가 내게 어떻게 보복할지에 대해서는 감히 생각조차 할 수 없었다. 그것은 내게 또 다른 고통의 시작을 의미했다. 더 끔찍한 일들이 기다리고 있었다.

가눌 길 없는 참담한 심정으로 나는 두 손을 주머니에 넣고 텅 빈 광장을 터벅터벅 가로질러 갔다. 괴롭힘과 억압을 또 견뎌야 한다니.

이런 생각에 잠겨 있던 그때, 깊은 울림이 있는 쾌활한 목소리가 나를 불렀다. 나는 화들짝 놀라 무작정 달리기 시작했다. 누군가가 나를 뒤따라왔는데, 손 하나가 내 어깨에 가볍게 닿았다. 막스 데미안이었다.

나는 더 이상 저항하지 않았다.

"아! 너였구나!" 나는 불안하게 말했다. "깜짝 놀랐잖아!"

그가 나를 바라보았다. 그 순간 그는 그 어떤 때보다도 어른스럽고, 뛰어난 통찰력을 지닌 존재처럼 보였다. 우리가 대화를 나눈 건 오랜만의 일이었다.

"미안해." 그는 정중하면서도 단호하게 말했다. "그렇지만 이봐, 누가 놀라게 한다고 그렇게 겁먹고 놀라서는 안 돼."

"하지만 매번 안 그럴 순 없잖아."

"그것도 그렇지. 그런데 자 봐, 네게 어떤 악의도 없는 사람을 보고 네가 겁먹고 움찔해버리면 상대방은 여러 가지 생각을 하게 돼. 의아해하면서 궁금증이 생기겠지. 원래 사람은 뭔가 두려워할 때 잔뜩 겁을 집어먹잖아. 그럼 상대방은 네가 두려움이 많은 사람이라고 생각하게 돼. 겁쟁이들은 언제나 두려워하지. 하지만 넌 겁쟁이가 아니잖아, 그치? 물론 영웅도 아니지만. 지금 널 두렵게 하는 뭔가가 있는 거야. 그게 사람일 수도 있고. 하지만 두려워해서는 안 돼. 말도 안 되는 거야. 사람이 사람을 두려워하다니. 날 두려워하는 건 아니겠지? 혹시 그러니?"

"아니야, 전혀 아니야."

"그럴 것 같았어. 하지만 두려운 사람이 있지?"

"모르겠어……. 그냥 날 내버려둬. 나한테서 뭘 원하는 거야?"

나는 도망칠 생각으로 발걸음을 재촉했지만 그는 내 속도에 맞추며 걸었고, 나를 흘끗 살피는 그의 시선이 느껴졌다.

"이렇게 한번 생각해봐." 그가 다시 말문을 열었다. "나는 너에게 호의적인 사람이라고 말이야. 아무튼 나를 두려워할 필요는 없어. 난 너와 실험 하나를 해보고 싶어. 아주 가벼운 실험인데 유익한 교훈을 얻어갈 수 있을 거야. 그러니 잘 들어봐! 난 종종 독심술이라는 기술을 부려. 흑마술 같은 건 아닌데, 원리를 모르면 이상해 보이지. 너도 이걸로 사람들을 깜짝 놀라게 할 수 있어. 그럼 한번 실험을 해보자. 난 널 좋아해, 아니면 너에게 관심이 있어. 그래서 네 속마음을 알고 싶어. 자, 이걸로 벌써 난 첫 단계를 밟았어. 내가 널 겁먹게 만들었잖아. 넌 지금 긴장 상태가 됐고. 근데 네가 왜 그렇게 겁을 먹었을까? 그러니까 내 말은 그 누구도 두려워할 필요가 없다는 거야. 누굴 두려워하는 건 상대방에게 너를 조종할 수 있는 수

단을 쥐여주는 셈이니까. 예를 들어 네가 어떤 잘못을 했다고 해봐. 누군가 그걸 알고 있다면, 그 사람은 그걸 이용해서 널 지배할 힘을 갖게 돼. 이해하니? 이제 명확하지?"

나는 하릴없이 그의 얼굴만 올려다보았다. 그의 얼굴은 언제나처럼 진지하고 총명하고 선량해 보였지만, 태도는 조금의 다정함도 없이 엄격했다. 그에게는 어떤 정의감 같은 것이 느껴졌다. 나는 도대체 무슨 일이 일어나고 있는지 알지 못했다. 그는 마치 마법사처럼 나를 내려다보고 있었다.

"내 말 이해했니?" 그가 다시 물었다.

나는 고개만 끄덕일 뿐 아무 말도 할 수 없었다.

"독심술이 좀 우스꽝스러워 보일 수 있다고 아까 말했지만, 사실 아주 자연스러운 과정이야. 예를 들어 전에 내가 카인과 아벨 이야기를 들려줬을 때, 네가 나에 대해 무슨 생각을 했는지 나는 꽤 정확히 짐작할 수 있어. 지금 이 주제와는 상관없는 얘기지만 말이야. 그리고 네가 내 꿈을 한 번은 꿨을 것 같아. 하지만 이 얘기는 여기서 접어두자. 대부분의 애들은 어리석은데, 넌 참 똑똑해! 난 가끔씩 내가 신뢰할 수 있는 똑똑한 사람과 대화하는 걸 좋아해. 너도 괜찮지?"

"물론 괜찮지. 그런데 무슨 말을 하는 건지 잘 모르겠어."

"가벼운 실험을 계속해보자! 자, 우리가 알아낸 사실은 이거야. 어떤 소년이 겁에 질려 있다, 그는 누군가를 두려워한다, 아마 그는 그 누군가와 아주 불편한 비밀을 공유하고 있을 것이다. 얼추 맞지?"

꿈속에서 그랬듯 나는 그의 목소리와 영향력에 압도되었다. 고개를 끄덕이는 것밖에는 할 수 없었다. 그의 목소리는 마치 내 안 깊숙한 곳에서 나오는 것 같았다. 그 목소리는 나보다 나에 대해 모든 것을 더 잘, 더 정확히 알고 있었다.

데미안은 내 어깨를 툭툭 쳤다.

"내 말이 맞구나? 그럴 줄 알았어. 이제, 하나만 더 물을게. 조금 전에 떠난 남자애 이름을 말해줄 수 있니?"

나는 무서웠다. 위협에 노출된 내 비밀은 대낮의 햇빛으로 나오기를 두려워하며 내 안으로 다시 말려들어갔다.

"누구 말하는 거야? 아까 나 말고 남자애는 없었어."

그가 웃으며 말했다.

"말해봐!" 그가 계속 웃었다. "걔 이름이 뭐야?"

"프란츠 크로머를 말하는 거야?" 나는 작은 목소리로 말했다.

그는 만족스럽다는 듯 고개를 끄덕였다.

"그래 맞아! 역시 넌 눈치가 빠른 아이야. 우리는 좋은 친구가 될 거야. 그 전에 너에게 말해줘야 할 게 있어. 크로머인가 뭔가 하는 애 말이야. 걔는 깡패 같은 녀석이야. 얼굴만 봐도 비열한 놈인 걸 알 수 있어! 넌 어떻게 생각해?"

"맞아." 나는 한숨을 내쉬었다. "정말 사악한 놈이지. 그야말로 악마 같은 놈이야! 이런, 그 애가 이 얘기를 들으면 안 되는데. 제발, 절대 들으면 안 되는데. 혹시 그 애를 알아? 그 애도 널 알아?"

"걱정 마! 그 녀석은 여기 없어. 그리고 날 몰라, 아직은. 하지만 난 그 녀석에 대해 알고 싶어. 공립학교에 다니는 녀석이니?"

"응."

"몇 학년?"

"5학년. 그 애한테는 아무 말도 하지 말아줘! 제발, 제발 부탁할게. 말하면 안 돼!"

"걱정 마, 너한텐 아무 일도 일어나지 않을 거야. 크로머라는 녀석에 대해서 좀 더 말해줄 순 없겠지?"

"말해줄 수 없어! 안 돼, 날 그냥 내버려둬!"

그는 잠시 침묵했다.

"안타깝네 참," 그가 말했다. "우리의 실험이 한 단계 더 진행될 수 있었을 텐데. 널 힘들게 하지는 않을게. 하지만 알고 있지? 그 녀석을 두려워하는 게 잘못됐다는 거. 그런 두려움은 우리 삶을 망칠 수 있어. 두려움을 떨쳐버려야 돼. 앞으로 제대로 살아가려면 반드시 두려움을 없애야만 해. 무슨 말인지 알지?"

"그래, 네 말이 맞아……. 하지만 소용없어. 넌 아무것도 몰라……."

"아까 봤다시피 난 네가 생각하는 것보다 훨씬 더 많은 걸 알고 있어. 혹시 돈을 빌렸니?"

"으응, 그것도 그렇고. 하지만 그게 중요한 문제는 아니야. 말해줄 수 없어. 말해줄 수 없다고."

"그 녀석한테 빚진 돈을 내가 대신 갚아주면 도움이 될까? 얼마든지 그렇게 해줄 수 있는데."

"그런 문제가 아니야. 제발, 아무한테도 이 얘긴 절대 하지 말아줘! 한마디도! 안 그러면 난 정말 불행해지고 말 거야."

"안심해도 돼, 싱클레어. 나중에라도 털어놔도 돼."

"아니야, 절대 그럴 일은 없어." 나는 격앙된 어조로 소리쳤다.

"네가 원하는 대로 해. 내 말은, 언젠가는 네가 좀 더 그 이야기를 해줄 수도 있다는 것뿐이야. 물론 네가 원해서 말이지! 설마 내가 크로머 같은 짓을 할 거라고 생각하지는 않겠지?"

"그건 절대 아니야. 하지만 넌 그 일에 대해 잘 모르잖아!"

"전혀 모르지. 그냥 생각해보는 것뿐이야. 날 믿어줘. 난 절대 크로머처럼 굴지 않아. 어차피 나한테 빚진 것도 없잖아."

잠시 아무 말 없이 침묵이 흘렀고, 나는 차츰 마음이 가라앉았다. 하지만 데미안이 어떻게 그렇게까지 많은 걸 알고 있는지에 대해서는 점점 더 미궁 속으로 빠져들었다.

"이제 집에 가야겠어." 그가 빗속에서 외투를 단단히 여미며 말했다. "기왕 말이 나왔으니 한마디만 더 할게. 너는 놈을 떨쳐버려야 해! 달리 방법이 없다면, 때려죽여! 네가 그렇게 한다면 난 기쁘고 감명받을 거야. 내가 널 도와줄 수도 있어."

두려움이 다시 엄습했다. 문득 카인의 이야기가 떠올랐다. 모든 것이 섬뜩하게 느껴졌고, 눈물이 조용히 흘러내리기 시작했다. 내 주변에서 너무 많은 이상한 일들이 벌어지고 있었다.

"그래 여기까지 하자." 막스 데미안이 웃으며 가볍게 말했다. "이제 집에 가도 좋아! 우린 뭔가 해낼 거야. 죽여버리는 게 가장 간단하겠지만. 이럴 땐 단순한 방법이 최고거든. 넌 지금 크로머 그 자식의 손에서 놀아나고 있는 거야."

집으로 돌아가는 길을 찾았을 땐 마치 1년 동안 어디 멀리 떠나 있다 온 기분이 들었다. 모든 것이 달라 보였다. 크로머와 나 사이에 희망이나 미래 같은 게 보였다. 나는 더 이상 혼자가 아니었다! 그제야 처음으로, 그 몇 주 동안 비밀 때문에 얼마나 처절한 고독 속에 있었는지 깨달았다. 그리고 부모님께 고백한다 해도 그것이 그저 내게 일시적인 해방감을 줄 뿐 온전히 나를 구원해주지 않으리라는 생각이 다시금 떠올랐다. 대신, 나는 다른 낯선 이에게 진실을 고백했고, 해방감이 강렬한 향기처럼 내게 밀려들었다.

그럼에도 두려움은 여전히 극복되지 못했고, 나는 적과의 격렬한 투쟁이 장기적으로 이어질 것을 각오하고 있었다. 그런 상황에서 일들이 무척 조용히, 아무런 방해도 받지 않고 흘러가고 있다는 사실이 이상하게만 느껴졌다.

하루, 이틀, 사흘, 일주일 동안 크로머의 휘파람 소리가 집 앞에서 들리지 않았다. 이 현실이 믿기지 않아, 혹시라도 그가 전혀 예상치 못한 순간에 다시 불쑥 등장할까 봐 경계를 늦출 수 없었다. 하지만 그는 계속해서 모습을 드러내지 않았다. 이 새로운 자유가 과연 진짜인지 의심스러웠고, 온전히 믿기 어려웠다. 그러던 어느 날 프란츠 크로머를 다시 보게 되었다. 그는 자일러 거리를 따라 내 쪽으로 내려오고 있었다. 나를 발견한 그는 얼굴을 추악하게 일그러뜨리더니, 나를 마주하지 않으려 곧장 돌아서서 가버리는 것이었다.

믿기지 않는 순간이었다. 적이 나를 피해 도망가다니! 악마가 나를 두려워하다니! 환희와 놀라움의 전율이 온몸을 타고 흘렀다.

그 무렵 데미안이 다시 모습을 드러냈다. 그는 학교 앞에서 나를 기다리고 있었다.

"안녕." 내가 인사를 했다.

"안녕, 싱클레어. 잘 지내고 있나 궁금했어. 이제 크로머가 널 건드리지 않지?"

"네가 그런 거야? 하지만 어떻게? 어떻게 된 거지? 난 도무지 모르겠어. 그 애는 나한테서 완전히 떨어져 나갔어."

"잘됐다. 만약 다시 네 앞에 나타나면, 그럴 것 같진 않지만, 그래도 워낙 파렴치한 자식이라 또 몰라. 그땐 데미안을 잊지 말라고 전해줘."

"그게 무슨 상관인 거야? 그 애랑 싸워서 두들겨 패기라도 한 거야?"

"아니야, 난 그런 짓은 안 해. 너랑 했던 것처럼 그 자식이랑도 대화를 나눴을 뿐이야. 널 내버려두는 편이 자신한테 이롭다는 사실을 일깨워준 거지."

"혹시, 돈을 준 건 아니지?"

"아니야, 꼬맹아. 그건 네가 이미 시도해본 방법이잖아."

그에게 정말로 묻고 싶은 질문이 있었지만 그는 가버리고 없었다. 나는 그를 만날 때마다 느꼈던 답답한 감정을 안고 그 자리에 홀로 남았다. 그것은 고마움과 경외심, 감탄과 두려움, 호감과 내면의 반감이 오묘하게 섞인 감정이었다.

나는 머지않아 그를 다시 만나 지금까지의 모든 일들 그리고 카인 이야기에 대해서도 대화를 나눠야겠노라고 다짐했다. 하지만 상황은 그렇게 흘러가지 않았다.

감사는 내가 중시하는 미덕이 아니며, 어린아이에게 그런 마음을 기대하는 것은 부당하다고 생각한다. 그러니 막스 데미안에게 감사하지 않았던 내 태도는 놀랄 일이 아니다. 그때 데미안이 나를 크로머의 손아귀에서 빼내주지 않았더라면, 분명 내 인생은 영영 회복되지 못하고 망가졌을 것이다. 그 무렵에도 나는 크로머로부터 벗어난 일이 내 유년의 가장 중대한 경험이라고 느꼈다. 하지만 구세주가 그 기적 같은 일을 해내자마자 나는 그를 외면했다.

앞서 말했듯 데미안에게 감사하지 않은 내 태도는 전혀 놀랄 일이 아니었다. 다만 그에 대한 호기심조차 일지 않았다는 사실은 의아했다. 그가 내게 은밀히 꺼내 보여준 비밀들에 더 가까이 다가가지 않은 채 어떻게 다른 날들을 살아갈 수 있었을까? 카인에 대한, 크로머에 대한, 그리고 독심술에 대한 이야기를 더 듣고 싶은 열망을 어떻게 참아냈을까?

좀처럼 이해하기 힘든 일이지만 정말 그랬다. 어느덧 나 자신이 악마의 덫에서 구출되고 있었고, 광휘와 환희의 세계가 내 앞에 놓여 있었다. 더 이상 나는 두려움이라는 폭행과 숨통이 조여올 만큼의 발작에 쓰러지지 않아도 되었다. 저주에서 풀려난 것이다. 이제는 저주와 고통을 받지 않는, 다시 평범한 학생이 되었다. 내 안의 본성은 평정을 되찾으려 부단히 애를 썼다. 무엇보다도 추악하고 위협적인 것들로부터 멀리 달아나 잊으려 했다. 죄책감과 두려움으로 얼룩진 기나긴 이야기는 놀랍도록 빠르게 내 기억 속에서 사라져갔고, 어떤 흉터도 후유증도 남기지 않았다.

구세주이자 조력자인 데미안을 왜 그토록 빨리 잊으려 했는지 이제는 이해할 수 있다. 상처투성이였던 내 영혼은 저주와 비애의 협곡으로부터, 크로머라는 끔찍한 노예의 굴레로부터 벗어나 예전에 행복과 만족을 느꼈던 곳으로 쫓기듯 돌아오고 있었다. 다시 문이 열린 잃어버린 낙원으로, 아버지 어머니가 있는 평온한 세계로, 누이들에게로, 깨끗함의 향기로, 신의 총애를 받은 아벨과 하나 되는 세상으로.

데미안과 짧은 대화를 나눴던 바로 다음 날, 마침내 나는 자유를 되찾았다고 굳게 확신했고, 다시 자유를 잃어버리는 것에 대한 일말의 두려움도 느끼지 않았다. 그리고 그날, 그토록 간절히 바라던 일을 실행에 옮겼다. 잘못을 고백한 것이다. 나는 입구가 뜯기고 진짜 돈 대신 장난감 동전으로 가득 찬 저금통을 어머니에게 보여주었고, 내 잘못으로 인해 얼마나 오랫동안 악랄한 자에게 쩔쩔매며 지냈는지 설명했다. 어머니는 내 이야기를 완전히 이해하지는 못했지만 저금통을 보고, 변해버린 내 모습을 보고, 변해버린 내 목소리를 듣고는 내가 치유되었음을, 어머니 품으로 돌아왔음을 느꼈다.

그 후 나는 방황했던 아들이 다시 집으로 돌아와 가족의 일원으로 받아들여지는 귀환의 순간을 맞이했고, 가슴이 벅차올랐다. 어머니가 나를 아버지에게로 데려가 같은 이야기를 들려주자, 아버지는 질문과 놀람의 탄성을 쏟아냈다. 두 분 모두 내 머리를 쓰다듬으며 깊은 안도의 숨을 내쉬었다. 모든 것이 경이롭고, 모든 것이 동화처럼 느껴졌고, 모든 것이 다시 아름다운 조화 속에 놓였다.

나는 열렬한 마음을 담아 이 조화로움 속으로 빠져들어갔다. 내면의 평화와 부모님의 신뢰를 되찾은 데 무한한 감사를 느꼈다. 나는 집안의 착한 아들이 되어 예전보다 더 자주 누이들과 놀았으며, 저녁기도 시간이면 구원받은 귀향자의 마음으로 내가 좋아하는 찬송가들을 따라 불렀다. 이런 내 행동은 가슴에서 우러나온 것이었으며, 그 어떤 가식도 없었다.

그럼에도 불구하고 내 마음은 여전히 정리되지 않은 채 혼란스러웠다. 바로 이 사실이, 내가 데미안을 외면했던 이유를 설명해준다. 실은 모든 걸 고백했어야 했던 사람은 데미안이었다. 만약 그랬다면 좀 더 담담한 고백이 되어 감정의 고조는 덜 했겠지만, 내게는 훨씬 의미 있는 일이었을 것이다. 하지만 당시 나는 여전히 내 뿌리가 깊숙이 박혀 있던 지상의 옛 낙원으로 돌아가는 데 필사적으로 매달리고 있었고, 결국 집으로 돌아와 다시 은혜롭게 받아들여졌다. 하지만 그곳은 데미안이 속한 세계도, 데미안과 어울리는 세계도 아니었다. 크로머와는 다른 방식이긴 했지만 데미안 역시 '유혹자'였고, 더군다나 두 번 다시 얽히고 싶지 않았던 또 다른 세계, 악의 세계에 다리를 놓아주는 자였다. 나는 다시 아벨이 되어 돌아온 이상, 아벨을 버리고 카인을 찬양할 수 없었고 찬양하고 싶지도 않았다.

표면적으로는 그랬다. 하지만 내 마음 깊은 곳에서는 아니었다. 내가 크로머와 악마의 손아귀에서 빠져나온 건 맞지만, 그것이 내 힘과 노력 때문만은 아니었다. 나는 스스로 세상의 길들을 걸어가려 했으나, 그 길은 내게 너무 미끄러웠다.

친절한 손길이 나를 구해주자마자, 나는 세상 밖으로 눈길 한 번 주지 않고 곧장 어머니의 품속으로, 가족이라는 울타리에 둘러싸인 어린 시절의 경건한 세계로 돌아갔다. 나는 스스로를 더 어리고, 더 의존적이고, 더 철없는 존재로 만들었다. 나는 크로머를 대신해 새로운 의존 대상을 찾아야 했다. 혼자서는 걸을 수 없었기 때문이다. 마음의 눈이 먼 상태에서 나는 아버지 어머니에게, 그리고 더없이 익숙하고 소중한 '빛의 세계'에 의존하는 쪽을 택했다. 하지만 그러면서도 그 세계만이 전부가 아님을 알고 있었다. 만약 그 길로 가지 않았더라면 나는 데미안을 따르고 그에게 모든 것을 털어놓아야 했을 것이다. 당시 그렇게 하지 않은 데 대해 나는 그의 기묘한 사상이 의심쩍어서라는 그럴듯한 이유를 댔지만, 사실 그것은 전적으로 두려움 때문이었다. 데미안이라면 내 부모님보다 훨씬 더 엄격한 잣대를 들이댔을 것이다. 내 안에 독립심을 키워주려고 어떻게든 나를 설득하고 훈계하고 조롱하고 비꼬면서 말이다. 이제 나는 똑똑히 깨달았다. 세상에서 자기 자신에게 이르는 길을 가는 것만큼 더 힘겨운 일은 없음을.

    그로부터 반년쯤 후, 나는 유혹을 이기지 못하고 어느 날 산책 중 아버지에게 물었다. 카인을 아벨보다 더 좋게 보는 사람들이 있는데 어떻게 생각하시느냐고.

    아버지는 흠칫 놀라며 그런 해석은 이 시대에 새로운 것이 아니라고 설명했다. 그것은 이미 초기 기독교 시대 때 생겨

난 해석이며, 일부 종파들에서 그렇게 가르쳤다고, 그 종파 중 하나가 '카인파'라고 했다. 하지만 그 이단은 우리 신앙을 파괴하려는 악마의 시도에 불과하다고 덧붙였다. 카인이 옳고 아벨이 틀렸다고 믿는다면 결국 신이 잘못을 범한 게 되지 않느냐고, 성서의 신이 진정한 유일신이 아닌 거짓 신이 되지 않느냐고. 실제로 카인파가 그런 사상을 설파했다고 알려진 건 사실이지만, 이 가짜 교리는 오래전에 사라졌는데 내 학교 친구가 어떻게 그런 말을 들었는지 아버지는 의아해했다. 어찌 됐든 아버지는 그런 사상을 경계하라고 엄중히 경고했다.

제3장

도둑

내 유년 시절에 대해서라면 할 수 있는 이야기가 많다. 행복하고 다정한 순간들과 부모님 곁에서 누린 평온함을 이야기할 수도 있고, 온화하고 사랑 넘치는 가정 분위기와 그 속에서 피어난 순수한 애정 그리고 아무런 근심 없이 해맑았던 존재에 대해서도 말할 수 있다. 하지만 내 관심은 오로지 내 삶에서 나 자신을 발견하기 위해 내디뎠던 발걸음에만 있다. 평온한 안식처들과 행복의 섬들, 달콤한 낙원들이 지닌 그 모든 신비한 힘을 모르는 바는 아니지만, 이제 내게는 환상 속의 일처럼 아득하게 느껴질 뿐 다시 그 세계로 돌아가고 싶은 열망은 없다.

　　내 소년 시절의 이야기를 계속 이어가겠지만, 그중에서도 나를 앞으로 나아가게 했던 새로운 경험들에 대해서만 언급하려 한다.

　　그런 자극들은 예외 없이 '다른' 세계에서 왔고, 두려움과 속박과 양심의 가책을 동반했다. 그것은 언제나 혁명적이었고, 내가 계속 머무르고 싶던 평화의 상태를 위협했다.

　　그 후 오랫동안 억눌러온 충동의 정체를, 나를 빛의 세계로 다시 도망치고 숨게 만드는 그 충동의 정체를, 더 이상 외면할 수 없는 시기가 찾아왔다. 나는 성性에 서서히 눈뜨게 되었고, 그것은 누구에게나 그렇듯 적대자이자 파괴자로, 금지되고 타락하고 죄악시된 것으로 다가왔다. 내 호기심이 갈망했던 것, 꿈과 욕망과 두려움이 내 안에 불러일으켰던 감정, 그리고 사춘기 시절에 간직했던 크나큰 비밀은 어린아이 때만 누릴 수 있었던 행복과는 전혀 어울리지 않았다.

　　나는 여느 아이들과 다름없이 행동했다. 하지만 내면은 더 이상 아이가 아닌 아이로서 이중생활을 했다. 내 의식은 익숙하고 허용된 세계에 머물렀고, 내 의식은 나를 둘러싼 세계가 어두워지는 현실을 부정했다. 그러나 동시에 나는 지하 세계에 숨겨진 꿈과 본능, 욕망 속에 파묻혀 살고 있었다. 그 위에 놓인 내 의식의 다리는 아슬아슬했다. 어린 시절의 세계가 무너져가고 있었기 때문이다. 대개 부모들이 그렇듯 내 아버지 어머니도 자식의 삶의 뿌리가 뒤흔들리는 계기를 조성하려 하지 않았고, 그런 주제에 관해서는 단 한마디도 입에 올리지 않았다. 점점 현실과 동떨어져가는, 어린아이의 세계에만 머무르려 하면서 현실을 부정하는 나의 이런 절망적인 시도를 아버지 어머니는 지켜볼 따름이었다. 물론 그런 문제에 있어 부모가 할 수 있는 일은 많지 않을 것이다. 두 분을 탓할 생각은 없다. 내면을 깊숙이 들여다보고 나만의 길을 찾는 것은 나 자신의 몫이었으며, 곱게 자란 대부분의 아이들이 그렇듯 나도 그 몫을 제대로 해내지 못했다.

이러한 위기의 시절은 누구나 지나기 마련이다. 보통 사람들에게 이 시기는 운명이 요구하는 것과 주변 환경이 가장 크게 충돌하는 때이며, 앞으로 나아가기 위해서는 인생의 다른 어떤 시기보다 힘겨운 노력을 해야만 한다. 한때 사랑했던 모든 것이 우리를 떠나가며, 유년 시절은 서서히 허물어지고 쇠퇴하다가 결국은 우리의 운명인 죽음과 부활을 경험하는 유일한 시기이다. 그래서 갑작스레 세상의 냉혹함과 고독을 절감하게 되는 시기이다. 그리고 대다수 사람들이 이 절벽에 영원히 매달린 채 돌이킬 수 없는 과거에 절망적으로 집착하고, 잃어버린 낙원에 관한 꿈이라는 가장 무정한 꿈에서 헤어나지 못하고 한평생을 보낸다.

우리의 이야기로 다시 돌아가보면, 유년 시절의 끝을 알린 감각들에 대해서는 여기서 언급할 만큼 중요하지 않다. 핵

심은 '또 다른 세계', '어둠의 세계'가 다시 보였다는 사실이다. 한때 프란츠 크로머였던 것이 이제 내 안에 자리 잡았다. 그리고 이런 방식으로 '또 다른 세계'는 외부에서 내게 영향을 주고 있었다.

크로머 사건이 있은 지 몇 년이 흘렀다. 죄의식으로 물든 극적인 시절은 이제 까마득히 멀어져 있었고, 찰나의 악몽처럼 그 기억도 차츰 옅어졌다. 프란츠 크로머는 내 인생에서 이미 오래전에 사라졌고, 그를 마주쳤을 때조차 특별한 감정은 없었다. 그러나 내 비극적 서사의 또 다른 인물인 막스 데미안은 내 주변에서 사라지지 않고 오랫동안 내 시선이 닿는 곳에 머물렀지만, 내 삶에 실질적인 영향을 미치지는 않았다. 그랬던 그가 점차 내게 다가왔고, 자신의 힘과 영향력을 발산하기 시작했다.

그 시절의 데미안에 관한 기억을 떠올려본다. 우리는 1년 남짓 대화를 나누지 않았던 것 같다. 나는 그를 피해 다녔기에 그와 마주친 적이 손에 꼽았는데, 행여 마주치기라도 할 때면 그는 고갯짓으로 내게 인사를 건넸다. 그 미소 속에 조롱과 냉소적인 비난의 기미가 섞여 있는 것도 같았지만, 이건 내 착각일지 모른다. 그와 함께 겪었던 일들과 그가 내게 미쳤던 기묘한 영향력에 대해서는 우리 둘 다 잊은 듯했다.

그의 모습을 기억해본다. 이제 와서 돌이켜보니 그가 내 삶에 깊숙이 자리 잡고 있었다는 사실을 깨닫는다. 그가 혼자서 또는 상급생 친구들과 함께 등교하는 모습이 보인다. 그들 사이에서 초연히 떠도는 낯설고 외롭고 고요한 그의 모습이, 자신만의 분위기에 감싸여 자신만의 규칙을 따르는 그의 모습이 보인다. 아무도 그를 좋아하지 않았고, 그의 어머니 외에는 그와 친밀한 관계를 맺은 사람이 없었다. 어머니와의 관계에서도 그는 아이가 아닌 성인처럼 굴었다. 선생님들은 대부분 그를 내버려두었다. 그는 총명한 학생이었으며 누구에게도 잘 보이려 애쓰지 않았다. 그가 선생님들에게 말대답을 했다는 소문이 가끔 들려왔다. 그는 반어법이 섞인 직설적인 화법으로 누구도 반박할 수 없게 만들었다.

두 눈을 감고 생각에 잠기니 그의 모습이 아른거린다. 어디였을까? 아, 기억이 난다. 우리 집 앞 좁은 골목길이었다. 어느 날 나는 그가 손에 노트를 들고 그곳에 서서 스케치하는 모습을 지켜보았다. 그는 우리 집 대문 위에 달린 새 모양의 오래된 문장을 따라 그리고 있었다. 커튼 뒤에 숨어 그를 지켜보던 나는, 문장을 뚫어져라 쳐다보는 차갑고 예리하고 눈부신 그의 얼굴에 깊이 감탄했다. 그것은 성숙한 남성의 얼굴, 학자나 예술가의 얼굴이었다. 신중하고 굳건하며 이상하리만치 냉철하고 침착한 얼굴이었으며, 눈동자에서는 분별력이 엿보였다.

또다시 그의 모습이 보인다. 이번엔 거리이다. 학교에서 집으로 돌아가던 길, 나를 포함한 아이들은 쓰러진 말을 보기 위해 잠시 멈춰 섰다. 수레 앞에 묶인 말이 미동도 없이 누워 콧구멍을 벌름거리며 애처롭게 콧김을 뿜어내고 있었고, 보이지 않는 상처에서 흘러나오는 피가 바로 옆 도로에 쌓인 뽀얀 먼지를 서서히 검붉게 물들이고 있었다. 메스꺼움이 올라와 고개를 돌리려는 순간, 데미안의 얼굴이 시야에 들어왔다. 그는 앞으로 비집고 나오지 않고 뒤편에서 여느 때처럼 품위 있고 여유로운 모습으로 서 있었다. 그의 시선은 말의 머리를 향한 듯했는데, 다시금 저 깊고, 고요하고, 광기에 가까울 만큼 열정적으로 무언가에 몰입하는 얼굴이 돋보였다. 나는 잠시 동안 그에게서 눈을 떼지 못했다. 바로 그때, 내 머나먼 의식 속에서 몹시 야릇한 감각이 꿈틀거렸다. 나는 그 얼굴이 소년의 얼굴이 아님을 깨달았다. 그런데 다시 보니 남성의 얼굴도 아니었다. 그의 얼굴에서는 뭔가 다른, 여성적인 기운이 느껴졌다. 일순간 그의 얼굴은 성인 남성의 것도 어린아이의 것도 아니었으며, 늙지도 젊지도 않았다. 족히 백 살은 된 듯 세월을 초월한 얼굴, 우리 시대가 아닌 다른 시대의 흔적을 지닌 얼굴이었다. 동물이나 나무나 별들이 이런 모습일까. 그때 나는 뭘 몰랐고, 어른이 된 지금 내가 말하는 이 감정을 정확히 느낀 것도 아니었지만, 분명 비슷한 감정은 맞았다. 그가 잘생겼던 것도 같고 매력적이었던 것도 같으며, 반대로 거부감을 일으켰던 것도 같다. 하지만 그조차 나는 확신할 수 없었다. 다만 내가 분명히 본 것은 그가 우리와 다르다는 것, 동물 같기도 하고, 영혼 또는 어떤 이미지 같기도 하다는 것이다. 우리와는 상상할 수 없을 만큼 다르다고 말하는 것 말고는 그를 묘사할 길이 없다. 이 외의 다른 기억은 텅 비어 있고, 나의 이런 묘사조차 일부는 후에 받은 인상에서 비롯된 것일지도 모른다.

내가 그와 가까워진 건 그로부터 몇 살 더 먹은 뒤였다. 일반적인 관행과 달리 데미안은 교회에서 또래 소년들과 함께 견진성사를 받지 않았고, 그래서 각종 소문이 무성하게 돌았다. 그가 유대인이라는 설부터 이교도일 거라는 얘기까지 나돌았고, 어떤 아이들은 그와 그의 어머니가 무신론자거나 해괴한 사이비 종교 광신자라고 떠들어댔다. 이와 관련하여 나는 그가 어머니의 애인이라는 의혹까지 받았다는 얘기를 전해 들은 기억이 난다. 아마도 그가 특정 종교 없이 자랐다는 사실이 화근이 되어 사람들이 그에게 불길한 미래가 닥칠 거로 예상했을 것이다. 어쨌든 그의 어머니는 같은 반 아이들보다 2년 늦게 그가 견진성사를 받도록 결정했다. 그리하여 몇 달 동안 그는 나와 같은 견진성사 수업을 듣게 되었다.

한동안 나는 그를 완전히 피해 다녔다. 그와는 아무것도 엮이고 싶지 않았다. 그 주변에는 너무 많은 소문과 비밀이 얽혀 있고, 특히 크로머 사건 이후로 그에게 느껴온 부채감이 내 마음을 괴롭혔다. 그때 나는 내 안의 비밀만으로도 버거운 상태였다. 견진성사 수업 기간은 내가 성에 눈뜬 시기와 겹쳤고,

나는 나름대로 경건함을 유지하려고 애썼지만, 이런저런 이유로 종교에 대한 관심은 크게 식어갔다. 목사님의 가르침은 그들만의 고요하고 거룩한 세계 속에 존재하듯 요원하게만 느껴졌다. 그것이 훌륭하고 고귀한 가르침인 것은 분명했지만, 그 가르침에는 또 다른 세계에서 느껴지는 극도의 현실감과 짜릿함이 없었다.

 이런 상태가 나를 점점 수업에 심드렁해지게 만들수록, 내 관심은 더욱 데미안을 향해갔다. 우리 사이에는 서로를 이어주는 어떤 끈이 있는 듯했다. 지금부터 나는 내 삶에 걸쳐 있는 그 끈을 가능한 한 정확히 따라가고자 한다. 내 기억으로 이 모든 일의 발단은, 아직 교실 불이 켜져 있던 이른 아침 수업에서였다. 성경 선생님인 목사님이 카인과 아벨 이야기를 시작했다. 나는 계속 졸음이 쏟아져 수업 내용의 절반은 흘려듣고 있었다. 그런데 갑자기 목사님이 목소리를 높여 열띤 어조로 카인의 표식에 대해 열변을 토하기 시작했다. 일순간 내 안에서 뭔가가, 반발심 같은 감정이 요동쳤다. 고개를 들자 앞자리에 앉은 데미안의 얼굴이 내 쪽을 돌아보고 있었다. 뭔가를 호소하는 듯 또랑또랑한 그의 눈빛은 조롱을 담은 것인지 엄숙함을 담은 것인지 알 수 없었다. 그가 나를 잠깐 바라보았을 뿐인데, 어느새 나는 목사님 말씀에 바짝 집중하고 있었다. 그렇게 카인과 표식에 대한 이야기를 듣는 동안, 내 안의 깊숙한 곳에서는 그 가르침이 옳지 않으며 달리 해석할 수 있다고,

그의 견해를 비판할 이유가 충분하다고 느꼈다.

그 순간 데미안과 나는 다시 끈으로 이어졌다. 그리고 신기하게도, 그와 영적으로 가까워진 걸 느끼자마자 마법처럼 그것이 물리적 가까움으로 변하는 것을 나는 목격했다. 데미안이 계획했는지 단지 우연이었는지 알 수 없으나 — 그 무렵 나는 우연이 존재함을 굳게 믿었다 — 며칠 후 성경 수업에서 갑자기 데미안이 내 앞으로 자리를 옮겨 앉는 것이었다. (아이들로 바글바글해 고약한 냄새가 진동하는 교실 한가운데에서, 그의 목덜미에서 풍겨오는 산뜻하고 은은한 비누 향기를 기분 좋게 들이마신 기억이 새록새록 떠오른다!) 그리고 며칠 후에는 다시 내 옆자리로 바꿔 앉았고, 겨울과 봄을 지나는 내내 그는 그 자리에 머물렀다.

이제 아침 수업은 완전히 달라졌다. 더 이상 졸리고 지루하지 않았다. 오히려 기다려지기까지 했다. 우리는 종종 목사님의 말씀에 깊이 집중했고, 다시 생각해볼 만하거나 이상한 발언이 목사님의 입에서 흘러나올 때면 옆자리 데미안은 눈짓 한 번으로 나를 그 발언에 집중하게 만들었다. 평소와 다른 종류의 눈빛, 매우 의미심장한 눈빛을 한 번 쏘아 보낸 것뿐인데, 내 안에서는 비판적 사고가 깨어났다.

하지만 대부분의 경우 우리는 수업에 집중하지 않는 학생이었고 수업 내용을 거의 듣지 않았다. 데미안은 선생님들과 친구들에게 언제나 모범적인 행실을 보였다. 나는 그가 다른 아이들처럼 장난을 치는 모습도, 큰 소리로 웃고 떠들거나 선생님의 꾸지람을 듣는 모습도 본 적이 없었다. 하지만 그는 조용히, 속삭이기보다는 신호와 눈짓을 보냄으로써 나를 자신의 생각으로 끌어들였다. 그중에는 매우 특이한 것도 있었다.

예컨대 그는 자신이 어떤 아이들에게 흥미를 느끼고, 어떤 방식으로 그들을 관찰하는지 내게 알려주었다. 그는 많은 아이들을 꽤 정확히 파악하고 있었다. 그는 수업 전에 이런 말을 하곤 했다. "내가 엄지손가락으로 신호를 보내면, 저 애가 우리를 돌아보고 목덜미를 긁는 그런 행동을 보일 거야." 수업 중에 내가 그의 말을 깜빡 잊고 있으면, 그는 갑자기 엄지손가락을 특이하게 움직였고, 그러면 나는 그 순간 그가 가리켰던 아이를 몰래 훔쳐보았다. 그런데 그때마다 그 아이는 마치 데미안이 조종하는 인형처럼 행동했다. 나는 선생님한테도 이 기술을 써보라고 졸랐지만, 데미안은 거절했다. 그러다 어느 날은 내가 수업 시간 전에 숙제를 못 했다며 목사님이 제발 나한테 질문하지 않았으면 좋겠다고 말하자, 그는 나를 도와주겠다고 했다. 교리문답의 한 구절을 암송하게 할 학생을 찾으려 눈동자를 이리저리 굴려대는 목사님의 시선이, 죄책감에 젖은 내 얼굴 위에 멈췄다. 그는 천천히 다가와 손가락으로 내 쪽을 가리키며 내 이름을 부르려고 했는데, 그 순간 갑자기 그의 주의가 산만해지더니 불편한 듯 옷깃을 만지작거리는 것이었다. 그러더니 단호한 눈빛으로 자신을 빤히 쳐다보고 있는 데미안에게 다가가서 뭔가를 물어보려는 것 같았다. 하지만 다시 조용히 돌아서서는 몇 번 목청을 가다듬고는 다른 학생을 지목했다.

나는 이런 장난을 즐기면서도, 나 자신도 비슷한 장난을 자주 당하고 있다는 사실을 점차 알아차렸다. 등굣길에 데미안이 뒤에 있다는 느낌이 들어 휙 돌아보면, 거기엔 정말 그가 있었다.

"네가 다른 사람의 생각을 진짜로 조종할 수 있단 거야?" 나는 그에게 물었다.

그는 차분하고 이성적이며 어른스러운 태도로 흔쾌히 대답해주었다.

"그건 아니야. 목사님이 뭐라 하던 우리에겐 자유의지가 없어. 다른 사람이 그 자신의 의지대로만 생각할 수 없는 것처럼, 나도 타인의 생각을 마음대로 조종할 수 없어. 다만 한 사람에 대해 깊이 생각하다 보면 그 사람의 생각과 감정을 자주 추측하게 되는데, 그러면 그 사람의 다음 행동을 예측할 수 있어. 아주 간단한 건데 사람들은 이걸 모르지. 물론 연습이 필요해. 예를 들면 이거야. 나방 중에는 암컷의 개체수가 수컷보다 훨씬 적은 종이 있어. 나방의 번식 과정도 다른 동물들과 동일해. 수컷이 암컷을 수정시키고 암컷이 알을 낳지. 이건 동식물학자들이 자주 하는 실험인데, 만약 이 암컷 나방을 잡으면, 수컷들은 밤새도록 이 암컷에게 날아들지. 한번 생각해봐! 수컷들은 그 구역의 유일한 암컷 냄새를 맡는다니까! 심지어 몇 마일 떨어진 곳에서도! 인간은 그 현상을 논리적으로 설명하려 들지만, 사실 어렵지. 수컷 나방은 후각이나 다른 감각을 가지고 있는 게 틀림없어. 영리한 사냥개가 감지할 수 없는 냄새를 맡아 추적하는 거랑 비슷한 거야. 이해가 되니? 자연에는 설명할 수 없는 현상이 많아. 하지만 이렇게는 말할 수 있어. 만약 이 나방들 사이에서 암컷이 수컷만큼 흔했다면, 수컷의 후각은 그렇게 예민하지 않았을 거라고! 그러니까 수컷이 예민한 후각을 얻을 수 있었던 건 단지 훈련을 통해서지. 동물이든 인간이든 자신의 모든 의지를 하나의 목표에 쏟아붓는다면, 결국 목표를 성취할 수 있어. 이렇게 간단한 거야. 지금 이것도 마찬가지야. 어떤 사람을 자세히 관찰하다 보면, 머지않아 그 사람 자신보다도 더 많은 걸 알 수 있게 돼."

'독심술'이라는 단어가 입안에 맴돌면서, 이제는 너무나 멀게 느껴지는 크로머 사건을 데미안에게 상기시킬 뻔했다. 그 주제는 우리 사이에서 금기시되었고, 그가 몇 년 전 내 삶에 깊숙이 관여했다는 사실에 관해서는, 그것을 암시하는 말조차 둘 다 한 번도 꺼낸 적이 없었다. 마치 이전의 관계가 우리 사이에 전혀 없었던 것처럼, 서로 상대방이 그 일을 잊었을 거라고 믿는 것처럼 말이다. 실제로 함께 길을 걷다가 크로머를 마주친 적이 두어 번 있기는 했지만, 데미안과 나는 눈길 한번 주고받지 않았고, 크로머에 대한 어떤 말도 입에 올리지 않았다.

"그러면 그 '의지'라는 건 뭐야?" 내가 그에게 물었다. "우리는 자유의지가 없다면서, 그런데 하나의 목표에 의지를 쏟아부으면 그걸 이룰 수 있다니, 앞뒤가 안 맞잖아. 내가 내 의지의 주인이 아니라면, 마음대로 의지를 여기저기에 쏟을 수 없는 거 아닌가."

그는 만족스러울 때면 늘 그랬듯 내 어깨를 툭툭 쳤다.

"잘했어. 그런 질문을 하다니 훌륭해!" 그가 웃으며 말했다. "사람은 항상 질문하고 의심해야 해. 그리고 네가 물어본 그건, 아주 간단한 문제야. 예를 들어 만약 그 나방이 별처럼 너무 멀리 떨어져 있는 것에 의지를 쏟으려고 하면 실패할 거야. 그런데 나방은 그런 시도조차 하지 않지. 나방은 자신에게 의미 있는 것, 자신에게 필요하고 중요한 것에만 집중하지. 그래서 나방은 기적을 일으킬 수 있는 거야. 나방은 어떤 생물체에도 없는 신비한 육감을 발달시켰어! 우리 인간은 동물보다 관심 분야도 흥미도 더 많잖아. 하지만 결국엔 우리 인간도 좁은 범위 안에 갇혀 있어서 그 범위를 벗어나지 못해. 이런저런 상상의 나래를 펼치는 건 좋아. 뭐 내가 북극에 갈 거라고 상상할 수도 있겠지. 하지만 내 의지를 강하게 몰아넣는 건, 소망이 내 안에 깊숙이 뿌리내려 내 온 존재를 침투할 정도여야만 가능해. 그런 상태가 되면, 그러니까 내면에서 요구하는 걸 느낀다면, 뭐든 이룰 수 있어. 순종적인 말을 부리듯 네 의지를 통제할 수 있다는 뜻이야! 그런데 예를 들어 우리 반 목사님이 안경 쓰기를 원하는 것에 '의지'를 쏟는 건 소용없는 짓이야. 그건 의지가 아니라 장난에 불과하잖아. 하지만 지난가을 내가 교실 앞자리에서 다른 자리로 옮기겠다고 결심을 굳혔을 때는 효과가 있었어. 알파벳 순서상 내 이름보다 먼저인 아이가 갑자기 나타난 거야. 그동안 몸이 아팠던 아이였지. 누군가 그 애한테 자리를 양보해야 하는 상황이었는데, 내 의지가 그 기회를 잡을 준비가 되어 있었기 때문에 내가 얼른 양보했지."

"그렇구나." 나는 말했다. "나도 그때 이상한 느낌이 들었던 기억이 나. 우리가 서로에게 관심을 가지기 시작한 그때부터 네가 말 그대로 나와 점점 가까워졌잖아. 어떻게 이런 일이 일어날 수 있어? 그런데 바로 옆자리에 앉지는 않았어. 처음에는 내 앞자리에 앉았어, 그치? 왜 그랬던 거야?"

"그래, 그때 그랬지. 처음 자리를 바꾸고 싶다는 생각이 들었을 땐, 어디 앉고 싶은지 나도 잘 몰랐어. 더 뒤로 가고 싶다는 생각뿐이었지. 너와 더 가까워지고 싶은 게 내 소망이었는데, 처음에는 그 마음도 명확하지 않았어. 하지만 네 의지가 나와 맞아떨어져서 날 도왔어. 네 앞자리에 앉고 나서야 내 소망이 반만 이루어졌다는 걸 깨달았고, 내 진짜 소망은 네 옆에 앉는 거라는 걸 알게 됐지."

"하지만 그땐 새로 들어온 애도 없었잖아."

"맞아. 그때는 그냥 내가 하고 싶은 대로 했어. 더 생각하지 않고 네 옆에 앉아버렸지. 원래 그 자리에 앉던 애는 너무 당황해서 뭐라 말도 못하더라. 목사님도 한 번은 자리가 바뀌었다는 걸 눈치채긴 했지. 나를 대할 때마다 불안해 보였거든. 내 이름이 분명 데미안인데 뭔가 자리 배치가 잘못됐다는 걸 알고는 있었어. 내 이름이 'D'로 시작하니까 'S' 바로 뒤에 앉으면 안 된다고 생각했겠지! 하지만 그 생각은 그의 의식을 뚫고 들어가지 못했어. 왜냐하면 내 의지가 그걸 가로막고, 계속 내가 그를 방해했거든. 참 인자하신 분인데, 뭔가 이상함을 감지한 목사님은 계속 날 쳐다보면서 뭐가 잘못됐는지를 파악하려고 하더군. 그때 난 간단한 기술을 부렸지. 목사님이 혼란스러워할 때마다 그를 뚫어져라 쳐다봤어. 대부분은 그런 눈빛을 견디지 못하거든. 백이면 백 안절부절못하지. 만약 누군가에게서 뭔가를 얻어내고 싶을 때 그 사람을 빤히 응시했는데도 상대가 불안해하지 않는다, 그럼 그냥 포기해! 그 사람한테서는 아무것도 얻어내지 못하니까, 아무것도. 하지만 그런 일은 드물어. 실제로 난 그 방법이 통하지 않는 딱 한 명을 알고 있어."

"그게 누군데?" 나는 잽싸게 물었다.

그는 나를 바라보았고, 생각에 잠겼을 때처럼 눈을 가늘게 떴다. 그러고 나서 고개를 돌리더니 아무 대답도 하지 않았다. 나는 궁금해 미칠 지경이었지만 다시 물어볼 순 없었다.

아마도 그 순간 그는 어머니를 마음속으로 그리고 있었을 것이다. 그는 어머니와 유대가 깊은 듯했다. 하지만 그는 어머니의 이름조차 언급한 적 없었고, 나를 집으로 데려간 적도 없었다. 나는 그의 어머니가 어떻게 생겼는지도 알지 못했다.

나도 데미안을 흉내 내어 이룰 수 있다고 확신하는 일에 내 의지를 집중시켜보려고 수차례 시도했다. 그것은 내게 아주 절실한 소망들이었다. 하지만 아무 일도 일어나지 않았다. 내 의지가 통하지 않았다. 데미안에게는 이런 이야기를 해볼 엄두도 나지 않았다. 그에게 내 소망을 터놓고 말하기는 대단히 곤란한 일이었고, 그 역시도 내게 묻지 않았다.

한편 내 신앙심에 금이 가기 시작했다. 하지만 데미안의 영향을 많이 받은 내 생각은 철저한 무신론을 자랑이라는 듯 떠벌리는 동급생들의 생각과는 확실히 다른 종류였다. 우리 중에는 그런 친구들이 더러 있었다. 신을 믿는 건 웃기는 짓이며 쓸데없다고, 삼위일체니, 예수가 동정녀에게서 태어났다니 하는 소리들은 어처구니가 없다고, 이런 얘기들을 지금 같은 시대에 꺼내는 건 시대에 뒤떨어진다고 떠벌리고 다녔다. 나는 결코 그런 친구들의 말에 동조하지 않았다. 종교에 회의감이 들긴 했어도, 아버지 어머니의 신실한 삶을 지켜본 나로서는 종교가 절대 무가치하고 위선적인 것이 아님을 알았다. 더군다나 나는 당시에도 변함없이 독실한 신자들을 보면 깊은 경외심을 느꼈다. 다만 데미안은 종교 이야기와 교리들을 보다 유연하고 개인적인 방식으로, 상상력을 가미하여 이해하고 해석하는 것에 익숙해지도록 나를 도왔을 뿐이다. 어쨌거나 나는 그가 권한 해석법을 기꺼운 마음으로 받아들였다. 개중에는 카인 이야기처럼 내가 감당할 수 있는 수준을 넘어선 것들도 많이 있었으며, 한번은 견진성사 수업 중에 더 뜨악할 만한 견해로 나를 깜짝 놀라게 한 적도 있었다. 목사님은 골고다 이야기를 한창 하던 중이었다. 성경에 나오는 구세주의 수난과 죽음 이야기는 어릴 적부터 내게 깊은 인상을 남겼다. 성금요일Good Friday[2] 즈음이 되면 아버지가 구세주의 수난 이야기를 읽어주시곤 했는데, 나는 진한 감동을 느끼며 이야기에 푹 빠져들었고, 나 자신도 겟세마네 동산과 골고다 언덕의 슬프면서도 아름답고, 창백하면서도 섬뜩하리만치 생생한 세계 속에 함께 머물렀다. 그리고 바흐의 〈마태 수난곡〉을 들을 때면, 그 비밀스러운 세계의 애절하고도 빛나는 고통의 힘이 신비로운 전율을 일으켰다. 지금도 나는 〈마태 수난곡〉에서, 그리고 〈죽음의 칸타타〉에서 시적, 예술적 표현의 정수를 발견한다.

문제의 수업이 끝나고 데미안은 생각에 잠긴 표정으로 말했다. "난 여기 마음에 안 드는 부분이 있어, 싱클레어. 음미하면서 다시 읽어봐. 진부한 구석이 있어. 두 도둑 말이야. 십자가 세 개가 언덕 위에 나란히 서 있다고 생각하면 정말 굉장한

---

[2] 부활절 직전의 금요일로, 그리스도의 수난과 죽음을 기념하는 날이다.

광경이지 않니! 그런데 왜 뻔하게 착한 도둑 얘기로 빠지는 건지! 애초에 범죄자고, 온갖 나쁜 짓을 저지른 인간이잖아. 그 모든 건 신만 알겠지. 근데 이제 와서 감상에 빠져 참회의 눈물 바람을 벌이다니! 무덤까지 두 발짝도 안 남은 마당에 그런 참회가 도대체 무슨 의미가 있겠어, 안 그래? 이건 위선 덩어리 설교용 이야기에 불과하다고. 감상만 덕지덕지 발라놓고 억지 교훈을 짜내서 와닿지도 않잖아. 만약 네가 두 도둑 중에서 한 명과 친구가 돼야 한다면, 아니면 둘 중 누구를 더 믿고 싶은지 생각해본다면, 질질 짜면서 회개하는 척하는 도둑은 분명 아닐 거야. 차라리 다른 도둑이 진짜 대장부고 인격도 훌륭하지. 자신의 처지에서 회개는 허울 좋은 말장난에 불과하다고 분개하면서 끝까지 자기 길을 걷잖아. 그리고 그는 최후의 순간까지도 자길 도와준 악마를 배신하지 않았다고. 그야말로 진국이지. 그런데 성서에는 그런 인격이 너무 없어. 아마 그는 카인의 후예일 거야. 너도 내 말에 동의하지 않아?"

나는 말문이 막혔다. 십자가 처형에 관한 그 익숙한 이야기를 스스로 아주 잘 안다고 믿었는데, 그제야 내가 그 이야기를 얼마나 눈곱만치의 상상력도 발휘하지 않고, 듣고 읽은 그대로 받아들였는지 절감하게 되었다. 한편 데미안의 신선한 해석은 내게 치명적인 울림을 주었다. 그것은 내 안에 굳어 있던 신념, 내가 반드시 고수해야 한다고 생각했던 신념을 전복시킬 만큼 위협적이었다. 하지만 그래서는 안 됐다. 한꺼번에 모든 것이, 무엇보다도 가장 거룩한 신념이 그런 식으로 무너져서는 안 됐다. 내 반감을 즉시 알아차린 데미안은, 언제나 그랬듯 내가 뭐라 말을 꺼내기도 전에 체념하는 투로 이야기했다. "알아, 그건 오래된 이야기야. 그렇긴 해도 진지하게 바라볼 필요는 있어. 너에게 말해주고 싶은 게 있는데, 지금 이 대목에서 우리는 이 종교의 결함을 똑똑히 알 수 있다는 거야. 내 말의 요지는, 구약과 신약의 신이 위대한 인물로 보일지는 몰라도 그가 실제로 표상하고자 하는 이미지를 보면, 결코 위대하다고 말할 수 없다는 거야. 너무나 선량하고, 고귀하고, 아버지 같고, 아름답고, 드높고, 동정심 가득한 인물이지! 그래, 다 좋다고! 하지만 세상은 신이 아닌 악마에게만 귀속된 것들로도 이루어져 있어. 게다가 그 절반의 세계는 은폐되어 있고, 사람들은 그에 관한 얘기라면 입에 올리지도 않지. 신을 모든 생명의 아버지라고 찬양하면서, 생명의 근원인 성생활에 관해서는 함구하거나 아니면 언제나 그것을 죄악이자 악마의 행위로 취급한다고! 여호와 신을 숭배하는 건 반대하지 않아, 조금도. 하지만 난 우리가 모든 것을, 세계 전체를 숭상하고 성스럽게 여겨야 한다고 생각해. 인위적으로 분리시키고, 공인한 이쪽 세계만 숭상하는 것이 아니라! 그러니까 신을 위한 예배가 있다면 악마를 위한 예배도 있어야 해. 내 생각엔 이게 맞아. 아니면 마음속에 악마를 포용하는 신을 섬기든가. 세상에서 지극히 자연스러운 일들이 일어날 때, 그 신 앞에서는 수치심을 느끼면서 고개를 숙이지 않아도 돼."

평소와 달리 그는 격앙된 모습이었지만, 이내 온화한 미소를 되찾으며 더 이상 나를 불안하게 하지 않았다.

하지만 그가 한 말들은 사춘기 소년의 마음을 직격했다. 신과 악마, 공인된 신의 세계와 억압된 악마의 세계에 대한 그의 이야기는 내가 가지고 있던 생각, 즉 세상이 빛과 어둠이라는 두 세계, 또는 두 개의 서로 다른 반쪽으로 나뉜다는 나만의 세계관과 정확히 맞아떨어졌다. 내 문제가 곧 인류 전체의 문제이며, 모든 삶과 철학의 문제라는 깨달음은 불현듯 신성한 그림자처럼 나를 덮쳤다. 지극히 개인적인 나 자신의 삶이 위대한 사상의 영속적 흐름에 긴밀히 연결되어 있다는 것을 느끼자 두려움과 경외심이 나를 휘감았다. 내 믿음이 맞았다는 것을 확인하게 되어 만족스럽기는 했지만, 그것이 기쁨의 감정은 아니었다. 나는 오히려 그것이 혹독하고 쓸쓸하게만 느껴졌다. 거기에는 책임감과 자립심을 지녀야 한다는 뜻이, 어린아이의 사고를 넘어서야 한다는 요구가 담겨 있었기 때문이다. 그것은 홀로 서야 함을 의미했다.

평생 처음으로 나는 그 깊은 비밀을 꺼내보았고, 어릴 적부터 간직해오던 두 개의 '다른 세계'에 대한 생각을 내 친구에게 털어놓았다.

데미안은 내가 자신의 생각에 전적으로 공감하고 있다는 것을, 자신의 말이 옳다고 생각한다는 것을 곧바로 알아차렸다. 하지만 그는 이런 것을 이용하려 드는 성격이 아니었다. 도리어 다른 어떤 순간보다도 내 말을 경청했으며, 나를 뚫어지게 쳐다보는 바람에 나는 눈길을 피하기까지 했다. 그의 눈빛에서는 다시금, 시대와 나이를 초월한 동물의 기묘함이 느껴졌다.

"우리 다음에 또 이야기하자." 그는 뭔가를 참는 듯 말했다. "말로 표현할 수 없는 생각들을 한 것 같구나. 그런 거라면, 지금까지 넌 네가 생각했던 삶의 관념대로 살아오지 않았다는 사실을 인정해야 해. 그게 잘한 일은 아니지. 우리가 실천하는 생각만이 가치 있는 법이니까. 넌 허용된 세계가 세상의 절반에 불과하다는 사실을 알고 있었어. 그런데도 목사님이나 선생님처럼 다른 절반의 세계를 억압하려 했잖아. 그건 너한테 전혀 도움이 안 돼! 일단 그렇게 생각하기 시작하면 누구도 좋을 게 없어."

그의 말은 마음 깊이 와닿았다.

"하지만," 나는 고함치다시피 말했다. "진짜로 불결하고 금기된 것들이 실제로 존재하잖아. 부정할 수 없어, 이건! 금지된 것들은 버려야 돼. 살인이라든지 온갖 악독한 짓들이 벌어지고 있다는 건 나도 알아. 하지만 그런 것들이 존재한다는 이유만으로 그쪽 세계로 건너가서 범죄자가 되어야 한다는 거야?"

"오늘은 거기까지 이야기하지 않을 거야." 데미안이 나를 달래듯 말했다. "너한테 살인을 하라는 말이 아니야. 여자들을 강간하고 죽이라는 말도 아니고. 다만, 아직 넌 '허용된 것'과 '금지된 것'의 진정한 의미를 이해할 수 있는 단계에 이르지 못한 것뿐이야. 이제 겨우 진실의 일부를 발견했지. 나머지는 차차 깨닫게 될 거야, 기다려봐. 넌 지난 1년 동안 다른 무엇보다도 강렬하고 '금지된 것'으로 간주되는 충동을 네 안에서 느껴왔어. 하지만 그리스인을 비롯한 다수 민족들은 그 충동을 신성한 경험으로 승화시켜서 받아들이고, 종교적 축제까지 성대하게 열어서 칭송했어. '금지된 것'이라고 영원히 금지된 게 아니라는 거야. 충분히 바뀔 수 있어. 지금도 누구든지 목사님 앞에서 서약하고 결혼하기만 하면 신부랑 동침할 수 있잖아. 하지만 오늘날까지도 우리와 다르게 생각하는 민족들이 있어. 그렇기 때문에 우리는 저마다 자신에게 무엇이 허용되고, 무엇이 금지되는지를 스스로 분별해야 해. '금지된 일'을 한 번도 한 적 없다 해도 천하의 나쁜 놈일 수 있는 거고, 반대도 마찬가지야. 결국에 안일함의 문제일 뿐이야. 스스로 생각하고 판단할 수 없을 정도로 안일한 사람은 현재 사회에 존재하는 '금기 사항'을 어떻게든 따르려고 하지. 그런 자들한테는 그게 쉬운 길이니까. 하지만 스스로 내면의 계율을 고민하며 살아가는 사람들도 있어. 그런 사람들에게는 대부분 일상에서 하는 행동들이 금지되기도 하고, 반대로 일반적으로 금지된 것들이 그들에게는 허용되기도 하지. 사람은 누구나 홀로 서야 해."

데미안은 갑자기 너무 많은 말을 쏟아낸 걸 후회하는 듯했고, 이내 입을 닫았다. 나는 그의 반응이 의미하는 바를 직감적으로 읽어낼 수 있었다. 평소 겉보기에 자신의 생각을 편안하고 아무렇지 않게 말하는 그였지만, 언젠가 한번 '대화를 위한 대화'만큼은 견딜 수 없다고 말한 적이 있었다. 그는 내가 자신의 말에 진심으로 흥미를 느끼고 있다는 걸 알았지만, 동시에 내가 지적인 대화를 너무 게임처럼 가볍게 여긴다고, 한마디로 대화에 걸맞은 진지함이 없다고도 생각했다.

방금 써놓은 마지막 단어 '진지함'을 다시 읽고 나니, 내가 아직 반쯤은 어린아이였던 그 시절, 막스 데미안과 겪었던 순간 중 가장 인상 깊은 장면 하나가 불현듯 떠오른다.

우리의 견진성사 날이 다가오고 있었다. 목사님이 준비한 마지막 수업 몇 시간은 최후의 만찬에 관한 것이었다. 중요한 주제였던 만큼 목사님은 설명에 심혈을 기울였다. 막바지 수업이 진행되는 동안 교실에는 신성한 분위기가 감돌았다. 그러나 내 마음은 딴 곳에, 내 친구에게 가 있었다. 우리를 교회 공동체의 구성원으로 엄숙히 맞이하는 견진성사 의식을 기대하면서도, 지난 반년간 해온 견진성사 준비의 진정한 가치가 수업 내용에 있는 것이 아니라, 데미안 곁에서 지내며 그에게서 받은 영향에 있다는 생각이 강하게 솟구쳤다. 내가 받아들여질 세상은 교회가 아닌 전혀 다른 본질의 무언가, 지구 어딘가에 반드시 존재한다고 믿는 사상과 인격의 교단이었고, 그 대표적인 존재가 바로 내 친구 데미안이었다.

나는 이 생각을 떨쳐내려 했다. 무슨 일이 있더라도 견진성사 의식에 엄숙히 임하고 싶은 것이 내 마음이었지만, 이런 내 마음과 새로 품게 된 생각들은 서로 도무지 어울리지 않는 듯했다. 하지만 어떻게 해보려 해도 그 생각은 뇌리를 떠나지 않았고, 점점 다가오는 견진성사 의식과 결부시켜 생각하지 않을 수 없었다. 이 의식을 나는 다른 사람들과 다른 관점으로 받아들이기로 했다. 내게 이 의식은, 데미안을 통해 배우고 경험한 사상적 세계로의 입문을 의미했다.

그 무렵, 나는 그와 다시 한번 열띤 논쟁을 벌였다. 교리 수업이 시작되기 직전이었다. 타고나기를 신중한 성격이었던 그는 거만하고 어른스러운 척 떠들어대는 내 모습을 마뜩잖게 여겼다.

"우리는 너무 말이 많아." 그는 평상시와 달리 심각한 표정으로 입을 뗐다. "이런 고차원적인 얘기 백날 해봐야 부질없어. 자기 자신에게서 점점 멀어질 뿐이고, 그건 죄악이나 다름없어. 사람은 자기 자신 안으로 완전히 기어들어갈 수 있어야 해, 거북이처럼."

우리는 곧바로 교실로 들어갔다. 수업이 시작되었다. 나는 수업에 집중하려 했고 데미안은 그런 나를 방해하려 하지 않았다. 얼마 후 그가 앉은 옆자리에서 기묘한 느낌이 전해졌다. 서늘함이나 공허함, 마치 그 자리가 갑자기 텅 빈 듯한 느낌이었다. 그 느낌이 점점 나를 옥죄어오자 나는 옆을 돌아보았다. 내 친구 데미안은 여느 때처럼 어깨를 펴고 곧은 자세로 앉아 있었다. 하지만 그는 평상시와 달라 보였으며 낯선 아우라에 감싸여 있었다. 처음에는 눈을 감고 있다고 생각했는데, 사실은 뜨고 있었다. 그러나 그의 눈동자는 어느 곳에도 고정되어 있지 않았다. 그 어떤 것도 바라보지 않는 시선, 그의 죽은 시선은 내면을 향하거나 먼 곳을 응시하고 있었다. 그는 미동도 없이 앉아 있었다. 숨조차 쉬지 않는 듯했다. 입술은 나무나 돌로 깎아 만든 것처럼 보였다. 얼굴은 핏기가 없었는데, 얼굴 전체가 고루 창백한 것이 마치 하나의 돌 같았고, 그의 갈색 머리만이 유일하게 살아 있는 듯했다. 책상 위에 놓인 두 손은 생명력 없이 고요하고 파리해서 흡사 돌이나 과일 조각 같았다. 하지만 그렇다고 축 늘어져 있지는 않아서 강한 생명을 보이지 않게 꽁꽁 감싼 단단한 껍데기 같았다.

전율이 온몸을 타고 흘러내렸다. 죽었구나. 하마터면 소리쳐 말할 뻔했다. 하지만 죽지 않았다는 것을 알고 있었다. 창백한 돌과 같은 그 가면에서 나는 시선을 떼지 못한 채 그대로 매료되었다. 여기, 이것이 진짜 데미안의 모습이었다! 나와 함께 걸으며 이야기하던 그는 반쪽짜리 데미안이었다. 한 역할을 맡아, 거기에 맞게 자신을 각색하고, 내게 은혜를 베푸는 역할놀이에 참여한 존재였다. 진정한 데미안의 모습은 바로 이거였다. 돌처럼 싸늘하고 태곳적 영혼 같으며, 짐승 같기도 하고, 돌로 만든 조각상 같기도 한 그의 모습은 아름답지만 차가움이 느껴져 죽은 사람인가 싶다가도, 놀랍도록 비밀스러운 생명력이 그 안에 살아 있는 듯했다. 적요한 공허가, 창공과 별들의 공간이, 고독한 죽음의 아우라가 그를 에워싸고 있었다!

그가 이제 완전히 자신 안으로 침잠했다는 생각이 들자 온몸이 파들파들 떨려왔다. 그때만큼 고독했던 순간은 지금껏 단 한 번도 없었다. 나는 그와 완벽히 단절되어 있었고, 그는 내 손길이 닿지 않는 곳에, 세상에서 가장 먼 섬보다도 더 먼 곳에 있었다.

데미안의 상태를 알아챈 사람이 나뿐이라는 사실을 납득할 수 없었다. 모두가 그를 볼 거라고, 모두가 전율할 거라고 생각했는데! 그를 주목하는 사람은 단 한 명도 없었다. 그는 조각상처럼, 우상처럼 뻣뻣하게 앉아 있었다. 파리가 그의 이마에 내려앉아 코와 입술 위를 기어다녀도 얼굴 근육의 샐룩거림조차 없었던 그 광경이 잊히지가 않는다.

그는 어디로 침잠했을까? 뭘 생각하고 있었을까? 무슨 감정을 느끼고 있었을까? 그곳은 천국이었을까, 아니면 지옥이었을까? 도무지 답을 알 수 없는 질문이 꼬리에 꼬리를 물었다. 수업이 끝날 즈음 그는 다시 숨 쉬며 살아 있었고, 나와 눈이 마주쳤다. 그는 이전과 다르지 않아 보였다. 어디서 돌아온 걸까? 어디에 있었던 걸까? 그는 지친 기색이었다. 그의 얼굴에는 다시 혈색이 돌았고 손도 움직였지만, 갈색 머리카락은 어쩐지 칙칙하고 윤기가 없었다.

그 일이 있고 난 뒤 며칠 동안 나는 방 안에서 새로운 실험에 몰두했다. 의자에 꼿꼿하게 앉아 허공을 응시하며 움직이지 않은 채로 얼마나 오래 버틸 수 있을지, 무엇을 경험할 수 있을지를 궁금해하며 기다렸다. 하지만 여기저기 몸이 쑤셔왔고, 눈꺼풀이 따끔거릴 뿐이었다.

그 후 곧 견진성사 의식이 있었지만 특별히 기억에 남는 일은 없었다.

모든 것이 달라졌다. 내 어린 시절이 무너져 내 주변이 온통 폐허가 되어버렸다. 부모님은 나를 당혹스러워했다. 누이들도 이질적인 존재가 되었다. 환멸감이 내 일상의 감정과 기쁨을 무디고 흐리게 만들었다. 정원은 향기를, 숲은 신비로움을 잃었고, 나를 둘러싼 세상은 마치 낡은 잡동사니들이 가득 쌓인 창고 정리 세일 현장처럼 매력이 사라지고 무미건조함만 남았다. 책은 종잇장에, 음악은 소음에 불과했다. 가을 나무 주위로 잎사귀가 떨어져 내리는 것, 이것이 곧 나의 모습이었다. 나무는 느끼지 못한다. 빗물이 자신을 타고 흘러내리고, 햇빛이 또는 서리가 자신 위로 쏟아지는 것을. 생명력은 서서히 뒤로 물러난다. 그러나 나무는 죽지 않는다, 기다릴 뿐.

방학이 끝나면 다른 학교로 가기로 결정되었고, 그래서 나는 처음으로 집을 떠나게 되었다. 어머니는 내게 각별한 애정을 담아 미리 작별을 고하는 듯 사랑의 감정과 과거의 추억을 내 가슴속에 불러일으키려 했다. 데미안은 떠나버렸다. 나는 홀로 남았다.

제4장

베아트리체

내 친구를 다시 만나지 못한 채 방학이 끝났고, 나는 성○○시로 떠났다. 부모님도 함께 따라나서셨다. 두 분은 학교생활에 필요한 온갖 일들을 이것저것 챙겨주셨고, 김나지움[3] 기숙사의 사감 선생님에게 나를 맡겼다. 그때 만약 두 분이 나를 어떤 세계로 밀어 넣었는지 알았더라면, 아마 질겁하여 그대로 굳어버렸을지도 모른다.

세월이 흘러 내가 신앙심 깊은 아들이자 쓸모 있는 시민

---

[3] 독일의 중등교육 기관.

으로 자라날지, 아니면 내 성미로 인해 타락의 길로 빠져들지는 늘 그랬듯 알 수 없는 일이었다. 부모님의 집과 그곳의 분위기 속에서 행복을 찾으려 했던 마지막 시도는 꽤 오랜 시간 지속되었고, 때때로 성공할 듯싶기도 했으나 결국 완벽한 실패로 끝났다.

견진성사 이후 방학 동안에는 뭔지 모를 공허함과 내버려진 느낌 ─ 나중에는 이 무참하고 황량한 감정에 얼마나 익숙해졌던가 ─ 이 들기 시작했는데, 그 감정은 오래도록 사라지지 않았다. 고향을 떠나는 일은 그리 큰 시련이 아니었다. 오히려 향수를 느끼지 않는 내 모습이 부끄러울 지경이었다. 누이들은 하염없이 울었지만 나는 눈물 한 방울 흘리지 않았다. 그런 나 자신에게 나는 매우 놀랐다. 나는 언제나 감수성이 풍부하고 타고나기를 마음이 여린 아이였다. 하지만 이제는 완전히 변해버렸다. 외부 세계에 철저히 무관심했으며, 내 안의 목소리, 내 마음 밑면에 흐르는 금기된 어두운 것들에만 몇 날 며칠을 빠져 지냈다. 지난 반년 사이 나는 급속도로 성장했다. 호리호리한 몸에 키만 훌쩍 커서 미처 준비되지 않은 채 세상을 멀뚱히 바라보는 꼴이었다. 소년다운 매력은 사라졌고, 누군가가 나를 사랑하는 일은 불가능한 것이라 느꼈으며, 나 자신조차도 나를 사랑할 수 없었다. 데미안이 그리울 때가 많았지만 또 그만큼 그를 증오하기도 했다. 내 삶이 피폐해진 책임, 그런 내 삶을 내가 지독한 병처럼 질질 끌고 가야 했던 책임이 그에게 있다고 믿었기 때문이다.

학교생활 초반에는 호감도 인정도 받지 못했다. 모두 처음에는 나를 놀리더니, 조금 지나서는 이중인격자에 별종 취급을 하며 나를 기피했다. 하지만 나는 그런 존재가 된 것에 빠져들어 고의로 더 그렇게 행동하기도 했고, 현실을 불평하며 점점 더 혼자만의 세계로 기어들어갔다. 분명 다른 애들은 내가 일부러 냉소적인 태도를 취한다고 오해했을 것이다. 하지만 진실을 말하자면, 나는 나를 갉아먹는 발작적인 우울과 절망에 휩싸여 있었다. 수업 수준이 내가 예전에 다녔던 학교보다 낮았으므로 나는 고향에서 쌓은 지식의 파편들로 학업을 근근이 이어갔고, 동급생들을 애송이 취급하며 업신여기는 것이 습관이 되었다.

이렇게 한 해가 넘게 흘러갔다. 첫 방학 동안 고향에 가서 지냈을 때도 나는 특별한 감흥을 느끼지 못했고, 차라리 학교로 다시 돌아오는 쪽이 마음이 편했다.

11월 초였다. 그 계절만이 주는 날씨 속에서 나는 명상에 빠져들며 산책하는 습관이 생겼고, 그렇게 걸으면서 우울과 냉소, 자기 비하가 섞인 일종의 희열을 즐기곤 했다. 안개가 자욱한 축축한 저녁, 어스름이 깔린 교외 길을 나는 그렇게 걷고 있었다. 인적 하나 없는 공원의 넓은 가로수 길이 내게 이리로 오라고 손짓했다. 길바닥에는 떨어진 낙엽들이 수북했고 거기서 눅눅하고 싸한 냄새가 났다. 나는 구슬픈 쾌감 같은 감정을 느끼면서 낙엽들을 발로 뒤적이며 천천히 걸었다. 저 멀리 선 나무들은 안개 속에 파묻혀 거대한 유령의 실루엣을 어슴푸레 띠고 있었다.

가로수 길 끝자락에 이른 나는 멈칫 서서 어둠 속 잎사귀를 그윽이 들여다보고 죽음과 부패의 습한 향기를 흠뻑 들이마셨다. 내 안의 어떤 울림이 깨어나 그것에 응답하는 듯했다. 아, 삶이 어쩌면 이리도 메마른가!

한 남자가 옆길에서 외투 자락을 휘날리며 다가왔다. 걸음을 막 옮기려는데 나를 부르는 목소리가 들려왔다.

"안녕! 싱클레어!"

그 남자가 내 앞에 섰다. 기숙사에서 가장 나이가 많은 알폰스 베크였다. 평소 나는 그를 좋아했다. 하급생들에게 매사 어른인 척 냉소적으로 구는 점만 빼면 그에게 반감을 가질 이유는 전혀 없었다. 그는 황소처럼 힘이 장사인 것으로 유명했고, 기숙사 사감 선생님조차 그 앞에서 기를 펴지 못한다는 소문이 자자했다. 그는 학교에 떠도는 갖가지 전설적인 소문의 주인공이었다.

"여기서 뭘 하고 있어?" 그는 상급생들이 우리 하급생들에게 간혹 친절함을 생색낼 때 쓰는 친근한 말투로 물어왔다. "음, 내가 한번 맞춰볼까. 시를 짓고 있었지?"

"아니, 시는 생각한 적도 없는데." 나는 퉁명스럽게 대꾸하며, 그의 추측을 단칼에 잘랐다.

그는 웃음을 터뜨리더니 아예 가까이 다가와서는 대수롭지 않은 말들을 늘어놓기 시작했다. 그런 수다는 내게 오랜만의 일이었다.

"걱정 붙들어 매. 싱클레어, 넌 내가 그런 것도 이해 못 할 것 같냐. 저녁 안개 속을 거닐다 보면 가을의 쓸쓸한 감상들이 떠오르고, 시 한 구절 짓고 싶은 마음이 들 수도 있지. 나도 알아. 물론 죽어가는 자연과 잃어버린 젊음, 그런 것들을 생각하는 거지. 지금 너처럼 말이야. 하인리히 하이네Heinrich Heine[4]가 쓴 시가 그렇잖아!"

"난 그 정도로 감상적이지 않아." 나는 발끈했다.

"기분 나쁘게는 듣지 마! 아, 이런 날씨엔 와인 한잔 마실 수 있는 곳이 있으면 딱 좋을 거 같은데. 너도 따라올래? 마침 혼자 가는 길인데. 아 싫은가? 널 잘못된 길로 이끌고 싶은 생각은 없어. 어차피 넌 인생에 오점 남을 만한 일에는 그 근처도 안 갈 애니까!"

잠시 후 우리는 교외의 작은 술집에 앉아 와인 잔을 부딪치며 싸구려 와인을 마셨다. 처음에는 그 상황이 썩 내키지 않았지만 어쨌든 신선한 경험이기는 했다. 와인의 취기에 익숙하지 않은 나는 곧 말이 많아졌다. 내 안의 창이 깨지고 온 세상의 광채가 밀려들어왔다. 다른 누군가에게 내 속내를 털어

---

[4] 19세기 독일의 낭만주의 시인.

놓는 일이 정말 오랜만, 지독히도 오랜만인 것 같았다. 나는 점점 나만의 몽상 속으로 빠져들었고, 그 몽상의 한복판에서 카인과 아벨에 대한 이야기들을 하나부터 열까지 다 말했다.

베크는 내 말을 아주 흥미롭게 들었다. 바로 여기에, 드디어 마음을 나눌 수 있는 이가 나타난 걸까! 그는 내 등을 툭툭 치며 나보고 이 악마 같은 자식이라고, 똑똑한 놈이라고 했다. 그러자 그간 꾹꾹 억누르고 있던 진심 어린 소통의 욕구가 시원하게 터져버렸고, 나보다 나이 많은 사람에게 인정받고 중요한 존재로 여겨지니 황홀해서 심장이 터질 것만 같았다. 그가 나를 똑똑한 놈이라고 했을 때, 그 말은 달콤하지만 독한 와인처럼 내 영혼 안으로 스며들었다. 온 세상이 새로운 빛깔로 타올랐고, 수백 개의 샘들이 한꺼번에 터져버리듯 내 안의 수많은 생각들이 용솟음쳤다. 열정의 불길이 내 안에서 활활 치솟았다. 우리는 학교 선생님들과 애들에 대해 이야기하며 서로 완벽히 통한다는 느낌을 받았다. 그리스인들과 이교도 세계에 대해 논하다가도 베크는 나로 하여금 연애 경험을 고백하도록 열심히 유도했다. 하지만 그것은 내 경험치를 벗어나는 주제였다. 연애 경험이 전무한 나로서는 딱히 해줄 얘기가 없었다. 더군다나 내가 느끼고 상상해왔던 것들이 내 안에서 들끓고는 있었지만, 와인의 취기를 빌려 그것들을 밖으로 쏟아내려 해도 마음처럼 되지 않았다. 베크는 여자들에 대해 나보다 훨씬 더 잘 알고 있었고, 나는 신기해하며 그의 경험담에 귀를 쫑긋했다. 하지만 그 얘기들은 충격적이었다. 나로서는 절대 가능할 리 없다고 생각했던 일들이 그에게는 일상의 한 부분이었고, 지극히 자연스러워 보였다. 알폰스 베크는 열여덟 살도 안 된 나이에 이미 여자 경험이 있었다. 그는 많은 것을 알고 있었다. 어린 여자애들은 남자들의 추파와 관심을 받으려고 안달이며, 걔네도 꽤 재미는 있지만 거기엔 진짜가 빠져있다고 했다. 반면에 성숙한 여인들과는 진짜를 즐길 수 있다고, 그쪽이 더 낫다고 했다. 나더러 문구 상점을 하는 야겔트 부인과 대화가 잘 통할 거라고, 상점 카운터 뒤에서 벌어졌던 온갖 일들은 아마 책 한 권에도 다 담을 수 없을 거라고.

나는 주문에 걸려든 사람처럼 넋이 팔린 채 앉아 있었다. 물론 내가 야겔트 부인을 사랑할 일은 절대 없겠지만, 그래도 그 얘기는 입이 떡 벌어질 만큼 굉장했다. 내가 결코 상상하지 못한 은밀히 숨겨진 샘이, 적어도 나보다 나이를 더 먹은 사람들 사이에서는 존재하는 듯했다. 하지만 그 모두가 어쩐지 부질없게 느껴졌다. 내 생각에 그것은 참된 사랑이라기보다 변변찮고 보잘것없는 것이었다. 하지만 어쨌든 그것 또한 삶이자 모험이었고, 나는 그것을 직접 체험한 자 바로 옆에, 그것을 당연하게 여기는 자 바로 옆에 앉아 있었다.

우리의 대화 주제는 이제 숭고한 이상으로부터 멀어졌고 매력을 잃었다. 나는 더 이상 '명석한 녀석'이 아니었고, 성인 남자의 경험담에 귀 기울이는 지극히 평범한 소년으로 전락해 있었다. 그럼에도 그것은 지난 몇 달 동안의 내 삶에 비하면 환상적이고 소중한 경험이었다. 더 나아가 그것이 금단의 열매였음을 나는 자각하기 시작했다. 그것은 모조리 금기된 것들이었다. 우리가 술집에 있었다는 사실도, 거기서 나눈 대화도. 뭐가 됐든 이 모든 일에는 교묘한 반항의 기미가 있었다.

그 밤의 일을 나는 아주 또렷이 기억한다. 밤이 이슥해서야 그와 나는 집으로 향했다. 차갑고 축축한 밤공기를 들이마시며 희미한 가스등 불빛 아래를 지나던 나는 생전 처음으로 취해 있었다. 기분 좋은 감각과는 거리가 먼 극도의 괴로움이었지만 거기에는 나름의 황홀감과 기쁨이 있었다. 결국 그것은 반항이고 방탕이며, 삶이자 정신이었다. 베크는 끝까지 나를 챙기면서도 '빌어먹을 애송이 같은 놈'이라며 거친 욕설을 해댔다. 그는 나를 기숙사까지 반쯤은 질질 끌고, 반쯤은 둘러업고 와서는, 열린 복도 창문으로 내 몸을 먼저, 그다음엔 자기 몸을 꾸역꾸역 밀어 넣었다.

술기운에 잠깐 잠에 들었다가 고통스럽게 깨어나 마주한 현실은 뭐라 형언할 수 없는 우울감을 동반했다. 나는 침대에서 몸을 일으켜 앉았다. 여전히 외출용 셔츠를 입고 있었고, 옷과 신발은 바닥에 널려 있었으며, 담배 냄새와 구토 냄새가 진동했다. 두통과 메스꺼움 그리고 목이 타들어가는 듯한 갈증을 느끼는 사이, 한동안 기억하지 않으려 했던 장면들이 떠올랐다. 고향 집과 아버지 어머니, 누이들, 정원이 보였다. 아늑하고 편안한 내 침실도, 학교와 시장도, 데미안과 함께 들었던 견진성사 수업도 보였다. 모든 것이 눈부신 빛의 아우라로 감싸져 있었다. 모든 것이 찬란하고, 고결하고, 순수했다. 그제야 깨달았다. 어제까지, 아니 몇 시간 전까지만 해도 내 것이었고 내가 원하기만 하면 가질 수 있던 것들이, 지금 이 순간, 내가 타락하고 저주받은 이 순간부터는 더 이상 내 것이 아니었으며, 거부와 혐오의 눈길로 나를 노려보고 있었다. 황금빛 정원과도 같았던 아득한 어린 시절에 경험한 애정과 친밀감, 어머니의 입맞춤, 크리스마스 의식, 집에서 맞이한 화창한 여름날의 아침, 정원의 꽃들, 이 모든 것이 시들어버렸다. 그것들을 짓밟은 건 나였다. 만약 밀고자들이 와서 신전을 더럽힌 이단자라는 죄명으로 나를 잡아 묶고 교수대로 끌고 간다면, 나는 그것이 정당하고 합당한 판결이라 인정하고 내 두 발로 교수대를 향해 걸어갔으리라.

그렇다, 이것이 내 내면의 모습이었다! 세상을 경멸하며 방랑하던 내가! 데미안과 철학을 논하며 자부심을 느꼈던 내가! 버림받은 자, 비열한 자, 술 취한 자, 불결한 자, 역겨운 욕망에 굴복한 추악한 짐승 같은 자, 그게 바로 나였다! 모든 면이 정결하고 환하고 절대적인 애정으로 충만했던 자, 하지만 그 정원을 떠나버린 자, 한때 바흐의 아름다운 음악과 시를 사랑했던 자, 그게 바로 나였다! 혐오로 감정이 격해진 와중에도, 만취한 누군가가 자제력을 잃고 터뜨리는 웃음소리가 귀에 들려왔다. 그 목소리의 주인공은, 바로 나였다!

이 모든 것에도 불구하고 나는 고통의 감정을 즐기고 있었다. 너무도 오랫동안 무지하고 우둔하게 기어왔고, 너무도 오랫동안 내 심장이 한구석에 움츠린 채 침묵하고 무감각했기에, 이런 자기 파괴적인 혐오의 감정조차도 나는 반가웠다. 적어도 그것은 모종의 감정이었다. 불길이 타올랐고 심장이 요동쳤다. 철저히 패배한 괴로운 상태에서도 나는 해방감을, 봄이 다가오는 기운을 느꼈다.

한편, 다른 사람들이 보기에 나는 빠르게 타락의 길로 접어들고 있었다. 난생처음 겪었던 타락은 또 다른 타락으로 이어졌다. 우리 학교에는 술을 퍼마시며 시간을 허비하는 애들이 꽤 있었다. 나는 그들 중에서도 가장 어린 축에 속했지만, 얼마 지나지 않아 귀엽게 봐주는 '애송이' 녀석의 딱지를 떼고 우두머리이자 주목받는 존재로, 악명 높은 대담한 술집 사냥꾼으로 떠올랐다. 나는 또다시 어둠의 세계에, 악마의 세계에 속했고, 거기서 알아주는 녀석이 되었다.

나는 자기 파괴의 절정 속에서 살았다. 친구들 사이에서는 거침없고 무모한 대장이자 악마처럼 영리하고 재치 있는 놈으로 통했지만, 내면 깊은 곳은 두려움과 불안으로 가득 차 있었다. 지금도 기억난다. 어느 일요일 오후, 술집에서 나오는 길에 거리에서 놀고 있는 아이들을 보자 눈물이 왈칵 쏟아졌다. 갓 빗질한 머리에 주말 외출복을 입은 아이들은 밝고 행복해 보였다. 한편 나는 맥주로 얼룩진 탁자에서 터무니없는 냉소를 퍼부어 친구들을 웃기기도 하고 때로는 충격까지 주었다. 그러면서도 마음속으로는 내가 조롱하는 모든 것에 대한 경외심을 품고 있었고, 내 영혼과 내 과거, 내 어머니 그리고 신 앞에서 무릎을 꿇고 흐느끼고 있었다.

내가 그 패거리 애들과 조금도 진정 어우러지지 못하고 늘 고독에 시달리며 괴로워한 데는 그만한 이유가 있었다. 물론 나는 술 취한 영웅이라도 된 양 으스대며 강한 척 조롱을 일삼았다. 선생님과 학교, 부모와 교회에 대한 생각을 표현할 때는 대담함과 용기를 과시했다. 음담패설을 즐겨들었고 가끔은 직접 그런 농담을 던지기도 했다. 하지만 친구들이 여자애들과 어울리러 가는 자리에는 절대 따라가지 않았다. 내 말대로라면 나는 여자들의 호의를 우습게 아는 파렴치한 쾌락주의자여야 마땅할 테지만, 사실 나는 혼자였고 사랑을 향한 강렬하고도 절망적인 그리움에 사로잡혀 있었다. 나보다 더 거칠고, 더 부끄러움을 모르는 사람은 없었다. 때때로 마을의 어린 소녀들이 예쁘고 단정하며, 상냥하고 순진한 모습으로 내 앞을 지나가면, 그들이 마치 순수하고 황홀한 꿈처럼 느껴졌다. 내게는 너무나 아름답고 순결한 존재였다. 얼마 동안은 야겔트 부인의 문구 상점에 들어갈 생각조차 못했다. 그녀를 보면 알폰스 베크가 했던 말이 떠오르며 얼굴이 발갛게 달아올랐다.

내가 그 패거리 애들과 같지 않으며 끝없는 외로움을 느끼다는 것을 깨달으면 깨달을수록, 그 상태를 벗어나기가 점점 어려워졌다. 술을 퍼마시고 우쭐거렸던 그 순간들이 정말로 내게 만족을 주었는지는 기억조차 나지 않는다. 술에 완전히 익숙해지지도 못한 채 번번이 기분 나쁜 숙취에 시달려야만 했다. 이 모든 것이 꼭 내가 어쩔 수 없이 해야 하는 일처럼 느껴졌다. 나는 해야만 한다고 생각하는 일을 했다. 다른 방법은 알지 못했기 때문이다. 오랫동안 혼자 있는 것이 무서웠고, 끊임없이 나를 덮쳐오는 섬세하고 수줍은 충동에 직면할 때마다 초조해졌으며, 시도 때도 없이 밀려드는 사랑에 대한 생각도 두려웠다.

무엇보다 아쉬운 건 친구였다. 학교에는 친해지고 싶은 애들이 두어 명 있었다. 하지만 그 애들은 착한 부류에 속했으며, 내가 어떤 비행을 저지르는지가 공공연한 비밀이 된 지는 이미 오래였다. 그 애들은 나를 피했다. 모두 나를 처참히 무너져 내리기 직전의 절박한 도박꾼처럼 바라보았다. 선생님들도 내가 어떤 앤지 잘 알았고, 여러 차례 엄중한 처벌을 받았기에 퇴학 조치가 최종적으로 내려지는 건 시간문제로 보였다. 나 역시 내가 더는 모범생으로 여겨지지 않는다는 사실을 진작부터 알고 있었지만, 언제까지 이렇게 살 수는 없다고 느끼며 고통스럽게 버티고 있었다.

신이 우리를 고독으로 이끌고 자기 자신으로 다시 돌아가게 만드는 길에는 여러 가지가 있다. 신은 때로 나와 함께하는 것처럼 느껴졌다. 그 시절은 끔찍한 악몽과도 같았다. 저주받은 듯 불안과 고통에 시달리는 몽상가가 되어 나는 깨진 맥주잔들 사이에서 냉소 섞인 말들을 주고받으며 무수한 밤을 지새우고, 진흙탕을 지나 역겹고 더러운 길을 흐느적거리며 걸어간다. 공주를 찾으러 가는 길에 진창에 빠지고, 쓰레기와 악취가 가득한 뒷골목에 갇히는 그런 꿈이 있다. 그게 바로 지금 내 처지였다. 내 고독은 이토록 거친 방식으로 내게 떠맡겨졌다. 나와 내 어린 시절 사이에 놓인 에덴으로 가는 문은 잠겨 있었고, 그 문 뒤에는 무정하게 빛나는 과거의 기억들이 가득했다. 과거의 나를 향한 그리움이, 이때부터 깨어나기 시작했다.

여전히 나는 두려움을 떨쳐내지 못했다. 발작적으로 몸을 떨었다. 기숙사 사감이 보낸 첫 경고 편지에 까무러치게 놀란 아버지가 성○○시에 있는 나를 예고 없이 만나러 왔을 때도 그랬다. 그해 겨울이 끝나갈 무렵, 아버지가 두 번째로 나를 찾아왔을 때는 이미 모든 것에 냉담해지고 무감각해진 나였기에, 아버지가 아무리 나를 꾸짖고 어머니 이야기를 꺼내며 애원해도 나는 눈 하나 깜짝하지 않았다. 결국 아버지는 화가 치밀어 올라 내 행실이 나아지지 않으면 치욕스럽게 퇴학당할 것이고, 감화원에 끌려 들어갈 것이라고 엄포를 놓았다. '그래 보라지!' 하고 나는 무시했다. 하지만 아버지가 떠나고 나니 왠지 그가 안쓰럽게 느껴졌다. 아무런 변화도 끌어내지 못한

데다 더 이상 아들인 내게 다가올 수도 없는 아버지였다. 한동안은 아버지가 그런 수모를 겪는 것이 그럴 만하다는 생각도 들었다. 내 인생이 어떻게 되든 상관없었다. 눈살 찌푸려지는 상식 밖의 방식이기는 했지만, 나는 술집을 들락거리며 두려운 것 없는 기세로 세상과 맞서 싸웠다. 그것은 내가 세상에 항의하는 방식이었다. 그사이 나 자신은 파괴되고 있었다. 세상이 나 같은 사람들을 필요로 하지 않는 것처럼도 보였다. 세상이 더 나은 자리를, 더 좋은 보상을 내게 제공해주지 못한다면, 결국 나 같은 사람들은 나락에 빠질 수밖에. 하지만 그래 봤자 손해는 세상의 몫일 테니.

　그해의 크리스마스 방학은 하나도 즐겁지 않았다. 나를 본 어머니는 당황해했다. 나는 키가 훌쩍 자라 있었으며, 해쓱한 얼굴은 납빛으로 변해 쇠약해 보였다. 피부는 늘어지고 눈가는 불그스름했다. 이제 막 자라나는 콧수염과 최근에 새로 맞춘 안경은 내 외모를 더 낯설어 보이게 했다. 그런 나를 보고 누이들은 큭큭 웃으면서도 흠칫 놀라는 기색이었다. 모든 것이 너무나 불편했다. 서재에서 아버지와 나눈 대화도, 친지들과 나눈 인사도, 무엇보다 크리스마스라는 사실 자체가 거북했다. 이 집에 살았던 이래로 쭉 크리스마스는 언제나 사랑과 감사가 넘치는 위대한 축제의 날이었고, 부모님과의 유대를 다시금 새롭게 다지는 날이었다. 하지만 이번 크리스마스는 억압적이고 곤혹스럽게만 느껴졌다. 여느 때처럼 아버지는 들판의 양치기 이야기를 성경에서 읽어주었고, 누이들은 크리스마스 선물들이 놓인 탁자 앞에 미소 지은 얼굴로 서 있었다. 하지만 아버지의 목소리는 전혀 즐겁지 않았고 얼굴은 늙고 공허해 보였다. 어머니도 슬퍼 보였다. 고통과 긴장의 분위기가 감돌았다. 선물 교환과 크리스마스 소원 빌기, 성경 낭독과 불 켜진 트리, 모든 것이 어색하고 부자연스러웠다. 진저브레드의 달콤한 냄새는 즐거운 기억들을 떠올리게 했다. 크리스마스트리의 향기도 지난날들의 추억들을 불러일으켰다. 나는 크리스마스이브와 남은 휴일이 빨리 지나기만을 바랐다.

이렇게 겨울이 갔다. 얼마 전에는 학교 선생님들로부터 엄중한 경고와 함께 퇴학 위협 통지까지 받았다. 이제 오래 버티기는 힘들어 보였다. 적어도 내가 보기에는.

나는 막스 데미안을 원망하는 마음이 있었다. 그를 못 본 지 한참이 지났다. 학기 초 그에게 두 번이나 편지를 보냈지만 답장은 없었다. 그래서 나는 방학 중에도 그를 찾지 않았다.

지난 가을 알폰스 베크를 만났던 그 공원에서, 생울타리가 초록으로 물들기 시작하는 초봄에 나는 한 여인을 우연히 보고, 첫눈에 마음이 끌렸다. 그날 나는 골치 아픈 생각들과 근심으로 머릿속이 꽉 차 혼자 산책을 나선 참이었다. 그땐 건강도 좋지 않았고, 설상가상으로 돈 문제로 어려움을 겪고 있었다. 친구들에게 여기저기 빚을 진 상태라, 뇌물 삼아 자잘한 선물을 계속 바쳐야 했다. 몇몇 상점에서는 담배 따위의 물건

값이 외상으로 계속 쌓이고 있었다. 하지만 이런 고민이 그다지 심각한 수준은 아니었다. 만약 내 존재가 조만간 사라진다면, 물에 몸을 던져버리거나 감화원에 떨어진다면, 이런 사소한 고민 따위는 더 이상 문제 되지 않을 터였다. 그러나 나는 이 고약한 현실과 마주하며 살았고, 그래서 불행했다.

그 봄날 공원에서 나는 젊은 여인을 만났다. 그녀는 키가 크고 늘씬했으며, 세련된 옷차림에 소년 같은 얼굴을 하고 있었다. 나는 그녀에게 단번에 이끌렸다. 그녀는 내가 선호하는 여성상이었고, 내 상상 속을 가득 채우기 시작했다. 분명 나보다 나이가 그렇게 많은 것 같지는 않았지만, 그녀는 훨씬 더 성숙해 보였다. 우아하고 균형 잡힌 몸매를 보면 이미 성숙한 여성이었지만, 얼굴에는 활기 넘치는 소년의 느낌이 있어 그 점이 특히 마음에 들었다.

지금껏 나는 좋아하는 여자에게 다가설 용기를 내본 적이 없었고, 이번에도 다르지 않았다. 하지만 그 우연한 만남은 이전의 그 어떤 만남보다 내게 깊은 인상을 남겼으며, 그 사랑의 열병 같은 감정은 내 삶에 심오한 영향을 미쳤다.

불현듯 어떤 이미지가, 고귀하고 숭고한 이미지가 다시금 내 앞에 떠올랐다. 아, 누군가를 경외하고 숭상하는 마음보다 더 뜨겁고 강렬한 열망은 지금껏 내 안에 없었다. 나는 그녀에게 베아트리체라는 이름을 붙였다. 단테의 작품을 읽은 적은 없었지만, 당시 내가 보유하고 있던 영국 화가의 그림 복제본을 통해 그녀를 알게 되었다. 라파엘 전기 화풍으로 그려진 그 젊은 여인은 팔다리가 길고 날씬했으며 갸름한 얼굴과 섬세한 손, 세련된 이목구비를 지녔다. 공원에서 만난 아름다운 여인과 똑같이 닮지는 않았지만 그림 속 그녀 역시 내가 좋아하는 가냘픈 몸매와 소년의 인상을 지녔고, 표정에서는 지적이고 영적인 기운 같은 것이 느껴졌다.

베아트리체와 한마디도 나누어본 적은 없지만, 그 시절 그녀는 내 삶에 깊디깊은 영향을 미쳤다. 그녀의 이미지는 마치 신성한 제단처럼 내 앞에 나타났다. 그녀는 나를 성전에서 기도를 올리는 사람으로 변화시켰다. 나는 매일같이 밤마다 술집을 드나들고 배회하는 짓을 그만두었다. 다시 혼자 지낼 수 있게 되었고, 독서와 산책을 즐겼다.

이 갑작스러운 변화는 많은 이의 조롱을 샀다. 하지만 이제 내게는 연모와 숭배의 대상이 있었다. 다시금 나는 이상을 찾았고, 그로 인해 삶이 다시 한번 신비와 기쁨으로 넘실댔으며, 찬란한 빛깔의 황혼으로 물들었다. 비록 나라는 존재가 한 여성의 이미지를 숭배하는 하인이나 노예일지라도, 나는 집에 돌아온 듯한 편안함을 느꼈다.

폐허가 되어버린 내 삶의 잔해 위에 '빛의 세계'를 재건하는 일에 나는 안간힘을 쏟았다. 내면의 어둠과 악을 물리치고 빛의 세계를 되찾는 것, 오직 이 한 가지 소망으로 나는 다시 신 앞에 무릎을 꿇었다. 이 '빛의 세계'는 나 혼자의 힘으로 창조해갔다. 더 이상 도피가 아니었다. 아무런 책임을 지지 않아도 되는 어머니의 안전한 품속으로 숨는 것이 아니었다. 그것은 나 스스로 발견하고 갈망했던 새로운 형태의 헌신적 삶이었다. 내가 끊임없이 떨쳐버리려 했던 곤욕스러운 성적 갈망이, 이제 이 신성한 불꽃 속에서 영성과 헌신의 사랑으로 승화되었다. 더 이상의 어둠도, 혐오도, 극심한 고통으로 끙끙 앓는 밤도 없으리라. 외설스러운 그림 앞에서 가슴 설레는 일도, 금지된 문 앞에서 뭔가를 엿듣는 행위도, 음탕한 행위도 더는 없으리라. 그 자리에 나는 베아트리체의 이미지를 담은 제단을 세워 올렸다. 그녀에게 나를 바치는 것은 곧 성령과 신들에게 나를 봉헌하는 것이요, 어둠의 세력에서 빼앗아 온 내 삶의 일부를 빛의 세계에 제물로 바치는 일이었다. 내 목표는 쾌락이 아닌 순수가 되었고, 행복은 아름다움과 영성으로 대체되었다.

베아트리체 숭배는 내 삶을 통째로 변화시켰다. 어제까지만 해도 냉소적인 어른인 척 굴던 나는 이제 신봉자가 되었고, 성인聖人이 되기로 마음을 굳혔다. 악에 찌들어 있던 익숙한 삶을 버리려 했고, 나아가 나 자신을 완전히 변화시켜 모든 것에 순수함, 고귀함, 가치를 불어넣고 싶었다. 먹고 마시고 말하고 옷 입을 때조차도 이 기준을 지키려 했다. 하루의 시작을 찬물 샤워로 했는데, 이것은 엄청난 노력이 필요한 일이었다. 태도는 품위 있고 진중하게 유지했으며, 걸음걸이는 몸을 꼿꼿이

펴고 천천히, 근엄하게 다스렸다. 다른 사람들 눈에는 우스꽝스럽게 보였을지 몰라도 내게 이것은 숭배의 행위였다.

새로운 마음가짐을 표현하려 했던 행동 방식 중 가장 중요한 하나가 있었다. 그림을 그리기 시작한 것이다. 당시 내가 가지고 있던 영국 화가의 베아트리체 초상이 내 마음속 그녀와 충분히 닮지 않았다는 생각에서 비롯된 일이었다. 나는 그녀의 초상을 직접 그려보고 싶었다. 새로운 기쁨과 희망에 부푼 나는 방 안에서—최근에 혼자 사는 방을 얻었다—질 좋은 도화지와 물감, 붓을 꺼내고 팔레트와 유리컵, 도자기 접시, 연필을 준비해놓았다. 새로 구입한 섬세한 템페라 물감이 나를 기쁘게 했다. 그중 굉장히 강렬한 색감인 크롬그린색이 있었는데, 그 물감이 자그마한 새하얀 도자기 접시에서 처음으로 반짝거리던 모습이 지금까지 생생하다.

나는 신중하게 시작했다. 하지만 초상화는 너무 어려웠고, 그래서 일단 다른 걸 연습 삼아 그려보고 싶었다. 장식품과 꽃, 상상 속의 정겨운 풍경, 예배당 옆의 나무, 사이프러스 나무가 서 있는 로마의 다리 같은 것들을 먼저 그렸다. 이렇게 나는 그림 그리기에 흠뻑 빠져들곤 했는데, 그때마다 물감을 가지고 노는 아이처럼 마냥 행복했다. 그러다 이윽고 베아트리체를 그리기 시작했다.

몇 장의 종이는 망쳐서 던져버렸다. 길에서 이따금 마주쳤던 그녀의 얼굴을 떠올리려 애쓰면 애쓸수록, 점점 기억나지 않았다. 결국 그녀의 얼굴은 포기하고 상상 속에서 떠오르는 얼굴, 붓에 물감을 묻힐 때마다 떠오르는 이미지들을 그리는 것으로 만족했다. 그렇게 완성한 얼굴은 꿈속에서 보았던 것처럼 느껴졌지만, 여전히 나는 만족할 수 없었다. 그래도 계속해서 그림을 그려나갔다. 새로운 스케치를 할 때마다 실제 모습에 조금씩 더 가까워졌지만, 여전히 현실과는 거리가 멀었다.

나는 마음속에 정해둔 모델 없이 연필로 선을 무심히 그리고 색을 채우는 데 익숙해졌다. 무의식 속에서 떠오른 이미지들이 그대로 종이 위에 옮겨졌고, 반쯤 장난처럼 그린 그림들이 어느새 구체적인 형태를 띠었다.

그러던 어느 날, 거의 무심결에 그리던 중 지금까지 그린 것들보다 훨씬 더 뚜렷한 무언가를 표현하는 얼굴을 완성하게 되었다. 그녀의 얼굴이 아니었다. 더 이상 그녀가 아니었고 현실과는 동떨어진 얼굴이었지만, 내게는 중요한 의미를 지닌 또 다른 얼굴이었다. 그것은 소녀보다는 소년 같았고, 머리카락도 나의 아름다운 그녀처럼 금발이 아니라 붉은 기가 도는 밤색이었다. 턱선은 강인하고 단호했고, 입술은 장밋빛이었다. 전체적으로 다소 굳어 있고 가면을 쓴 얼굴처럼으로도 보이기도 했지만, 깊은 인상을 주며 어떤 비밀스러운 내면세계를 암시하고 있었다.

완성된 얼굴을 앞에 두고 앉는 순간 기묘한 감정이 일었다. 그것은 마치 신의 이미지 또는 신성한 가면과도 같았다. 남성성과 여성성이 동시에 깃들어 있었고, 나이를 가늠할 수 없었으며, 결의에 차 있으면서도 몽상에 잠겨 있는 듯했고, 얼어붙은 듯하면서도 알 수 없는 생명력을 머금고 있었다. 그 얼굴은 내게 뭔가를 말하고 싶어 했고, 내게 속했으며, 내게 뭔가를 요구하고 있었다. 누군가를 닮았지만 누구인지는 특정할 수 없었다.

이 얼굴은 한동안 내 뇌리를 떠나지 않았고, 내 삶을 분열시켰다. 나는 그 그림을 서랍 안 깊숙이 숨겨두었다. 다른 사람이 그것에 손을 대거나 비웃음의 소재로 삼는 것을 참을 수 없었기 때문이다. 그러나 나는 방에 들어오면 언제나 그것을 꺼내어 마주 보며 마음을 교류했다. 저녁이면 그림을 침대 맞은편 벽에 걸어두고 잠들 때까지 바라보았고, 아침에 눈을 뜨면 가장 먼저 그 얼굴을 마주했다.

바로 그 무렵이었다. 어릴 때처럼 나는 다시 많은 꿈을 꾸기 시작했다. 꼭 지난 몇 년 동안 꿈을 꾸지 않은 것만 같았다. 그런데 이제 내 꿈에는 내가 그린 초상화가 새로운 이미지로 나타났다. 그 얼굴은 살아 있는 듯 생동하며 내게 뭔가를 이야기하는 듯했다. 때로는 다정하고 때로는 냉담했으며, 일그러진 표정일 때도 있었고, 아름답고 조화롭고 고귀한 모습일 때도 있었다.

그러던 어느 날 아침, 그런 꿈에서 깨어난 나는 불현듯 그 얼굴의 정체를 깨달았다. 너무나도 낯익고 익숙한 얼굴이었다. 그 얼굴이 내 이름을 부르는 듯했다. 마치 평생 나를 알고 지켜본 어머니 같은, 그런 느낌이었다.

나는 두근거리는 심장으로 그 얼굴을 뚫어져라 바라보았다. 짧게 정돈된 갈색 머리칼, 반쯤 여성적인 입술, 묘한 빛을 띤 다부진 이마 ─ 그림이 저절로 그렇게 보였다. 그 얼굴을 다시 인식하고 다시 깨달으면서 그 존재가 점점 더 현실로 다가왔다.

나는 벌떡 일어나 그 얼굴 바로 앞에 서서, 초록빛을 띠며 무언가를 응시하는 커다란 눈동자를 들여다보았다. 그중 오른쪽 눈은 살짝 위로 올라가 있었다. 그런데 갑자기 오른쪽 눈이 미세하게, 그러나 분명하게 떨리는 것이었다. 순간 나는 그 얼굴이 누구의 것인지 깨달았다.

왜 이제야 깨달은 걸까! 그건 바로 데미안의 얼굴이었는데.

그 후로 나는 기억 속 데미안의 생김새와 종이 위의 얼굴을 틈틈이 비교했다. 비슷하긴 하지만 똑같지는 않았다. 그래도, 데미안은 데미안이었다.

초여름 날의 어느 저녁, 붉은 석양이 서쪽을 향한 내 방 창문으로 비스듬히 비쳐들고 있었다. 방 안은 어스름 속에 잠겼다. 불현듯 나는 베아트리체(혹은 데미안)의 초상화를 창살에 붙여놓고 석양빛이 통과할 때 어떤 모습이 되는지 관찰해야겠다는 생각이 일었다. 얼굴 윤곽은 흐릿했지만 불그스름한 눈가, 눈부시게 빛나는 이마, 격정적으로 붉은 입술을 지닌 그 얼굴은 종이 위에서 강렬하게 타오르고 있었다. 석양빛이 지고도 나는 오랫동안 그림을 마주하고 앉아 있었다. 그러자 그 얼굴이 베아트리체도, 데미안도 아닌 바로 나 자신의 모습이라는 느낌이 점점 밀려왔다. 나와 닮지는 않았지만—그래서도 안 된다고 느꼈다—어딘가 모르게 내 삶을 나타내고 있었다. 그것은 나의 내면, 나의 운명 혹은 나의 혼령이었다. 언젠가 친구를 다시 찾게 된다면, 그는 이런 모습이리라. 언젠가 사랑하게 될 여인이 생기게 된다면, 그녀도 이런 모습이리라. 그 얼굴은 내 삶과 죽음의 궤적이었고, 내 운명의 명암과 리듬이었다.

그 무렵 나는 책을 한 권 읽고 있었는데, 그 책은 전에 읽은 어떤 책들보다도 깊은 인상을 남겼다. 그 후로도 그렇게 푹 빠져 읽은 책은 거의 없었고, 어쩌면 니체의 책조차도 예외는 아니었을 것이다. 그것은 노발리스Novalis[5]의 서신과 격언 모음집이었다. 그 내용의 대부분은 이해하기 어려웠지만 모든 구절이 설명할 수 없는 방식으로 나를 매료하고 설레게 했다. 그림을 바라보고 있으니 책의 한 구절이 떠올랐다. 나는 펜을 들고 그림 아래에 이렇게 적었다. "운명과 기질은 하나의 개념에

---

[5] 독일의 낭만주의 시인.

서 나온 두 이름이다." 그제야 이 말이 이해되었다.

그 후로도 베아트리체라고 이름 붙인 그녀와 자주 마주쳤지만 더 이상 내 마음은 요동치지 않았다. 다만 끊임없는 일치감과 애틋한 그리움이 내내 솟아났다. 그녀는 내게 이렇게 말하는 듯했다. "나는 너와 연결되어 있다. 너 자신이 아닌 너의 이미지와. 너는 내 운명의 일부다."

다시금 나는 막스 데미안을 향한 그리움에 휩싸였다. 몇 년째 아무 소식도 듣지 못했다. 방학 때 우연히 한 번 마주친 적이 있기는 했다. 생각해보니 그 짧은 만남을 이 글에 남기지 않았다. 아마도 수치심과 자만심 때문이었으리라. 하지만 그 일을 기록하고 넘어가야겠다.

방학의 어느 날이었다. 술집을 전전하던 그 시절 늘 달고 살던 권태와 피로에 찌든 표정으로 나는 막대기를 건들건들 흔들며, 고향 동네를 어슬렁거리고 있었다. 변화라곤 없는 지루하고 한심한 마을 사람들의 얼굴들을 구경하고 있는데, 나의 옛 친구가 내 쪽으로 걸어오고 있는 것이었다. 그를 보는 순간 갑자기 오싹한 소름이 돋았다. 프란츠 크로머가 떠올랐다. 데미안이 정말로 그 일을 잊었을까? 그에게 빚졌다는 생각이 내 마음을 무겁게 했다. 한낱 어리석은 어린 시절의 일화일 뿐이지만 그래도 빚은 빚이었다.

그는 내가 먼저 인사해주기를 기다리는 눈치였다. 내가

애써 태연한 척 인사를 건네자 그는 내게 손을 내밀었다. 예전처럼, 따뜻하고 차분하면서도 힘이 느껴지는 남성적인 악수였다.

그는 내 얼굴을 유심히 살펴보고는 이렇게 말했다. "많이 컸구나, 싱클레어." 하지만 그는 여느 때처럼 변함없는, 늙으면서도 젊은 모습이었다. 우리는 함께 걸으며 소소한 이야기를 나눴다. 하지만 지난 일들에 대해서는 단 한마디도 입 밖에 내지 않았다. 그에게 몇 차례 편지를 썼지만 답신을 받지 못했던 그 일이 번뜩 떠올랐다. 제발, 그 부끄러운 편지의 존재를 그가 잊었기를! 하지만 다행히도 편지에 대해서는 아무 말이 없었다.

그때는 아직 베아트리체를 만나기 전이었고 초상화도 없었다. 여전히 우울한 나날을 보내던 시기였다. 우리는 교외에 다다랐고, 나는 술집에 들어가자고 제안했다. 그도 그렇게 하자고 했다. 나는 의기양양한 품새로 와인을 한 병 주문한 뒤 그에게 유리잔을 건넸고, 잔을 부딪치며 건배했다. 나는 스스럼없이 이런 술 문화를 학교 친구들끼리 즐긴다며 거들먹거리고는 단숨에 첫 잔을 비웠다.

"술집에 자주 가니?" 그가 물었다.

"어, 그럼." 나는 툭 대답했다. "다른 거 할 게 뭐 있나? 이게 시간 때우는 덴 제일 재밌잖아."

"정말 그렇게 생각해? 그래, 그럴 수도 있겠구나. 흥청망

청 마시고 떠들면 기분이 좋긴 하지! 그런데 술집에 앉아 있는 사람들은 대부분 그렇게 즐기는 것 같지 않아. 술집을 드나드는 건 너무 무의미한 것 같아. 밤새도록 활활 타오르는 횃불을 바라보면서 제대로 된 술잔치를 벌여 화끈하게 논다면, 그거야 좋지! 하지만 이렇게 술잔만 비워대는 건, 진정한 재미가 아닌 것 같아. 파우스트가 밤마다 술집 테이블에 앉아 있다고 상상해봐. 머릿속에 그려지니?"

나는 와인을 들이켠 후 언짢은 눈빛으로 그를 쳐다보았다.

"그렇다 쳐, 근데 모든 사람이 파우스트는 아니지." 나는 퉁명하게 받아쳤다.

그는 약간 당황한 기색으로 나를 바라보았다.

"음, 그걸로 우리가 논쟁할 필요는 없어. 어쨌든, 술주정뱅이나 방탕자들의 삶이 흠잡을 데 없는 시민들의 삶보다 아무래도 더 활기차기는 하지. 어디선가 읽은 적이 있는데, 방탕하게 사는 게 신비주의자가 되는 최고의 길이라더라. 성 아우구스티누스 같은 사람도 성자가 됐잖아. 그도 한때는 향락주의자에 세속적인 사람이었어."

미심쩍은 나는 그의 말에 동조하고 싶지 않아 심드렁한 투로 되받아쳤다. "그래, 뭐, 누구나 자기 스타일대로 살아가는 거지. 근데 난 솔직히 말해서, 성자가 되거나 그런 거 전혀 관심 없어."

데미안은 반쯤 감은 눈으로 예리하게 나를 살폈다.

"싱클레어," 그가 차분하게 말을 이었다. "네 기분을 상하게 할 의도는 없었어. 아무튼 네가 이 술을 어떤 목적으로 마시는지는 너랑 나, 둘 다 몰라. 네 삶에 근간을 이루는, 네 안에 있는 그 무언가만이 알겠지. 우리 안에는 우리보다 우리를 더 잘 알고, 모든 것에 더 노력하고, 모든 것을 우리 자신보다 더 훌륭히 해내는 자아가 있다는 걸 기억해야 해. 그럼 미안하지만, 이제 난 가야겠어."

우리는 짧게 인사를 나눴다. 기분이 더러워진 나는 와인 병을 비워버리고 자리에서 일어났는데, 데미안이 이미 계산을 하고 갔다는 사실을 알게 되었다. 그걸 알고는 더 짜증이 솟구쳤다.

그 후, 그 작은 사건이 계속 내 머릿속을 맴돌았다. 데미안이 도저히 잊히지 않았다. 교외 술집에서 그가 했던 말들이 이상하리만치 생생하고 의미심장하게 떠올랐다. "우리 안에는 우리보다 우리를 더 잘 아는 자아가 있다는 걸 기억해야 해!"

창문에 걸린 그림을 흘깃 보았다. 이제 거의 보이지 않지만, 두 눈은 여전히 타오르고 있었다. 그것은 데미안의 눈빛이었다. 아니면 내 안에 자리한, 내 모든 걸 알고 있는 그의 눈빛일지도 몰랐다.

나는 데미안을 얼마나 그리워했던가! 하지만 나는 그에 대해 아무것도 몰랐다. 그는 내가 가닿을 수 없는 존재였다.

내가 아는 사실이라곤 그가 어디에선가 공부하고 있다는 것, 졸업 후 어머니와 고향을 떠났다는 것뿐이었다.

크로머 사건이 있었던 그 시절까지 거슬러 올라가 막스 데미안에 대한 기억들을 모아보았다. 그가 내게 했던 수많은 말이 여전히 내 귓가에 울렸고, 심오한 의미로 다가와 감동을 주었다. 우리의 불행했던 마지막 만남에서 그가 방탕자와 성자에 관해 이야기했던 말들까지도 선명하게 떠올랐다. 그것은 바로 내 모습이 아니었던가? 나는 술에 절어 불결한 생활을 하고, 길을 잃어 반쯤 혼미한 상태로 살지 않았던가? 그러다 삶에 대한 새로운 열망이 솟아나면서 내면에서 완전한 변화가 일어나고, 순수함과 성스러움에 대한 갈망이 생기지 않았던가?

그래서 나는 그 기억의 자취를 더듬었다. 밤은 이미 깊었고, 밖에는 비가 내리고 있었다. 기억 속에서 빗소리가 들리는 듯했다. 그때 밤나무 아래에서 데미안이 프란츠 크로머에 관해 물으며, 내 삶의 첫 비밀을 알아채던 순간이 떠올랐다. 하나의 기억은 또 다른 기억으로 이어졌다. 등굣길에 나누었던 대화들, 견진성사 수업 그리고 마침내 막스 데미안과의 첫 만남까지. 우리가 무슨 이야기를 나누었던가? 처음엔 기억이 나지 않았지만, 나는 그 시절 속으로 깊이 잠기며 기억이 떠오르기를 기다렸다. 그러다 그 일도 생각났다. 그는 우리 집 앞에 서 있었고, 카인 이야기에 대한 자기 생각을 들려주었다. 그러고는 대문 위 쐐기돌에 새겨진 반쯤 빛바랜 낡은 새 모양의 문장에 대해서도 이야기했다. 그것이 흥미롭다고, 그런 것들에 주목할 필요가 있다고.

그날 밤 나는 데미안과 문장의 새에 관한 꿈을 꾸었다. 꿈속에서 문장의 새는 모습이 계속 달라졌다. 데미안의 손에 들린 그 새는 어느 순간에는 작고 회색빛이었다가, 다른 순간에는 또 크고 화려한 빛깔을 띠었다. 하지만 데미안은 그것이 언제나 같은 새라고 설명했다. 그러다 나중에 가서는 내게 그 새를 먹으라고 명령했다. 그것을 삼킨 나는 공포에 질려 어쩔 줄을 몰랐다. 내가 삼켜버린 그 새가 내 안에서 부풀어 오르고 나를 집어삼키려 했기 때문이다. 죽음의 공포에 휩싸인 나는 깜짝 놀라 잠에서 깼다.

정신이 번쩍 들었다. 한밤중이었고 빗소리가 들렸다. 창문을 닫으려고 일어섰는데 바닥에 떨어져 있는 어떤 밝은 물체가 발에 밟혔다. 다음 날 아침에 보니 그 물체는 내가 그린 그림이었다. 그림은 젖은 바닥에 둥글게 말린 채 놓여 있었다. 나는 그림을 압지 사이에 끼워 두꺼운 책으로 눌러 말렸다. 다음 날 보니 종이는 말라 있었지만 그림 속 얼굴은 변해 있었다. 붉은 입술이 옅어지고 조금 얇아져 있었다. 이제 그것은 정확히 데미안의 입술이었다.

나는 새로운 그림을 그려보기로 했다. 이번에는 문장의 새였다. 새의 모습이 정확히 기억나지는 않았지만, 문장이 너무 낡고 여러 번 덧칠되어 가까이 들여다봐도 원형을 좀체 알아볼 수 없었다는 점만은 확실했다. 새는 어떤 물체 위에 서 있거나 걸터앉아 있었다. 그 물체는 꽃이나 바구니였을 수도 있고, 둥지 혹은 나무 꼭대기였을 수도 있다. 하지만 나는 개의치 않고 또렷이 생각나는 부분부터 그렸다. 알 수 없는 충동에 이끌린 나는 강렬한 색채를 사용해 새 머리에 황금빛 노란색을 칠했다. 감정이 이끄는 대로 그려나갔고, 며칠에 걸쳐 그림이 완성되었다.

그것은 길쭉하고 사나운 매의 머리를 한 맹금이었다. 푸른 하늘을 배경으로 몸의 절반은 어두운 지구 안에 움푹 들어가 있었고, 마치 거대한 알을 깨고 나오려는 듯 지구에서 벗어나려 몸부림치고 있었다. 그림을 한참 들여다볼수록, 그것이 얼마 전 꿈속에서 보았던 화려한 빛깔의 문장임이 점점 분명해졌다.

그때 내가 데미안의 주소를 알고 있었다 하더라도 그 주소로 편지를 보낼 순 없었을 것이다. 그런데도 모든 일에 그러했듯 나는 이번에도 몽환적인 직관에 의존하여 그에게 매 그림을 보내기로 결심했다. 편지가 그에게 닿을지 여부는 상관없었다. 그림에 어떤 글귀도, 심지어 내 이름도 적지 않았다. 그림의 가장자리를 조심스럽게 잘라내고 커다란 봉투를 사서 친구의 옛 주소를 적고 편지를 부쳤다.

시험 기간이 다가왔고, 나는 평소보다 공부를 더 많이 해야 했다. 내가 이전의 불량한 생활을 청산하고 갑자기 달라진 후로 선생님들은 나를 예전처럼 대해주었다. 모범생이 된 것까지는 아니었지만 나 자신도, 그 누구도, 반년 전 모두가 나를 치욕적으로 퇴학당할 아이라고 장담했던 그 시절을 상상할 수는 없었을 것이다.

아버지도 더 이상 나를 꾸짖거나 으르는 식의 편지를 쓰지 않고 이전의 말투를 되찾았다. 하지만 아버지나 그 누구에게도, 내게 이런 변화가 어떻게 일어나게 되었는지 구구절절 해명하고 싶은 마음은 없었다. 내 변화가 부모님과 선생님의 기대에 부합했던 것은 그저 우연일 뿐이었다. 그 계기로 내가 주변 사람들과 가까워진 것도 아니었다. 외려 고독감만 커졌다. 내 변화는 아득한 미래 속, 희미하게 보이는 데미안을 향해 있었다. 나 자신조차도 나를 알지 못했다. 나는 너무 많은 일에 얽매여 있었다. 시작은 베아트리체였으나, 그 후로 나는 내 그림과 데미안에 대한 생각으로 너무나도 비현실적인 세계 속에서 살았으므로, 베아트리체는 이제 내 시야에서, 내 마음에서 완전히 사라지게 되었다. 나는 그 누구에게도 내 꿈과 열망에 대해, 내면의 변화에 대해 한마디도 터놓지 못했을 것이다. 설령 내가 원했다 하더라도.

한데 내가 원하기나 했을까?

제5장

새는 알에서 나오려 몸부림친다

　　　　　　　　　내가 그린 꿈속의 새는 내 친구를 찾아가고 있었다. 그리고 기적처럼, 답신이 왔다.

다른 수업이 시작되기 전 쉬는 시간이었다. 교실에 있던 나는 내 책상 위에 놓인 책 속에 쪽지가 하나 끼워져 있는 것을 발견했다. 반 아이들이 수업 시간에 몰래 주고받는 그런 쪽지처럼 접혀 있었다. 누가 보낸 건지 의아할 따름이었다. 반 친구들과 나는 그럴 만한 관계가 아니었기 때문이다. 내가 가지도 않을 교내 행사 초대장이겠거니 생각한 나는 쪽지를 읽지도 않고 그냥 책 위에 두었다. 그렇게 수업이 시작되었고,

쪽지는 다시 내 손에 들려 있었다.

나는 쪽지를 계속 만지작거리다가 무심결에 펼쳤는데, 그 안에는 몇 마디 글귀가 적혀 있었다. 대충 훑어보던 중 한 구절에 시선이 꽂혔다. 나는 당혹감에 휩싸여 계속 읽어 내려갔다. 내 운명 앞에서 심장은 서늘한 공포로 움츠러들었다. "새는 알에서 나오려 몸부림친다. 알은 세계다. 태어나려는 자는 세계를 깨뜨려야만 한다. 새는 신에게로 날아간다. 신의 이름은 아브락사스다."

나는 이 구절을 몇 번이고 읽은 뒤 생각에 잠겼다. 의심의 여지가 없었다. 데미안의 답신임이 분명했다. 데미안과 나 외에 그 새를 아는 사람은 없었으니까. 내 그림이 그에게 닿았고, 그는 내 마음을 이해하고 나를 깨우치려 하고 있었다. 그런데 그 말이 내 그림하고 무슨 상관이란 말인가? 그리고 가장 난해했던 건 아브락사스, 이것이 대체 무슨 의미일까? 듣도 보도 못한 단어였다. "신의 이름은 아브락사스다."

수업 내용이 귀에 하나도 들어오지 않았고, 그렇게 수업이 끝났다. 이어 오후의 마지막 수업이 시작되었다. 대학을 막 졸업한 젊은 보조교사가 진행하는 수업이었다. 그는 아주 젊고, 학생들을 대할 때 불필요한 권위의식이 없어 우리 사이에서 인기가 있었다.

우리는 폴렌 선생님의 지도 아래 헤로도토스의 저작을 공부했다. 이 강독 시간은 내가 흥미를 느낀 몇 안 되는 수업 중

하나였다. 하지만 그날은 정신이 딴 곳에 가 있었다. 책을 기계적으로 펼쳐놓기는 했지만, 내용이 하나도 눈에 들어오지 않았다. 나는 내 생각에 깊이 빠져들었다. 그리고 당시 나는, 예전 성서 수업 중 데미안이 했던 말, 무언가를 간절히 바라면 그것을 이룰 수 있다는 그 말을 이미 여러 차례 시험한 적이 있는 바였다.

그리하여 수업 시간에 어떤 생각에 깊이 몰두해 있을 때면 나는 고요함에 이를 수 있었고, 선생님도 그런 나를 내버려 두었다. 물론, 주의가 산만하거나 졸고 있다면 선생님이 불쑥 다가와 옆에 서 있는 것을 발견하게 될 것이다. 나도 그런 경험이 있다. 하지만 진지하게, 정말로 깊은 생각에 잠겨 있으면 외부의 간섭에서 벗어날 수 있었다. 그리고 응시 기법도 실험해보았는데, 그것 역시 효과적이었다. 데미안과 함께였던 시절에는 할 수 없던 그 일을 나는 이제 해냈고, 생각 몰두와 시선 응시만으로도 많은 것을 이룰 수 있음을 깨달았다.

그렇게 나는 자리에 앉아 헤로도토스와 학교로부터 멀리 떠나 있었는데, 돌연 선생님의 목소리가 벼락처럼 내 의식을 강타하자 깜짝 놀라 정신이 들었다. 그의 목소리가 들렸고, 그는 내 가까이에 서 있었다. 그래서 나는 그가 내 이름을 불렀다고 생각했다. 하지만 그는 나를 보고 있지 않았다. 나는 안도의 숨을 내쉬었다.

잠시 뒤 선생님의 목소리가 다시 들려왔다. 그 목소리는

"아브락사스"라는 단어를 큰 소리로 말하고 있었다.

수업의 초반부는 놓쳤지만, 폴렌 선생님의 설명은 계속되고 있었다. "고대의 그런 종파나 신비주의 단체들의 세계관을 합리주의적 관점으로 바라볼 때, 처음에는 고대인들이 순진하다고 생각될 수 있겠지만, 그렇게 생각해선 안 됩니다. 우리가 알고 있는 과학이 고대엔 전혀 알려지지 않았어요. 대신 그들은 철학적이고 신비주의적인 진리에 몰두하면서 자신들의 부족한 과학적 지식을 보완했고, 철학과 신비 분야를 크게 발전시켰죠. 여기서 바로 흑마법黑魔法이라는 것이 생겨났는데, 이 흑마법은 각종 사기와 범죄를 유발했습니다. 하지만 흑마법도 처음에는 그 기원이 고귀했고, 그 바탕에는 심오한 사상이 깔려 있었어요. 조금 전 예로 든 아브락사스가 바로 그 경우입니다. 아브락사스는 고대 그리스 마법의 주술과 관련하여 언급되는 단어인데, 오늘날에도 일부 원시 부족들이 지금까지 믿고 있는 악령의 한 이름으로 간주되고 있어요. 하지만 아브락사스는 그보다 훨씬 더 깊은 의미를 지닙니다. 우리는 아브락사스를, 신성과 악마성의 결합을 상징하는 신의 이름으로 볼 수 있습니다."

키가 작고 학식을 갖춘 그 남자는 열정과 지성을 발휘하며 설명했지만 큰 흥미를 보이는 학생은 한 명도 없었다. 그 후 아브락사스라는 이름이 다시 언급되지 않자 나도 주의가 흩어지면서 다시 나만의 생각 속으로 빠져들었다.

"신성과 악마성의 결합"이라는 말이 내 안에서 끊임없이 메아리쳤다. 이 말과 관련된 어떤 기억 하나가 떠올랐다. 데미안과의 우정이 저물어가던 시기에 그는 나와 대화하면서 이런 말을 한 적이 있었다. 우리가 숭배하는 신은 인위적으로 분리된 절반의 세계를, 공식적으로 허용된 '빛의 세계'만을 표상한다고, 하지만 우리는 전체 세계를 숭상할 수 있어야 한다고, 따라서 신을 숭배하려면 선과 악을 모두 포괄하는 하나의 신을 숭배하거나 혹은 신과 악마를 동시에 숭배해야 한다고. 그렇다면 이 아브락사스, 신성과 악마성을 모두 지닌 이 신이 바로 우리가 섬겨야 하는 신이 아닌가.

얼마 동안 나는 아브락사스와 관련된 단서를 추적하며 열심히 탐구했지만, 그 이상의 진전은 이루지 못했다. 아브락사스에 관한 참고 자료를 찾기 위해 도서관을 샅샅이 뒤졌으나, 이런 식의 직접적이고 의도적인 탐구는 썩 내키지 않았다. 그렇게 얻은 진리는 어차피 죽은 지식일 뿐이었다.

한동안 내 뇌리를 사로잡았던 베아트리체의 형상은 서서히 물결 속으로 가라앉았다. 아니, 천천히 떠내려가다가 점점 더 멀리 지평선 너머로 사라지면서 희미한 그림자가 되어갔다. 더 이상 그녀는 내 내면의 요구를 충족시키지 못했다.

몽유병자처럼 잠결을 헤매듯 낯설고 고립된 존재로 살아가던 내 안에, 새로운 이미지가 서서히 모습을 드러내기 시작했다. 내 안에 삶을 향한 열망이 움트기 시작했고, 사랑을 향한 그리움이 한층 깊어졌으며, 베아트리체를 향한 애정으로 성적 욕망을 승화시키던 마음은 이제 새로운 이미지와 목표를 요구했다. 하지만 이런 내 갈망은 여전히 충족되지 못한 채 남아 있었다. 갈망을 다스리는 것은 그 이전보다 더 어려운 일이 되었다. 친구들이 여자와의 관계에서 느끼는 행복 같은 걸 내게 기대하는 것은 불가능했다. 나는 다시금 강렬한 꿈에 사로잡혔고, 사실 밤보다 낮 동안에 더 심했다. 내 앞에 떠오르는 환상과 이미지 내지는 욕망이 나를 외부 세계로부터 멀어지게 했고, 그래서 나는 현실 세계보다 꿈과 환상과 그림자 속에 더 오래 머물며 그것들과 더 실제적이고 활발한 교류를 했다.

그중 반복적으로 떠오른 특정한 꿈 혹은 환상이 하나 있었는데, 그것은 내게 특별히 의미심장하게 다가왔다. 내 인생에서 가장 중요하고도 오래 지속되었던 그 꿈은 이런 흐름으로 전개되었다. 나는 부모님 집을 향해 걸어가고 있었고, 그 집 대문 위에 달린 문장의 새는 푸른 하늘을 배경 삼아 황금빛으로 빛나고 있었다. 어머니가 나를 맞이하며 걸어 나왔고, 내가 집으로 들어서서 어머니 품에 안기려던 그 순간, 어머니는 더 이상 내 어머니가 아니었다. 한 번도 본 적 없는 형상으로 변해 있었다. 키가 크고 강인한 인상에, 막스 데미안 혹은 내가 그린 초상을 닮았지만, 또 어딘가 다르기도 했으며, 건장한 체구에도 불구하고 여성적인 느낌이 있었다. 그 형상은 나를 확 끌어당겨, 격한 떨림이 전해지는 포옹으로 나를 감싸안았다. 희열과 공포가 교차했다. 그 포옹은 숭배의 행위이면서 동시에 범죄였다. 나를 끌어안은 그 존재는 어머니와 데미안의 모습을 모두 지니고 있었고, 그 포옹은 종교적 경외심을 무너뜨리는 짓이었지만, 그럼에도 불구하고 거기에는 극도의 환희가 있었다. 나는 이 꿈에서 깨어날 때마다 때로는 황홀감에 휩싸이고, 때로는 죽을 듯한 공포와 끔찍한 죄를 저지른 것만 같은 고통스러운 양심의 가책에 시달렸다.

오직 내면에서 떠오르는 이 이미지와, 내가 찾아야 할 신과 관련해 외부로부터 전해지는 '암시' 사이에는 어떤 고리가 서서히 그리고 무의식적으로 형성되고 있었다. 그 고리는 점차 깊어지고 내밀해졌으며, 나는 내 갈망의 꿈속에서 내가 아브락사스를 불러내고 있음을 느끼기 시작했다. 희열과 공포, 남성과 여성, 신성함과 불경함이 뒤섞여 있었고, 가장 여린 순수함 속에도 깊은 죄책감의 섬광이 번뜩이고 있었다. 이것이 내 사랑에 대한 꿈의 본질이었고, 이것이 바로 아브락사스였다. 사랑은 이제, 내가 처음 의혹을 품으며 경험했던 음습한 동물적 충동이 아니었고, 베아트리체의 이미지에 바쳤던 고결한 영적 숭배도 아니었다. 그것은 둘 다였으며, 그 밖의 훨씬 더 많은 것이었다. 그것은 천사와 사탄, 남성과 여성, 인간과 짐승, 최고의 선과 최악의 악을 모두 아우르는 이미지였다. 나는 이런 삶을 살아가도록 예정된 듯했고, 이것이 바로 내 운명인 것 같았다. 이 운명에 대한 염원 속에는 두려움이 섞여 있었지만 도망칠 길은 없었다. 그것은 끊임없이 내 머리 위에서 맴돌았다.

이듬해 봄 나는 지금의 학교를 졸업하고 대학에 진학하기로 되어 있었지만, 어디서 무엇을 공부할지 아직 결정은 내리지 못했다. 코 밑에는 거뭇거뭇한 수염이 돋아났다. 성인 남성이 되었으나 무력함은 여전했고, 뚜렷한 목표도 없었다. 단 한 가지 집요하게 지속되던 것이 있었는데, 그것은 내면의 목소리와 꿈의 이미지였다. 내가 할 일은 이 환영의 이미지가 나를 어디로 이끌든 무작정 따르는 것이라고 느꼈다. 하지만 쉽지 않은 일이었고, 매일 나는 새롭게 저항했다.

아무래도 내가 미친 것 같다가도, 다른 사람들과 다를 뿐이라는 생각도 들었다. 다른 사람들이 하는 일이라면 나도 할 수 있었다. 약간의 노력과 부지런함만 발휘한다면 플라톤을 읽고, 삼각법 문제를 풀고, 화학 분석을 이해할 수 있었다. 하지만 내가 할 수 없는 유일한 한 가지가 있었는데, 그것은 내 안의 어두운 곳에 감춰진 목표를 끄집어내어 구체적인 청사진을 그려내는 일이었다. 교사나 판사, 의사나 예술가가 꿈이라고 말하며 목표를 이루기까지 얼마나 시간이 걸릴지, 그 미래가 어떤 희망을 안겨줄지 확실히 그려내는 이들처럼 말이다. 나는 할 수 없었다. 언젠가는 가능할 일일지도 모르겠다. 그렇다 하더라도 내가 세운 목표에 확신을 가질 수나 있을까? 아마 오랜 세월에 걸쳐 찾고 또 찾아야 할 테고, 그렇게 하고도 끝내 아무것도 되지 못할지도 몰랐다. 목표에 도달한다 해도 그 목표가 사악하고 위험하고 무시무시한 것일지도 몰랐다.

내가 원하는 것은 단지 깊숙이 잠재된 내 안의 무언가를 자각하고 실현하는 것이었는데. 이것이 왜 그토록 힘들었을까?

나는 강렬한 꿈속의 환영을 그리려고 수차례 시도했지만 번번이 실패했다. 만약 성공했더라면 완성한 그림을 데미안에게 보냈을 텐데. 그는 어디에 있을까? 나는 알지 못했다. 우리의 운명이 강하게 얽혀 있다는 것만 느낄 뿐이었다. 언제쯤 그를 볼 수 있을까?

베아트리체를 이상적 존재로 여긴 몇 주, 몇 달 동안의 기쁨과 평온은 사라진 지 오래였다. 그때 나는 마침내 섬에 이르러 안정을 찾았다고 생각했다. 하지만 언제나 그러하듯, 결코 진정한 만족을 느낀 적은 없던 듯싶다. 꿈을 통해 잠시 마음의 위안을 얻자마자 기쁨은 금세 시들어버렸다. 한탄해봐야 어찌할 방도가 없었다! 이제 내 안에는 충족되지 않은 또 다른 욕망의 불길이 거세게 치솟았고, 나는 그것에 극도로 광분했다. 종종 내 앞에는 기적처럼 선명한, 내 손보다도 더 또렷한 꿈의 환영이 떠올랐다. 나는 그것과 대화하며 목 놓아 울기도 하고 저주를 퍼붓기도 했다. 나는 그것을 어머니라 부르며 눈물을 흘리고 무릎을 꿇었다. 또는 악마, 창녀, 흡혈귀, 살인자라고 불렀다. 그것은 더없이 부드러운 사랑의 꿈으로 나를 유혹했고, 한 치의 도덕적 수치심도 느끼지 못하는 상태로 나를 타락시켰다. 대단히 선하고 고귀할 것도 없었고, 대단히 악독하고 비열할 것도 없었다.

그해 겨울을 나는 말로 다할 수 없는 내면의 격동 속에서 보냈다. 나는 오랫동안 고독에 길들어 있었다. 데미안과 함께, 문장의 매와 함께, 내 운명이자 내가 사랑하는 존재인 거대한 꿈의 형상과 함께 살았기에 고독감에 괴롭지는 않았다. 그 모두가 위대하고 광활한 우주를 향하고 있었고, 그 모두가 아브락사스를 가리키고 있었으므로, 내 삶의 모든 필요는 충족된 것이었다. 하지만 꿈의 형상 중 그 무엇도 내가 원하는 순간에 떠오르지는 않았다. 어떤 이미지도 마음대로 불러낼 수 없었고, 뜻대로 해석할 수도 없었다. 그것들은 나를 통제했다. 나는 그것들에 지배당하고, 그것들에 이끌려 살아갔다.

반면 외부 세계에 대해서는 철저히 무장하고 있었다. 나는 사람이 두렵지 않았다. 이런 태도를 갖게 된 이유는, 학교 친구들이 나를 남몰래 우러러보고 있다는 사실 때문이었다. 그 사실은 자주 나를 미소 짓게 했다. 나는 내가 원하기만 하면 대부분 아이들의 속마음을 쉽게 꿰뚫고, 그들을 충격에 빠뜨릴 수도 있었다. 하지만 그러고 싶은 마음은 좀체 들지 않았다. 나는 오직 내면세계에만 몰두하고 있었다. 나는 내 안의 무언가를 세상에 드러내어 세상과 씨름하고 싸우기 위해 조금 더 살아가고 싶었다. 저녁이면 거리를 떠돌았고, 불안한 마음에 밤늦게까지 집에 돌아가지 못하는 날들이 숱했다. 그럴 때마다 나는 '사랑하는 존재'가 꼭 나를 만나러 올 거라고, 다음 모퉁이에서 나를 지나칠 거라고, 가까운 창문에서 내 이름을 부를 거라고 굳게 믿었다. 그런 감정들이 견딜 수 없게 느껴지는 날들이 많았고, 그래서 삶을 끝내기로 결심한 적도 있었다.

낯선 안식처를 발견하게 된 건 바로 그 무렵이었다. 사람들은 이를 우연이라 부르겠지만 나는 우연 따위 없다고 믿는다. 누군가가 무언가를 절실히 원할 때 자신에게 필요한 것을 발견하게 된다면, 그것은 우연이 아니다. 그 자신이, 그의 절박한 갈구가 그것을 그에게 가져다준 것이다.

나는 도시를 배회하다가 교외의 작은 교회에서 흘러나오는 오르간 소리를 두어 번 들은 적이 있었지만, 그것을 들으려고 발걸음을 멈추지는 않았다. 다음번에 또 그곳을 지나는데, 다시 오르간 소리가 들려왔다. 그것은 바흐의 곡이었다. 교회 입구로 다가갔지만 문이 잠겨 있었다. 거리에 인적이 드물었기에 나는 교회 옆 연석에 걸터앉아 코트 깃을 세운 채 오르간 소리에 귀를 기울였다. 작지만 아름다운 소리를 내는 오르간이었고, 흘러나오는 곡은 기묘하고 매우 독특한 표현력으로 의지와 결의를 담아 경이롭게 연주되고 있어, 마치 기도 같은 느낌을 주었다. 연주자는 이 음악 속에 보물이 숨겨져 있다는 사실을 알고, 살아남기 위해 사정없이 문을 두들기고 안간힘을 쓰는 이처럼 그 보물을 찾으려 애쓴다는 느낌이 들었다. 나는 음악에 조예가 깊지는 않지만 어릴 적부터 그런 영혼의 음악을 직관적으로 이해해왔고, 또 그런 경험을 자연스러운 것으로 받아들여왔다.

연주자는 이어 더 현대적인 곡을 연주했는데, 아마도 막스 레거Max Reger의 곡이었을 것이다. 교회 안은 어두웠고, 빛이라곤 가까운 창문에서 새어 들어오는 가늘고 희미한 한 줄기의 빛이 전부였다. 나는 연주가 끝나기를 기다렸고, 오르간 연주자가 나올 때까지 이리저리 서성였다. 그는 꽤 젊었지만 나보다는 나이가 많아 보였고, 작은 키에 땅딸막한 체구의 남자였다. 힘차지만 왠지 주저하는 느낌의 발걸음으로 그는 서둘러 그곳을 떠났다.

그 후로도 여러 번 나는 저녁 시간에 교회 옆에 앉아 있거나 그 주변을 어슬렁거렸다. 어느 날은 문이 열려 있는 것을 보고, 교회 벤치에 30분 동안 앉아 있었다. 가스등 불빛이 어슴푸레한 가운데 내 머리 위에서 오르간 선율이 울려 퍼졌고, 나는 얼어붙은 채로 가슴이 벅차오름을 느꼈다. 내 귀에 들려온 것은 그의 연주곡이 아니라 그 자신의 영혼이었다. 그가 연주하는 모든 곡은 서로 비밀스러운 교감을 하는 듯 연결되어 있었다. 거기에는 헌신과 신성함과 경건함이 깃들어 있었지만, 그 경건함은 교회 신자들이나 목사들이 느끼는 그런 종류가 아닌 중세 시대의 순례자나 탁발승들이 보여준 경건함, 모든 지식과 이성을 초월하여 전 우주적 감각에 직관적으로 자신을 내맡기는 그런 경건함이었다. 이어, 바흐 이전의 거장들과 옛 이탈리아 거장들의 작품이 연주되었다. 이 모든 곡은 연주자의 영혼 깊은 곳에 담긴 한 가지를 동일하게 표현하고 있었다. 그것은 갈망이었고, 세상에 대한 내면의 통찰인 동시에 세상으로부터의 모진 단절이었으며, 영혼의 심연을 뜨겁게 경청하는 마음이자 종교적 헌신에의 도취, 경이로운 것들에 대한 깊은 호기심이었다.

어느 날은 교회에서 나오는 연주자를 몰래 따라갔는데, 그가 교외의 작은 술집으로 들어가는 것을 보았다. 충동을 이기지 못한 나는 그를 뒤따라 술집으로 들어갔다. 그제야 처음으로 그의 얼굴이 또렷이 보였다. 검은 펠트 모자를 쓴 그는 구석 자리에 와인 한 잔을 놓고 앉아 있었다. 그의 얼굴은 과연 예상한 대로였다. 추하고 다소 거친 인상에, 불신이 가득해 보이는 것이 꼭 돌발 행동이라도 할 것 같았고 고집도 세 보였지만, 입술만은 어딘가 부드럽고 아이 같은 느낌을 풍겼다. 남성다움과 강인함은 온통 눈과 이마에 모여 있는 데 반해, 얼굴 아래쪽은 여리고 미숙하고 우유부단해 보였으며, 여성적인 느낌도 조금은 있었다. 자신 없어 보이는 어린아이 같은 턱은 이마와 표정에서 풍기는 분위기와 어긋나 있었다. 자부심과 적개심으로 번득이는 짙은 갈색 눈이 나는 마음에 들었다.

나는 말없이 그의 맞은편에 앉았다. 술집에는 우리 둘만 있었다. 그는 마치 나를 내쫓기라도 하려는 듯 날카로운 눈빛으로 노려봤다. 하지만 나는 그의 시선을 버티고 그를 뚫어지게 응시했다. 그러자 짜증 섞인 목소리로 그가 소리쳤다. "왜 그리 눈알 빠지게 나를 쳐다보는 거지? 원하는 게 뭔데?"

"원하는 건 없습니다." 내가 대답했다. "전 이미 많은 걸 얻었거든요."

그는 눈살을 찌푸렸다.

"그럼 당신, 음악에 환장한 그런 사람인가? 그런 거에 미쳐 있는 사람, 난 질색이야."

그래도 나는 위축되지 않았다.

"저 교회에서 오르간 연주를 자주 들었습니다. 귀찮게 할 생각은 없습니다. 다만, 당신에 대해 뭔가 특별한 것을 발견할 수 있을지도 모른다고 생각했어요. 그게 뭔지는 저도 잘 모르겠지만요. 제 말 그렇게 신경 쓰지 않으셔도 됩니다! 저야 언제든 교회에서 당신의 연주를 들으면 되니까요."

"하지만 난 항상 문을 잠그는데."

"최근에는 깜빡하신 것 같아요. 그래서 교회 안에 앉아서 들었거든요. 그날 말고 보통 때는 바깥에 서 있거나 연석에 걸터앉아 있었어요."

"그래? 다음엔 안으로 들어와. 더 따뜻하니까. 대신 문만 세게 두드려. 내가 연주 중이 아닐 때만. 근데, 하고 싶었던 말이 뭐였지? 어린 친구인 걸 보니 아직 김나지움에 다니거나 대학생 같은데. 음악 하는 친구인가?"

"아닙니다. 그냥 듣는 것만 좋아합니다. 당신이 연주하는 그런 순수한 음악만요. 들으면 천국과 지옥을 뒤흔드는 것 같은 음악만 좋아해요. 저는 그런 음악을 사랑하는데, 그 이유가 도덕적인 것을 초월해서인 것 같아요. 나머지 것들은 죄다 도덕에 얽매여 있잖아요. 그래서 전 그렇지 않은 것만 찾아다녀요. 도덕적인 것들은 매번 참을 수가 없었거든요. 어떻게 설명해야 할지 모르겠지만. 선과 악을 모두 품은 신이 있다는데, 혹시 아시나요? 그런 신이 있다고 들은 적이 있어서요."

그는 모자를 젖히고 머리칼을 뒤로 넘겨 이마를 훤히 드러냈다. 그러면서 나를 뚫어져라 쳐다보더니 테이블 너머로 고개를 끄덕끄덕했다.

그는 관심 있다는 듯 다정하게 물었다. "학생이 말한 그 신 이름이 뭐지?"

"아브락사스인데, 저도 사실 이름 말고는 아는 게 없어요."

그는 누군가가 우리의 대화를 엿듣고 있을지도 모른다는 듯 경계하는 눈초리로 주위를 슬쩍 살폈다. 그러더니 내 쪽으로 몸을 홱 기울여 낮은 목소리로 말했다. "그럴 줄 알았어. 넌 도대체 누구냐?"

"전 김나지움 학생입니다."

"그런데 아브락사스는 어떻게 알고 있지?"

"어쩌다 알게 됐어요."

그가 잔에 담긴 와인이 쏟아질 정도로 세게 테이블을 쾅

내리쳤다.

"어쩌다? 헛소리 집어치우게, 젊은 친구. 어쩌다 아브락사스를 알게 됐다는 건 있을 수 없는 일이야. 내 말 명심하게. 아브락사스에 대해서는 내가 자세히 알려주지. 내가 좀 알거든."

그는 입을 닫고 의자를 뒤로 뺐다. 내가 기대에 찬 눈빛으로 쳐다보자 그는 인상을 꽉 찌푸렸다.

"여기서는 안 돼! 다음 기회에. 자, 이거나 받아!"

이렇게 말하고는 아까부터 입고 있던 외투 주머니에 손을 찔러 넣어 군밤 한 움큼을 꺼내 내 쪽으로 던졌다.

나는 말없이 받아먹었고, 큰 행복감을 느꼈다.

"근데 말이야," 잠시 후 그가 소곤댔다. "그 신을 어떻게 알게 된 거지?"

나는 망설임 없이 말해주었다.

"그때 전 혼자였고 절망에 빠져 있었어요. 그러던 중 어린 시절의 친구가 갑자기 나타났어요. 그 친구는 그 신에 대해 꽤 많이 알고 있는 것 같았어요. 당시 전 어떤 그림을 그리고 있었어요. 지구를 깨고 나오는 새였는데, 완성한 그림을 친구에게 보냈어요. 시간이 한참 흐르고 제가 그림을 보냈다는 사실조차 까마득히 잊고 지내고 있었는데 어느 날 쪽지 하나를 받았고, 거기엔 이렇게 적혀 있었어요. '새는 알에서 나오려 몸부림친다. 알은 세계다. 태어나려는 자는 세계를 깨뜨려야만 한다. 새는 신에게로 날아간다. 신의 이름은 아브락사스다.'"

그는 별다른 대답이 없었다. 우리는 군밤을 까서 와인과 함께 먹었다.

"한 잔 더?" 그가 물었다.

"괜찮습니다. 전 술을 그다지 즐기지 않습니다."

그는 다소 실망한 듯 웃었다.

"뭐 그렇다면! 나랑은 좀 반대 종족이군. 난 계속 여기 있을 거니까 이만 가보려면 가봐!"

다음번 만남에서는 오르간 연주를 들은 후에 그와 함께 걸었다. 걷는 동안 그는 별로 말이 없었다. 그렇게 그는 오래된 골목길을 지나 어떤 방으로 나를 데려갔다. 낡고 웅장한 집 2층에 있는 다소 음침하고 방치된 느낌이 나는 커다란 방이었다. 방 안에 음악과 관련된 물건이라곤 피아노뿐이었고, 큼지막한 책장과 책상이 학구적인 분위기를 자아냈다.

"책이 정말 많네요." 나는 책들을 둘러보며 감탄했다.

"이 중 일부는 아버지 서재에서 가져왔지. 난 아버지랑 같이 살아. 맞아, 아버지 어머니랑 같이 살고 있어. 근데 소개는 못 해줘. 왜냐하면 내 지인들은 이 집에서 크게 존중받지 못하거든. 너도 느끼겠지만, 난 방탕한 아들이 맞아. 우리 아버지는 굉장히 존경받는 인물이셔. 이 마을의 중요한 목사고, 설교자이지. 그리고 참고로 말하자면, 난 재능 있고 전도유망했던 아들이었는데, 지금은 길을 잘못 들어서 정신이 좀 미쳐버린 상태야. 신학과 학생이었는데, 국가고시를 목전에 두고 그 명예로운 전공을 포기해버렸어. 그래도 아직 그쪽에 관심은 있어서 따로 혼자 공부 중이야. 옛날 사람들이 자신들을 위해 어떤 신을 만들었는지, 난 그게 아직도 중요하고 흥미로운 연구라고 생각하거든. 그리고 음악도 따로 하고 있고. 조만간에 작은 오르간 연주자 자리를 하나 얻을 거 같아. 그럼 난 다시 교회로 돌아가게 되겠지."

책등을 쭉 훑어보던 나는 자그마한 탁상 램프의 희미한 불빛에 의존해 그리스어, 라틴어, 히브리어로 된 제목들이 꽂혀 있는 것을 보았다. 그 사이 그는 어둠 속에서 바닥에 누워 뭔가를 준비하는 듯했다.

"이리로 와봐." 잠시 후 그가 불렀다. "지금부터 우린 철학을 맛볼 거야. 그러니까 조용히 입 다물고 엎드려서 사색하는 거야."

그는 성냥을 켜서 바로 앞 벽난로 속의 종이와 장작에 불을 붙였다. 불길이 높이 치솟자 그는 필요 이상으로 조심스럽게 불을 쑤시며 장작을 추가했다. 나는 그의 옆, 낡아서 올이 다 드러난 카펫 위에 엎드렸다. 그는 불을 응시했고, 나도 불에 시선이 이끌렸다. 그렇게 한 시간을 엎드린 채로, 불길이 요란하게 춤추며 내려앉고 휘어지고 깜박거리다 끝내는 잠잠히 사그라드는 광경을 지켜보았다.

"불을 숭배하는 건 나름의 의미가 있는 발상이었지." 그의 말 한마디를 제외하고는, 둘 다 아무 말도 하지 않았다. 나는 불을 뚫어지게 응시하고 조용히 명상에 잠긴 채, 연기와 재가 만들어내는 형상들을 바라보고 있었다. 그러다 움찔한 순간이 있었다. 함께 명상하던 그가 빨갛게 달아오른 불덩이 속으로 송진 한 조각을 집어던지자 작고 가느다란 불꽃이 솟아올랐는데, 그 속에서 노란 매의 머리를 한 새가 보이는 것이었다. 스러져가는 불씨 속에서 황금빛 실들이 그물처럼 엮이며 알파벳 철자와 형상들을 그려냈다. 사람의 얼굴, 동물과 식물, 벌레와 뱀을 연상시키는 형상들이었다. 몽상에서 깨어나 옆을 바라보았을 때, 그는 양 주먹으로 턱을 괴고 어디에 홀린 사람처럼 잿더미를 주시하고 있었다.

"저는 이제 가야할 것 같아요." 나는 작은 목소리로 말했다.

"그래, 가봐!"

그는 일어나지 않았다. 등불도 꺼져 있던 터라 나는 저주받은 듯한 이 낡은 집의 어두컴컴한 방과 복도를 손으로 더듬거리며 나와야 했다. 거리로 나온 나는 발걸음을 멈추고 낡은 집을 올려다보았다. 불 켜진 창은 하나도 없었다. 대문에 달린 작은 황동 문패만이 가스등 빛에 어슴푸레 빛났다. 거기에는 '피스토리우스, 주임목사'라고 적혀 있었다.

집에 돌아와 저녁을 먹고 내 골방에 홀로 앉고 나서야 나는 아브락사스나 피스토리우스 그 자신에 대해 아무런 얘기도 듣지 못했으며, 그와 열 마디도 주고받지 않았다는 사실을 깨달았다. 그래도 그의 집에 방문한 일은 만족스러웠다. 그는 다음에 만나면 아주 오래된 고풍스러운 음악인 북스테후데Dietrich Buxtehude의 〈파사칼리아Passacaglia〉를 오르간 연주로 들려주겠노라고 약속했다.

그때는 미처 의식하지 못했지만, 오르간 연주자 피스토리우스는 자신의 은둔처 벽난로 앞에서 내 옆에 엎드려 내게 첫 번째 가르침을 준 셈이었다. 불을 응시하는 것은 내게 유익한 체험이었다. 내 안에 항상 가지고는 있었지만 결코 발전시키지 못했던 기질들을 드러내고 확인할 기회였다. 그것들을 나는 점차 이해하기 시작했다.

어린 시절부터 나는 자연에서 독특한 형상을 관찰하는 것을 좋아했다. 자세히 뜯어서 관찰하기보다는, 그것들이 전하는 신비롭고 은밀한 메시지에 나 자신을 내맡기는 쪽에 가까웠다. 기다랗게 뻗은 나무뿌리라든지, 바위에 드러난 다양한 빛깔의 물결무늬, 물 위를 떠다니는 기름얼룩, 유리에 난 미세한 흠집. 이런 형상들은 내게 묘한 매력을 불러일으켰다. 특히 물과 불, 연기와 구름과 먼지, 눈을 감았을 때 눈앞에 소용돌이치며 부유하는 색색의 입자들이 그러했다. 피스토리우스를 처음 방문한 후 며칠 동안 나는 그런 감각들을 다시금 떠올리게 되었다. 활력과 환희가 새로이 솟아오르고, 마음이 뜨겁게 달아올랐다. 그리고 그 변화가 오직 불을 응시했던 체험에서 비롯되었음을 나는 깨달았다. 그것은 놀라울 만큼 내게 위안과 보람을 안겨준 체험이었다.

삶의 목표를 향한 여정에서 지금껏 발견한 몇 안 되는 경험들에, 이제 새로운 경험이 더해졌다. 앞서 언급한 그런 이미지들을 떠올리며 자연의 기묘하고 비이성적인 형상에 자신을 내맡기다 보면, 이 형상들을 빚어낸 자연의 의지가 우리의 내면 자아와 일치한다는 느낌이 우리 안에서 일어난다. 그러면 우리는 자연의 형상들이 우리의 마음이며 우리 내면의 창조물이라고 믿고 싶은 유혹을 느끼고, 내면 자아와 자연 사이의 경계가 흐릿해지며 녹아내리는 것을 보게 된다. 이쯤 되면 우리 몸의 형태와 윤곽이 외부로부터 받은 인상에 의해 형성된 것인지, 우리 내부에서 비롯된 것인지 구분할 수 없는 정신 상태에 이른다. 인간이 얼마나 창조적인 존재인지, 우리의 영혼이 세계의 끊임없는 창조에 얼마나 깊이 관여하고 있는지를 이렇게 쉽게 발견할 방법은 어디에도 없다. 더구나 우리 내면에 깃든 신성과 자연에 깃든 신성은 서로 하나인 동일한 신성으로, 외부 세계가 무너진다 하여도 우리 모두는 각자 파괴된 세계를 다시 세울 수 있을 것이다. 산과 강, 나무와 잎사귀, 뿌리와 꽃을 포함한 자연에서 발견되는 모든 형상은 우리 내면에 고스란히 내재되어 있으며, 영혼으로부터 기원한다. 그 영혼은 영원불멸한 존재로, 우리로부터 숨어 있지만, 사랑과 창조의 힘을 통해 그 모습을 대부분 드러낸다.

몇 년 후 나는 이런 관점이 레오나르도 다빈치의 책에도 담겨 있음을 알게 되었다. 언젠가 그는 사람들이 침을 잔뜩 뱉어놓은 담벼락을 바라보는 순간이 얼마나 경이롭고 감동적인지를 설명했다. 젖어 있는 담벼락의 얼룩을 하나하나 마주하던 순간 그가 느꼈을 그 감정은, 내가 불 앞에서 느낀 감정과 분명 동일했으리라.

다음번 만남에서 오르간 연주자는 이렇게 설명했다. "우리 인간은 늘 자기 정체성을 지나치게 편협한 시각에서 정의하려 들어. 각기 다른 경험을 하고, 각기 다른 인식을 하는 개별 주체 정도로만 생각한다고. 근데 우리 개개인은 세상 모든 존재의 집합체거든. 우리 몸은 물고기 시절로, 어쩌면 그보다 더 먼 과거로 거슬러 올라가는 진화의 흔적을 새기고 있어. 마찬가지로 지금 우리의 영혼에도 인류의 모든 정신적 경험이 담겨 있어. 그리스인이건 중국인이나 줄루족이건 모든 민족의 신들과 악마들이 우리 안에 살아 숨 쉬고 있지. 가능성과 소망으로서, 탈출구로서. 설령 인류가 멸망하고 이 세상에 아직 다 자라지 않은 어린아이 딱 한 명만 남는다고 해도, 그 아이는 혼자 힘으로 진화의 모든 과정을 다시 발견해낼 거고, 신과 악마, 낙원, 계율과 금기, 구약과 신약을 모조리 창조해낼 거야."

"훌륭한 말이긴 하지만," 내가 끼어들었다. "그럼 개인의 가치는요? 이미 모든 것이 우리 안에 완성된 채로 존재한다면, 왜 우리는 힘겹게 애쓰며 살아가는 거죠?"

"잠깐!" 피스토리우스가 딱 잘라 소리쳤다. "단순히 내면에 세계를 품고 있는 거랑 그걸 자각하는 건 엄청난 차이가 있어. 물론 미치광이도 플라톤의 사상이 연상되는 생각을 떠올릴 수 있고, 신학대에 다니는 경건한 학생도 영지주의나 조로아스터교의 심오한 신화적 연관성을 깊이 고민해볼 수도 있겠지. 하지만 그들은 아무것도 몰라! 그렇게 모르는 상태에서는 나무나 돌, 기껏해야 짐승 같은 단순한 존재에 불과하다고. 그런데 그 사실을 희미하게나마 깨달으면, 그때부턴 진정한 인간으로 거듭나는 거야. 길거리를 걸어 다니는 두 발 달린 동물들이 직립보행을 하고, 아홉 달 동안 새끼를 품는다고 해서 다 같은 사람이라고 생각하지 않잖아! 물고기나 양처럼, 벌레처럼 살아가는 인간들이 얼마나 허다한데. 개미와 벌 같은 인간들은 또 얼마나 많은지, 너도 알잖아? 인간만이 발휘할 수 있는 잠재력은 누구한테나 주어지지만 그걸 자기 거라고 말하려면, 그 잠재력을 의식하고 그걸 자기 삶의 일부로 만드는 법을 배워야 한다고."

우리의 대화는 보통 이런 식으로 흘러갔다. 완전히 새로운 지식, 압도적인 놀라움을 주지는 않았다. 하지만 그다지 인상적이지 않은 대화였음에도, 망치질하듯 부드럽고도 지속적으로 내 안의 같은 지점을 두들겼다. 그와 나눈 대화는 내 내면 자아를 형성하도록 도왔고, 내 살갗을 한 겹 한 겹 벗겨내 마침내 알껍데기를 깨뜨리게 했다. 각 과정을 지날 때마다 나는 점점 더 고개를 들어 올리며 더 큰 해방감을 느꼈고, 마침

내 내 안의 노란 새가 지구의 껍데기를 깨고 나와 잘생긴 맹금의 머리를 내밀었다.

종종 우리는 꿈 이야기를 나누었고, 피스토리우스는 내 꿈을 해석해주었다. 지금 문득, 강렬한 인상을 남겼던 꿈 하나가 떠오른다. 꿈속에서 나는 하늘을 날았는데, 꼭 누군가의 힘에 의해 공중으로 내던져진 느낌이었고, 또 그 힘을 스스로 제어할 수도 없었다. 비행의 감각이 처음엔 짜릿했지만, 곧이어 내 의지와는 무관하게 내 몸이 너무 높은 곳으로 집어던져지자 짜릿함은 순식간에 공포로 바뀌었다. 하지만 잠시 뒤 나는 숨을 참거나 내쉼으로써 상승과 하강을 조절할 수 있음을 깨달았고 이내 나는 안심했다.

이 꿈에 대해 피스토리우스는 이렇게 설명했다. "널 날게 한 원동력은 우리 인간이 가진 위대한 자산이야. 모든 사람이 그걸 가지고 있어. 그건, 모든 힘의 원천과 연결되어 있다는 감각이야. 그런데 너무 두렵잖아! 너무 위험하고! 그래서 대부분은 날겠다는 생각을 포기하고, 인도 위를 조용히 걸으며 규칙을 따르는 쪽을 택하지. 하지만 넌 달라. 정신이 살아 있는 사람답게 더 높은 이상을 추구하고 있잖아. 보라고! 넌 서서히 너 자신을 제어할 수 있는 힘, 그 기적을 발견했어. 널 위로 끌어올리는 그 위대하고도 보편적인 힘에 세밀하고 정교한 힘이 더해진 거잖아. 방향키를 얻었다고. 얼마나 대단한 일이야. 그런 힘이 없었다면 넌 맥도 못 추고 공중을 떠돌았겠지.

그게 바로 미치광이들이 하는 짓이거든. 인도 위를 걷는 사람들보다 아무리 더 깊은 예감을 가지고 있어도 방향키나 조종대가 없으면 결국 끝없는 심연 속을 맴돌 뿐이지. 그런데 싱클레어, 넌 그걸 해내잖아! 그런데 그게 어떻게 가능한지 너도 잘 모르겠지? 바로 새로운 기관, 일종의 호흡 조절기로 해내는 거야. 이게 무슨 뜻이냐면, 너의 영혼이 저 깊은 밑바닥에서 너라는 개인과는 별개로 작동한단 거야. 네 영혼도 그 호흡 조절기를 의식하지 못한다고! 그런데 이게 원래 없었던 기관도 아니야. 빌려온 거거든. 이미 수천 년 전부터 존재해왔던 거야. 물고기의 평형기관, 즉 부레 같은 거지. 옛날부터 전해져오는 몇몇 특이한 물고기 종들을 보면 부레가 폐 기능을 하기도 해. 네가 꿈속에서 하늘을 나는 데 사용한 폐, 바로 그거!"

그는 동물학 책까지 들고 와서 태곳적 물고기들의 이름과 삽화를 보여주며 내게 공부시켜주었다. 이상야릇한 전율과 함께, 진화 초기 단계부터 존재해온 기관이 내 안에도 살아 숨 쉬는 것을 나는 감각했다.

제6장

야곱과 싸움

괴이한 음악가로부터 아브락사스에 대해 배운 내용을 간단히 설명하자니 참으로 난해하다. 하지만 중요한 사실은, 내 내면의 자아를 인식하는 데 한 발짝 앞으로 다가섰다는 것이다. 그 시절의 나는 열여덟 살에 맞지 않는 특이한 청년이었다. 많은 면에서 조숙했지만 또 그만큼 감정 앞에서 무기력하고 미성숙했다. 나 자신을 다른 또래들과 비교할 때면 자부심으로 우쭐대기도 했으나, 의기소침하고 열등감에 찌들어 있은 적도 숱하게 많았다. 나 자신을 천재라고 자부하면서도, 반쯤 미친 사람이 아닐까 싶을 때도 종종 있었다. 또래들의 삶과 즐거움에 원만하게 함께하지 못하고, 시도 때도 없이 자책과 불안에 시달렸다. 마치 또래들로부터 단절되어 희망이라곤 없는 삶을, 평범한 인생에의 접근이 금지된 삶을 사는 것만 같았다.

피스토리우스는 괴짜 같은 어른이기는 했어도 내게 용기와 자아 존중감을 유지하고 살아가는 방법을 알려주었다. 내 말들 속에서, 그리고 꿈과 공상 속에서 늘 가치를 발견해주고 그것들을 항상 진지하게 받아들이며 함께 토론함으로써 내게 본보기가 되었다.

"너, 음악을 좋아하는 이유가 도덕과 전혀 상관없어서라고 했지?" 그가 말했다. "나도 같은 생각이지만, 너 자신부터 도덕주의자가 되는 걸 경계해야 돼! 절대 너 자신을 다른 사람과 비교하려들지 마. 자연이 널 박쥐로 창조했다면 절대 타조가 되려고 해서는 안 돼. 넌 자꾸 너 자신을 특별한 경우로 생각하고 남들과 다른 길을 가려고 하는데, 그런 생각 자체를 버려. 불을 응시하고, 구름을 바라봐. 어떤 예감을 느끼고 내면의 목소리가 들리기 시작하면, 그냥 그 목소리에 몸을 맡겨버려. 선생님이나 아버지를 만족시키는 길일까, 이런저런 선한 신들에게 맞는 행동일까, 이런 걸 스스로 따지지 말라고! 그건 너 자신을 망치는 짓이야. 그냥 넌 인도 위를 걷는 사람이 될 뿐이고, 그렇게 결국 화석처럼 굳어져버리고 말겠지. 싱클레어, 우리의 신은 아브락사스고, 그는 신이자 악마야. 빛의 세계와 어둠의 세계를 모두 아울러. 네가 어떤 생각을 하든 어떤 꿈을 꾸든, 아브락사스는 절대 반대하지 않아. 항상 이걸 기억해. 하지만 네가 흠결 하나 없이 완벽하고 평범한 존재가 되는 순간, 아브락사스는 널 떠날 거야. 자신의 세계관을 받아줄 그릇이 되는 새로운 누군가를 찾아가겠지."

꿈 중에서도 집요하게 등장한 것은 암울한 사랑에 관한 꿈이었다. 새의 문장이 달린 옛 고향 집의 대문을 지나 집 안으로 들어가는 꿈을 나는 매일 꾸었는데, 어머니에게 달려가 포옹하려고만 하면, 어머니는 커다란 몸집에 반은 남성적이고 반은 여성적인 낯선 여인으로 변해버리는 것이었다. 그 여인 앞에서 나는 경외감에 차올랐고 치명적인 끌림을 느꼈다. 하지만 이 꿈 이야기를 친구에게까지 들려줄 순 없었다. 다른 건 다 숨김없이 털어놓아도 이 꿈 얘기만은 마음속에 꾹꾹 눌러 담았다. 그것은 내 내밀한 구석에 숨겨놓은 비밀이고, 나만의 도피처였다.

나는 마음이 무거울 때면 피스토리우스에게 북스테후데의 〈파사칼리아〉를 연주해달라고 부탁했다. 저녁의 어둑한 교회 안에 앉아, 그 자체로 완벽하고 독립적인 우주처럼 존재하는 그 신비로운 음악에 깊이 빠져들곤 했다. 그러면 마음이 한결 가벼워졌고, 내 안의 목소리에 더 깊이 귀 기울일 수 있었다.

오르간 연주가 끝난 뒤에도 이따금 우리 둘은 꽤 오랫동안 교회에 앉아, 고딕 양식의 높이 솟은 창들을 뚫고 들어오는 햇빛이 스러질 듯했다가 이내 교회의 어둠 속으로 녹아드는 광경을 고요히 지켜보았다.

"한때 내가 신학을 공부하고 목사가 될 뻔했다니, 생각하면 참 우습단 말이야." 피스토리우스가 말했다. "그때 난 방향을 좀 잘못 잡았어. 내 목표와 소명은 분명 사제가 되는 거였어. 다만 너무 이른 나이에 삶에 만족해버렸고, 아브락사스를 알기도 전에 여호와에게 날 맡겨버렸지. 모든 종교에는 나름의 아름다움이 있어. 종교는 곧 영혼이야. 기독교 성찬식에 참여하든, 메카로 순례를 떠나든, 결국 다 같은 거야."

"그럼 목사가 될 수도 있던 거 아닌가요?" 내가 말했다.

"그렇진 않아, 싱클레어. 난 내 자신에게 그렇게 솔직하지 못한 사람이 될 수 없어. 우리 종교는 이미 낡아빠졌어. 더 이상 신앙이라기보다는 순전히 이론 차원의 문제로 변질되어버린 느낌이야. 로마 가톨릭 신부라면 몰라도 개신교 목사라니, 절대 아니야! 신실한 신자라고 하는 자들을 내가 몇몇 아는데, 그 사람들은 성경을 글자 그대로 해석하는 데 급급해. 근데 그런 사람들 앞에서, 그리스도가 나에게는 한 사람이라기보다는 영웅이면서 신화고, 인류가 자신을 영원의 벽에 투영해서 본 거대한 그림자일 뿐이라는 말이 차마 입에서 떨어지질 않더군. 그럴싸한 설교가 듣고 싶은 사람들, 아니면 의무를 다했다는 느낌을 받으려고 교회에 나오는 사람들 앞에서 내가 무슨 할 말이 있어? 개종시키면 되지 않느냐고? 난 그럴 마음 추호도 없어. 진정한 사제는 개종시키려 들지 않아. 그저 신앙을 가진 사람들, 자기와 비슷한 사람들과 함께 살면서, 인간이 신을 느끼고 만들어내는 감정의 도구이자 매개체로 존재하기를 원해."

그는 잠시 말을 멈추더니 다시 이어갔다. "우리가 아브락사스라고 이름 붙인 우리의 새로운 신념은 훌륭한 거야, 친구. 우리가 가진 최고의 것이지. 하지만 아직은 갓난아이에 불과해! 아직 날개도 돋지 않았거든. 안타깝지만 혼자만의 종교는 진짜 종교가 아니야. 종교는 일단 공동으로 향유하는 것이어야 해. 예배도 있어야 하고, 환희도, 축제도, 비밀 의식도 필요하지······."

그는 깊은 생각에 잠겼다.

"비밀 의식은 혼자서, 아니면 소수 모임 단위로 치를 순 없는 걸까요?" 내가 망설이며 물었다.

"물론 할 수 있지." 그는 고개를 끄덕이며 동의했다. "나도 오랫동안 그렇게 해왔어. 만일 들키면 몇 년은 감옥신세를 졌을지도 모를 그런 예배도 올려봤지. 나도 그게 올바른 방법이 아닌 건 알아."

갑자기 그가 내 어깨를 툭 치는 바람에 나는 움츠러들었다. "이봐, 어린 청년," 그는 진지한 목소리로 말했다. "너도 너만의 비밀 의식이 있잖아. 나한테 숨기고 있는 꿈들도 분명 있을 거고……. 뭐, 굳이 알고 싶진 않아. 하지만 이건 말할게. 그 꿈들을 살아. 행동으로 옮기고, 그 꿈을 위한 제단을 세워! 그게 완전한 답은 아니겠지만, 하나의 길이 될 수는 있어. 시간이 지나면 알게 될 거다. 너랑 나, 그리고 몇몇 다른 사람들이 세상을 새롭게 할 수 있을지 말이야. 우리는 매일매일 우리 자신을 새롭게 해야 해. 안 그러면 아무 희망이 없어. 잘 생각해봐! 너 이제 열여덟 살이잖아. 길거리의 매춘부들을 쫓아다니진 않지만, 너도 분명 사랑에 관한 꿈과 욕망이 있을 거라고. 그리고 그 꿈이 널 두렵게 할지도 모르지. 겁내지 마! 그건 네가 가진 것 중 최고의 것이야. 내가 네 나이였을 때 사랑의 꿈을 억누르다가 얼마나 많은 걸 잃었는데. 넌 그러지 마라. 네가 아브락사스를 아는 사람이라면 그런 태도를 계속 가질 수 없을 거야. 우리의 영혼이 갈망하는 것이 무엇이든 두려워하면 안 되고 금기로 여겨서도 안 돼."

깜짝 놀란 나는 그의 말을 가로막았다. "하지만 머릿속에 떠오르는 걸 다 할 순 없잖아요. 누가 절 적대적으로 대한다고 해서 그 사람을 해칠 순 없어요."

그는 내게 한 발 더 가까이 다가섰다.

"때에 따라서는 가능해! 근데 대부분의 경우엔 잘못된 판단이지. 내가 말하는 건 머릿속에 떠오르는 걸 무작정 다 실행하라는 게 아니야. 그건 아니지. 단지 마땅한 의도가 담긴 생각이라면, 무턱대고 거부하고 도덕적 잣대를 들이대면서 망치지 말란 거야. 자기 자신이나 다른 누군가를 십자가에 못 박는 대신, 엄숙한 마음으로 성배를 마시고 희생의 신비에 대해 되새겨볼 수 있는 거잖아. 꼭 이렇게까지 하지 않아도, 자신의 행동이나 소위 유혹이라 불리는 것들을 사랑과 존중으로 대할 수 있어. 그러면 그 속에 담긴 의미가 드러나게 돼. 모든 것엔 의미가 있거든. 앞으로 네 머릿속에 말도 안 되는 생각이나 죄스럽게 느껴지는 생각이 떠오르면, 누군가를 죽여버리고 싶다거나 무지막지한 잘못을 저지르고 싶은 충동이 들면, 아브락사스가 그런 상상을 일으키고 있다는 걸 기억해! 네가 죽이고 싶어 하는 사람은 절대 그 사람이 아니야. 그 사람은 위장하고 있는 것뿐이야. 누군가를 미워할 때 우리는 그 사람의 모습 속에 있는 우리 자신의 모습을 미워하는 거야. 우리 안에 존재하지 않는 건 결코 우리를 자극하지 않아."

피스토리우스가 내게 이렇게까지 깊이 다가오는 말을 한 적이 없었다. 나는 어떤 대답도 할 수 없었다. 내 마음을 가장 강하게 흔들었던 것은, 그리고 가장 기이하게 느껴졌던 것은, 그가 해준 충고와 내가 오래도록 마음속에 간직해온 데미안의 말들이 너무도 흡사하다는 점이었다. 두 사람은 서로를 전혀 몰랐지만 모두 내게 같은 것을 말했다.

"우리 눈에 보이는 것들은 말이지," 피스토리우스가 나직이 말했다. "이미 우리 안에 있는 것들이야. 우리 안에 없는 건 우리가 경험하는 현실에도 없어. 그래서 대부분 사람들은 그렇게 현실성 없는 삶을 살아가지. 밖에서 보는 것들을 진짜라고 착각하고, 정작 자신 안에 있는 세계는 표현도 못 하면서 말이야. 물론 그런 상태에서도 만족하면서 살 수야 있겠지. 하지만 일단 다른 걸 알게 되면, 더 이상 다수의 길을 선택할 수 없어. 싱클레어, 다수의 길은 쉬워. 우리의 길이 어렵지. 하지만 우린 그 길을 가야 해."

며칠 후, 두 번이나 그를 기다렸지만 헛수고로 끝난 어느 날, 그가 차가운 밤바람을 맞으며 저 모퉁이를 돌아서 걸어오고 있었다. 비틀거리던 그는 꽤나 취한 상태였다. 왠지 그를 불러 세우고 싶은 마음이 들지 않았다. 그는 마치 알 수 없는 어둠의 부름에 응답하는 듯한 혼란 가득한 눈빛으로 나를 지나쳤다. 나는 한 구역 정도 그를 뒤따라갔다. 그는 보이지 않는 끈에 이끌리듯 움직였다. 발걸음이 매우 독특하면서도 자유로워보이는 것이 꼭 혼령 같았다. 나는 우울감에 젖어 집으로, 해소되지 못한 꿈들에게로 돌아갔다.

'세상이 그렇게 새로워질 수 있구나!'라고 생각한 순간 나는 그것이 너무 현학적이고 쓸데없다고 느꼈다. 결국, 그의 꿈에 대해 나는 무엇을 알았던가? 만취한 채 걸어가는 그가, 주저하는 나보다 어쩌면 더 확실한 길을 걷고 있었는지도 모른다.

내가 지금껏 전혀 관심을 두지 않았던 반 친구 한 명이,

쉬는 시간이면 이따금 내게 말을 걸고 싶어 하는 눈치였다. 키도 작고 왜소하며 붉은색의 볼품없는 곧은 머리칼을 가진 연약한 인상의 소년은 표정과 몸짓이 어딘가 이상해보였다. 어느 저녁 집으로 돌아가는 길에 그 친구는 길목에서 나를 지켜보다가 내가 지나가자 길을 비켜주었다. 그러고는 나를 계속 따라오더니 우리 집 문 앞에 멈춰 섰다.

"나한테 할 말이라도 있어?" 내가 물었다.

"그냥 너랑 이야기가 하고 싶어서." 그가 수줍게 말을 꺼냈다. "나랑 몇 걸음만 같이 걸어줄 수 있어?"

나는 그를 따라갔고, 그가 매우 흥분했고, 기대감에 가득 차 있다는 걸 느낄 수 있었다. 그의 손은 덜덜 떨고 있었다.

"너 귀신이랑 대화할 수 있어?" 느닷없이 그가 물었다.

"아니, 크나우어." 나는 웃으며 말했다. "전혀 아닌데. 왜 그렇게 생각해?"

"그럼 신이나 우주 같은 거 공부해?"

"그것도 아닌데."

"에이, 그렇게 비밀스럽게 굴지 마. 너한테는 뭔가 특별한 게 있어. 네 눈에서 다 읽을 수 있어. 넌 분명 영적 세계와 교류하고 있어. 그냥 호기심에 물어보는 건 아냐, 싱클레어. 난 영을 탐구하는 사람이거든. 나도 혼자고."

"네 이야기를 더 들려줘." 나는 그에게 용기를 북돋웠다. "영에 대해서는 난 아는 게 하나도 없어. 난 내 꿈속에서 살아갈 뿐이야. 네가 느낀 것도 그거야. 다른 사람들도 꿈속에서 살지만, 그게 자기 자신의 꿈은 아니야. 이게 다른 점이지."

"맞아, 그런 거 같아." 그가 중얼거리듯 말했다. "결국 어떤 꿈속에서 사는지가 중요하지. 혹시 백마법白魔法이라고 들어본 적 있어?"

나는 들어봤다고 말할 수 없었다.

"백마법은 자신의 내면을 잠식하는 법을 배우는 거야. 그러면 불후의 존재가 될 수 있고, 마법도 부릴 수 있어. 그런데 정말로 그 실험을 해본 적이 없다고?"

그 실험이 대체 어떤 건지 내가 꼬치꼬치 묻자 그는 처음에는 대답하기를 주저했지만, 내가 뒤돌아서 가버리려고 하니 그제야 모든 걸 털어놓기 시작했다.

"예를 들면, 난 잠자고 싶거나 집중하고 싶을 때 그 마법을 연습해. 일단 뭔가를 하나 떠올려. 단어나 이름, 기하학적인 도형 같은 거 있잖아. 그리고 그걸 아주 강렬하게 생각하면서 내 머릿속으로 끌어들이는 거야. 내 뇌의 깊숙한 한 부분을 차지했다는 느낌이 들 때까지. 그런 다음 그 생각을 목으로 끌어내려서, 그게 내 온몸을 뒤덮을 때까지 계속 집중해. 그러다 보면 난 '단단한 상태'가 돼서, 아무것도 내 내면의 고요를 깨우지 못해."

그가 어떤 말을 하려는지 어렴풋이 이해는 되었다. 하지만 이상스러울 만치 안절부절못하는 모습으로 보아 정작 그의 마음속에는 다른 할 말이 있는 듯했다. 나는 조심스럽게 그의 반응을 유도했는데, 얼마 지나지 않아 때마침 그가 먼저 질문을 던져왔다.

"너, 계속 금욕하니?" 그는 긴장된 목소리로 물었다.

"어떤 의미에서? 성적으로?"

"응. 난 2년째 금욕 중이야. 경험으로 깨달음을 얻은 이후로 쭉. 그전에는 타락에 빠져 지냈거든, 무슨 말인지는 너도 알 거야……. 아직 여자랑 자본 적 없는 거지?"

"응." 내가 대답했다. "아직 진정한 상대를 찾지 못했거든."

"만약에 찾는다면, 잘 거야?"

"응, 물론이지. 상대도 전혀 싫어하지 않는다면." 나는 한발 빼며 대답했다.

"아니, 그건 잘못된 길이야! 철저하게 금욕해야만 내면의 힘을 기를 수 있어. 내가 그렇게 2년 동안을 해오고 있어. 2년 하고 한 달 조금 넘었구나! 너무너무 힘들어! 견디기 힘들 때가 정말 많아."

"잠깐, 내 말 좀 들어봐, 크나우어. 난 금욕이 그 정도로 중요하다고 생각 안 해."

"다들 말은 그렇게 해." 그가 반박하고 나섰다. "하지만 네 입에서까지 그런 말이 나올 줄은 몰랐어. 영적인 길을 걸으려는 사람이라면 절대적으로 순결을 지켜야 해."

"그래, 넌 그렇게 해! 그런데 성욕을 억제하는 사람이 왜 그렇지 않은 사람보다 무조건 더 '순수하다'고 생각하는지 도무지 이해할 수가 없네. 그러는 넌 모든 생각, 모든 꿈에서 성적인 것들을 차단할 수 있기라도 하나봐?"

나를 바라보는 그의 두 눈은 절망에 빠져 있었다.

"아니, 그건 아니야! 망할! 성욕은 아무래도 피할 수 없는 거 같아. 사실 나, 매일 밤 차마 내 입에는 담을 수 없는 꿈들을 꿔! 너무 섬뜩한 꿈이라고!"

문득 피스토리우스가 해준 말이 떠올랐다. 하지만 그것이 아무리 맞는 말처럼 느껴져도, 그 말을 지금 크나우어에게 그대로 전할 수는 없는 노릇이었다. 내 경험에서 우러나오지 않은 충고를, 그것도 내가 따를 수 없는 충고를 그에게 충고랍시고 해줄 수는 절대 없었다. 나는 침묵했다. 상대가 내게 도움을 청했는데 정작 어떤 말도 해주지 못하는 나 자신이 수치스러웠다.

"난 별짓 다 해봤다고!" 크나우어가 하소연했다. "찬물 샤워도 해보고 눈 위에서도 굴러보고 온갖 운동, 달리기 다 해봤는데 소용없었어. 밤마다 자꾸만 꿔서는 안 될 꿈을 꾸다가 깨는걸. 더 끔찍한 사실은 내가 영적으로 이뤄냈던 것들에서 점점 멀어져가고 있단 거야. 정신 집중도 잘 못 하겠고, 진정하고 다시 잠드는 것도 힘들어. 그래서 뜬 눈으로 날을 샐 때도 많아. 이대로라면 오래 버틸 수 없겠지. 이 힘겨운 싸움을 포기하고 항복해서 다시 나 자신을 더럽힌다면, 애초에 싸울 필요조차 없었던 사람들보다 더 비참해지고 말 거야. 무슨 말인지 알겠어?"

나는 고개를 끄덕였지만 어떤 말을 해줘야 할지 몰랐다. 그의 말이 슬슬 지루해졌다. 그의 절망에 마음 깊이 공감하지 못하는 나 스스로가 겁났다. 내 속마음은 이뿐이었다. '난 널 도와줄 수 없어.'

"그래서 넌 나한테 해줄 말이 하나도 없다는 거야?" 그가 마침내 슬프고 지친 목소리로 물어왔다. "정말 하나도 없다고? 방법이 하나쯤은 있지 않을까? 대체 넌 어떻게 견디고 있는데?"

"난 해줄 말이 없어, 크나우어. 우리는 나 아닌 타인을 도울 수 없어. 날 도운 사람도 없었고, 넌 너 스스로를 의지하고, 네 내면에서 나오는 계시를 따라야 해. 다른 방법은 없어. 자기 자신에게 가는 길을 찾지 못한다면 어떤 영도 찾지 못할 거야. 확실해."

실망한 기색이 역력한 키 작은 꼬마 녀석은 돌연 말문이 막힌 듯 나를 빤히 쳐다만 보았다. 그러더니 어느 순간 그의 눈동자가 증오의 빛으로 이글거리고 얼굴이 우글쭈글해지면서 그는 악을 써댔다. "아주 성인군자 납셨네, 그래! 너도 남몰래 음탕하게 사는 주제에! 지금은 현자인 척하지만 뒤에서는 나나 다른 사람들처럼 똑같이 추잡한 짓거리를 달고 사는 주제에! 너도 나 같은 짐승 새끼 거야. 너나 나나 다 짐승 새끼라고!"

나는 그를 남겨둔 채 자리를 떠났다. 그는 두세 걸음 쫓아오다가 망설이는가 싶더니 아예 돌아서서 달아나버렸다. 혐오감과 동정심으로 뒤범벅된 나는 속이 울렁거렸다. 내 골방으로 돌아와 내가 그린 그림 몇 점을 내 주변에 둘러 세우고는, 온 마음을 불살라 나만의 내밀한 꿈속으로 침잠해갔다. 그러자 즉시 메스꺼움이 사라졌고, 꿈이 되살아났다. 대문과 문장, 어머니와 낯선 여인. 여인의 얼굴이 초자연적으로 생생하게 떠올라 같은 날 저녁, 나는 꿈의 기억만으로 여인의 초상화를 그릴 수 있었다.

틈날 때마다 조금씩, 거의 무의식중에 그려나간 그림은 며칠에 걸쳐 완성되었다. 같은 날 저녁 나는 그림을 벽에 걸고 스탠드 조명을 앞에 놓았다. 그리고 맞대결을 펼쳐야 하는 영혼과 마주 선 것처럼 그림 앞에 섰다. 초상 속 얼굴은 내가 이전에 그렸던 얼굴과 비슷했고, 내 친구 데미안의 얼굴과 비슷했으며, 어떤 면에서는 나를 닮기도 했다. 한쪽 눈은 다른 쪽 눈보다 상당히 치켜 올라가 있었고, 운명을 예언하는 듯한 시선은 나를 너머 저 먼 어딘가를 응시하고 있었다.

그녀와 정면으로 마주 서 있으니 극도로 긴장이 되면서 피가 싸늘하게 식어버리는 기분이었다. 나는 초상 속 얼굴을 향해 의심과 비난을 퍼붓다가도, 얼굴을 어루만지며 기도를 올렸다. 나는 그것을 어머니, 애인이라 불렀고 계집, 창녀라 불렀다. 그리고 아브락사스라 불렀다. 그러던 중 피스토리우스의 말이, 아니 데미안의 말이 문득 떠올랐다. 언제 들은 말인지 기억나지 않지만, 다시 내 귓가에 맴돌았다. 그것은 천사와 싸우는 야곱에 관한 말이었다. "내게 축복을 내리지 않으면 놓아주지 않겠다."

램프 불빛에 비친 초상 속 얼굴은 내가 말을 걸 때마다 매 순간 달라졌다. 환하게 빛나다가도 어둡고 사악한 모습으로 바뀌었고, 창백한 눈꺼풀이 내려앉으며 멀건 눈동자를 덮었다가도 다시 눈꺼풀이 올라가면서 애정 어린 시선을 드러내보였다. 그것은 여성이면서 남성, 소녀이자 아이이자 짐승이었으며, 작은 입자로 녹아 없어졌다가 다시 크고 선명해졌다. 결국 나는 눈을 감고 말았다. 그러자 내 안에서 그 이미지가 그 어느 때보다 생생하고 강렬하게 떠올랐다. 나는 그 앞에 무릎 꿇고 싶었다. 하지만 그것은 이미 내 영혼 깊숙이 스며들어 마치 내 자아가 되어버린 듯 나와 분리될 수 없었다.

그 순간 봄날의 폭풍처럼 음울한 굉음이 들려왔고, 나는 말로 다할 수 없는 신선한 공포와 불길한 예감에 휩싸여 온몸을 파들파들 떨었다. 별빛이 눈앞에서 번쩍이다가 꺼졌다. 오래전에 잊힌 유년 시절로, 아니 전생으로, 생명의 가장 원초적인 순간들로 거슬러 올라간 기억들이 나를 스쳐 지나갔다. 내 삶의 가장 내밀한 곳까지 비추던 기억들은 과거와 현재에만 머물지 않고, 더 나아가 미래를 비추었다. 그 기억들은 나를 현재로부터 떼어내어 환상적으로 선명하고 눈부신 이미지들 속으로, 새로운 형태의 삶 속으로 끌고 들어갔다. 하지만 나중에 나는 그 어느 하나도 떠올릴 수 없었다.

한밤중 깊은 잠에서 깨어났다. 여전히 옷을 입은 채로 침대에 비스듬히 누워 있었다. 불을 켰다. 중요한 뭔가를 기억해 내야 할 것 같은 기분이 들었지만, 몇 시간 전의 일이 그 어떤 것도 기억이 나질 않았다. 램프를 켰다. 기억이 서서히 돌아왔다. 나는 그림을 찾았다. 그림은 더 이상 벽에 걸려 있지 않았고 책상 위에도 없었다. 순간 내가 그것을 불태워버렸나 하는 막연한 생각이 일었다. 그게 아니라면, 그림을 손에 쥐고 태워버린 뒤 재까지 먹어 치운 꿈이라도 꾼 것일까?

나는 거대한 불안감에 거머잡혔다. 나를 바깥으로 밀어버리는 강압적인 힘에 이끌리듯 모자를 쓰고 밖으로 나가 골목길을 걸었다. 돌풍에 떠밀려가듯 거리와 광장을 달리고 또 달렸다. 친구의 어두컴컴한 교회에 다다라 그 앞에서 귀를 기울였다. 무엇을 찾는지도 모르고 무작정 헤맸다. 그러다 사창가가 밀집한 변두리 지역을 지나게 되었는데 여기저기 불 켜진 창들이 보였다. 저 멀리에는 새로 지어진 건물들과 부분 부분 잿빛 눈에 뒤덮인 벽돌 더미들이 보였다. 이런 암울한 풍경 속을 낯선 충동에 이끌린 몽유병자처럼 방랑하다 보니, 옛날 나를 괴롭혔던 크로머가 우리의 첫 번째 계산을 위해 나를 처음

끌고 간 곳과 비슷한 건물이 눈에 들어왔다. 고향 마을의 그것과 비슷하게 생긴 건물이 칙칙한 밤 한가운데 서서 나를 향해 입이 찢어져라 하품하며 구멍을 벌리고 있었다. 그 구멍이 나를 그 안으로 잡아끌었다. 나는 끌려가지 않을 수 없었다. 발부리에 걸리는 모래와 쓰레기 더미들을 헤집고 다가갔다. 저항할 수 없는 충동이었다. 그 안으로 들어가야만 했다. 판자들과 부서진 벽돌들 위를 휘청거리며 음습한 공간 안으로 들어섰다. 냉랭한 공기와 축축한 돌 냄새가 우중충하게 괴여 있었다. 눈앞에 보이는 건 모래 산 하나와 흐리터분한 회색 얼룩 하나. 나머지는 암흑이었다.

그때 깜짝 놀란 목소리가 외쳤다. "맙소사, 싱클레어, 네가 여긴 어쩐 일이야?"

어둠 속에서 한 형체가 유령처럼 등장했다. 작고 깡마른 녀석이었다. 내 머리카락이 곤두섰다. 그 아이는 학교 친구 크나우어였다.

"대체 네가 여길 어떻게 온 거야?" 그는 감정에 휩싸여 정신 나간 사람처럼 물었다. "어떻게 알고 날 찾아냈어?"

무슨 말인지 나는 당최 몰랐다.

"널 찾아온 거 아닌데." 어안이 벙벙했다. 한마디 한마디 입을 떼기가 힘겨워서, 얼어붙은 듯 굳어진 입술 사이로 간신히 말이 새어 나왔다.

그는 나를 빤히 쳐다봤다.

"날 찾아온 게 아니라고?"

"응. 뭔가가 날 여기로 끌어당겼어. 네가 날 부른 건가? 그랬을 게 분명해. 근데 넌 여기서 뭐하고 있는 거야? 이 야밤에."

그는 야윈 두 팔로 나를 꽉 끌어안았다.

"그래, 야밤이지. 곧 아침이 밝아올 거야. 오, 싱클레어, 네가 날 잊지 않았구나! 날 용서해줄래?"

"뭘 말이야?"

"아아, 그땐 내가 너무 못돼먹었어!"

그제야 우리의 대화가 떠올랐다. 4~5일 전의 일이었던가? 그날 이후로 한평생이 지나가버린 것만 같았다. 하지만 갑자기 모든 것이 분명해졌다. 우리 사이에 무슨 일이 있었는지, 그리고 내가 왜 이리로 오게 되었는지, 크나우어가 여기서 무슨 짓을 벌이려고 했는지까지도.

"너, 죽으려고 했던 거지, 크나우어?"

그는 추위와 공포에 벌벌 떨고 있었다.

"그래, 죽으려고 했어. 내가 정말 할 수 있었을지는 모르겠지만. 아침이 올 때까지 기다릴 생각이었어."

나는 그를 끌고 밖으로 나왔다. 새벽의 첫 희끄무레한 빛줄기가 잿빛 하늘에서 너무도 스산하고 쓸쓸하게 번지고 있었다.

얼마 동안 나는 그 아이의 팔을 잡아끌었다. 그러다 내 입에서 이런 말이 튀어나왔다. "당장 집으로 가. 그리고 이 일은 아무한테도 말하지 마! 넌 길을 잘못 들었던 거야! 그건 비뚤어진 길이라고! 우리는 인간이지, 네가 말한 그런 짐승 새끼가 아니야. 우리는 신들을 만들고, 또 그 신들과 싸워. 근데 결국에 그 신들은 우리한테 축복을 내려준다고."

우리는 한동안 아무 말 없이 걷다가 헤어졌다. 집에 도착했을 즈음에는 이미 날이 밝아 있었다.

성○○시에서의 남은 날들 동안 내게 가장 소중했던 순간은 피스토리우스의 오르간 연주를 듣고, 불 앞에서 함께 명상에 잠긴 시간이었다. 우리는 아브락사스에 관한 그리스어 문헌을 함께 탐독했고, 그는 『베다Vedas[6]』의 번역본에서 발췌한 구절들을 들려주며 신성한 '옴Om' 소리를 내는 법도 가르쳐주었다. 하지만 내 영혼을 지탱해준 것은 이런 불가해한 지식들이 아니었다. 오히려 그 반대였다. 나를 고무시킨 것은 내면의 성장과 함께 꿈, 생각, 예감에 대해 점점 커져가는 믿음, 내 안에 잠재된 힘을 자각하는 과정이었다.

나는 피스토리우스와 깊은 영적 교감을 나누었다. 그를 머릿속으로 강렬히 떠올리기만 하면, 그가 직접 나타나거나 그의 소식이 들려왔다. 그가 눈앞에 있지 않아도, 데미안에게

---

[6] 고대 인도의 경전 중 하나.

그랬듯 나는 무엇이든 물을 수 있었다. 그가 내 앞에 있다고 상상하고, 질문을 강력한 생각의 형태로 전환하기만 하면 되었다. 그러면 내가 그 질문에 쏟은 영혼의 에너지가 전부 동일한 에너지 형태가 되어 내게로 되돌아왔다. 다만 내가 불러낸 형상은 피스토리우스도 데미안도 아니었다. 내가 불러내야 했던 것은 내가 그린 초상화, 반은 남성이고 반은 여성인 내 내면의 다이몬[7]과도 같은 환영의 인물이었다. 이제 그것은 꿈속에만 갇혀 있지 않았고, 단순히 종이 위에만 그려진 존재도 아니었다. 그것은 내가 그토록 바라고 마침내 실현한, 내 안의 확장된 자아로서 존재했다. 자살을 계획했던 크나우어와의 관계는 독특하게 흘러갔고, 어떤 때는 우스꽝스러울 정도였다. 내가 무언가의 힘에 이끌려 그에게 '보내졌던' 그날 밤 이후로 그는 충직한 하인이나 강아지처럼 내게 매달려 자신의 삶을 어떻게든 내 삶과 연결 지으려 했고, 나를 졸졸 따라다녔다. 그는 기상천외한 질문과 부탁을 들고 나를 찾아와서는 영들이 보고 싶다고, 카발라Kabbalah[8]를 배우고 싶다며 졸라댔다. 내가 그런 불가사의한 것들은 이해하지 못한다고 아무리 말해도 그는 한사코 내 말을 믿으려 하지 않았다. 그는 내가 못 할 일이 없다고 굳게 믿었다. 하지만 신기한 점은 내가 꼭 어떤 문제에

---

[7] 고대 그리스 철학과 신화에서 유래한 개념으로, 신과 인간 사이의 존재를 의미한다.

[8] 유대교 신비주의 사상으로, 성경과 우주의 본질을 탐구한다.

부딪쳤을 때 크나우어가 바보 같고 엉뚱한 질문들을 들고 찾아왔고, 그의 변덕스러운 발상과 요청들이 내게 문제 해결의 실마리를 제공해주곤 했다는 것이다. 그는 자주 귀찮은 존재였고, 그래서 나는 그를 쌀쌀맞게 대하기도 했지만, 그런 와중에 이런 생각이 들었다. 그 역시 내게 보내진 존재가 아닐지, 내가 그에게 준 것들이 내게 곱절로 되돌아온 건 아닐지, 그 역시 나를 이끄는 인도자이거나 적어도 내가 나아가야 할 길을 보여주는 존재가 아닐지. 그가 구원을 찾겠다며 가져온 황당한 책들과 글들은 내가 당시 이해할 수 있는 수준을 넘어섰지만, 그 안에서 나는 더 많은 것을 배우고 깨달을 수 있었다.

이후 크나우어는 내가 느끼지 못하는 사이 내 삶에서 홀연히 빠져나갔다. 특별한 작별 인사는 필요 없었다. 하지만 피스토리우스는 정반대였다. 성○○시에서의 학교생활이 막바지를 향해갈 무렵 나는 그와 묘한 경험을 했다.

아무리 선한 사람일지라도, 일생에 한두 번쯤은 경건과 감사라는 미덕과 충돌하게 되는 일을 피할 수 없다. 누구든 언젠가는 아버지와 스승으로부터 떨어져나가는 순간을 맞이하고, 고독의 무정함을 맛보게 된다. 비록 대부분의 사람들은 그것을 견디지 못하고 금세 누군가의 품으로 다시 기어들어가겠지만 말이다. 나는 아버지 어머니, 두 분의 세계 그리고 어린 시절 '빛의 세계'를 갑작스럽고 격렬하게 끊어낸 것이 아니었다. 서서히, 거의 눈에 띄지 않게 그들로부터 멀어졌다. 고향에 돌아가면 죄책감에 시달리며 고통스러운 시간을 보냈지만, 그것은 내 내면을 흔들 정도의 본질적인 고통은 아니었고 그럭저럭 견딜만했다.

습관이 아닌 자유의지로 사랑과 존경을 아낌없이 바쳤던 곳, 진심에서 우러난 순수한 마음으로 친구가 되었던 곳에서, 우리의 태생적 본능으로 인해 우리가 사랑하는 이들로부터 자연히 떠나갈 수밖에 없다는 것을 깨닫게 되는 냉혹하고 힘든 순간이 있다. 친구, 스승과 멀어지게 만드는 생각들은 죄다 독 묻은 화살촉으로 되돌아와 우리의 심장을 찌르며, 여기에 우리가 방어의 주먹질을 날릴 때마다 그 주먹은 스스로의 얼굴을 때린다. '배신'과 '배은망덕'이라는 단어는 수치심의 비명이 되어 터져 나오고, 그전까지 건전하고 도덕적인 행실을 자랑으로 여겼던 이의 가슴에 불도장처럼 찍힌다. 두려움에 놀란 가슴은 어린 시절의 미덕이 숨 쉬던 아늑한 골짜기로 다시 소심하게 달아나버린다. 그런 단절도 일어나봐야 하고 그런 결속도 끊어져봐야 한다는 것을 좀처럼 믿지 못한다.

시간이 흐르면서 내 친구 피스토리우스를 절대적인 인도자로 받아들이던 마음에 조금씩 변화가 일어나기 시작했다. 몇 달 동안 그와 나눈 우정, 그가 건넨 조언과 위로, 그의 존재에서 얻었던 안정감은 내 청소년기의 가장 소중한 경험이었다. 그를 통해 신이 내게 말을 걸어왔다. 그의 입에서 흘러나온 말들은 내 꿈들을 되돌려주었고, 그 의미가 풀려 해석되었다. 그는 나 자신에 대한 믿음을 되찾게 해주었다. 그러나 이제 나는 내 안에서 점점 커가는 반감을 느끼고 있었다. 그는 날 가르치려고만 들며, 내 모습을 단편적으로만 이해하는 것 같았다.

우리 사이에 언쟁이나 갈등은 없었다. 결별도 없었고, 서로의 차이를 인정하며 화해하는 일도 없었다. 그저 나는 무해한 말 한마디만 했을 뿐이었다. 그 순간, 환상이 산산이 부서지면서 수많은 색색의 파편이 우리 사이로 떨어졌다.

그런 일이 일어날 것만 같은 막연한 예감이 한동안 나를 슬프게 하던 무렵의 어느 일요일, 그것은 그의 오래된 서재에서 분명한 모습으로 드러났다. 우리는 벽난로 옆 바닥에 누워 있었고, 그는 자신이 탐구하고 있던 종교의 신비와 형태들, 그리고 자신이 몰두하고 있던 미래의 가능성들에 대해 이야기하고 있었다. 하지만 내게 그 모든 것은 진짜 중요한 삶의 문제라기보다는 단순한 호기심과 흥미로만 여겨졌다. 그의 말은 지나치게 설명적이고 딱딱한 설교처럼 느껴졌고, 아득한 옛적의 의미 없는 이야기들에 대한 지루한 탐구처럼 들렸다. 불현듯 나는 그가 그런 신화를 숭배하는 모습에, 전통 신앙에 관한 믿음의 조각들을 짜맞추며 노는 모습에, 이 모든 것에 혐오감이 일었다.

"피스토리우스." 나 스스로도 깜짝 놀라고 두려울 만한 악감정이 불쑥 치밀어 올랐다. "진짜 꿈 얘기를 들려주시죠.

밤에 꿨던 실제 꿈 얘기를 해보세요. 지금 하는 말들은 너무 구태의연하잖아요!"

단 한 번도 그는 내가 이렇게 말하는 걸 들어본 적이 없었다. 이 말을 내뱉는 순간 나는 수치와 공포가 교차하는 감정을 느끼며 깨달았다. 내가 쏘아 그의 심장을 꿰뚫은 화살은 그의 무기고에서 꺼낸 것이며, 그가 종종 냉소적인 투로 자책했던 말의 날카로운 가시를 내가 그대로 돌려주고 있었다는 사실을.

그는 즉각 반응을 보이며 갑자기 말을 잇지 못했다. 두려운 마음으로 그의 얼굴을 쳐다보니 무섭도록 시퍼렇게 질려 있었다.

불편한 침묵이 한동안 이어진 후, 그는 불에 새 장작을 던지며 나직한 목소리로 말했다. "네 말이 맞아, 싱클레어. 넌 똑똑한 친구야. 이제 '구태의연한' 얘기는 더 이상 듣지 않게 해줄게." 그는 차분하게 말했지만 분명 상처를 받은 것이 보였다. 내가 대체 무슨 짓을 한 걸까?

왈칵 눈물이 쏟아질 것 같았다. 그에게 위로의 말을 전하고 용서를 구하며 내 깊은 애정과 감사의 마음을 표현하고 싶었다. 그에게 위안이 될 말들이 입안에서 맴돌았지만, 도저히 입이 떨어지지 않았다. 나는 그 자리에 계속 누워 불을 응시하며 아무 말도 하지 않았다. 그도 말이 없었고, 그렇게 우리는 누워 있었다. 불꽃은 점점 스러져갔다. 불꽃이 하나둘씩 꺼질

제6장

때마다 나는 무언가 아름답고 심오한 것이 모조리 타버리고 소멸되어 영영 돌아오지 않을 것만 같은 느낌이 들었다.

"혹시 제 말을 오해하셨을까 봐 마음이 쓰이네요." 마침내 갈라지고 쉰 목소리로 나는 힘없이 말을 꺼냈다. 바보 같은 무의미한 말들이 마치 잡지 연재물을 읽듯 기계적으로 입에서 떨어졌다.

"네 말 충분히 이해해." 피스토리우스가 부드럽게 말했다. "네가 옳아" 하고 잠시 말을 멈추고는 다시 천천히 이어갔다. "사람의 생각에는 정해진 답이 없기도 하잖아."

어떤 목소리가 내 안에서 '아니야, 그게 아니에요, 내가 틀렸어요'라고 부르짖었지만, 나는 그 말을 입 밖으로 내지 못했다. 몇 마디 말로 그의 근본적인 약점을, 고통과 상처를 정통으로 건드렸음을 나는 알았다. 그조차도 스스로 확신을 갖지 못한 바로 그 지점을 내가 건드린 것이다. 그의 이상은 '구태의연했다'. 그는 지나가버린 것을 좇는 낭만주의자였다. 불현듯 나는 아주 강렬하게 깨달았다. 피스토리우스가 내게 되어준 존재와 내게 전해준 가르침을, 정작 그 자신은 스스로에게 되어줄 수도, 전해줄 수도 없다는 것을. 그는 내게 길을 인도해주었지만, 정작 인도자인 그 자신은 그 길을 건너뛰고 포기해야 하는 사람이었다.

어떻게 그런 말이 내 입에서 나올 수 있었던가! 절대로 비하하려는 의도는 없었고, 그 말이 이토록 파괴적인 결과를 초래할 줄은 상상도 하지 못했다. 그 말을 내뱉는 순간에도 그것의 진정한 의미를 의식하지 못했다. 그저 가벼운 마음으로 던진, 사소하고 장난스러운 충동에 휘둘려 튀어나온 말이었을 뿐인데, 거기에는 비운이 담겨 있었다. 내가 저지른 사소하고 경솔한 실수가, 그에게는 자신을 향한 심판으로 받아들여졌다.

차라리 그가 화를 내주기를, 스스로를 변호하고 나를 폭풍처럼 몰아쳐주기를 얼마나 바랐던가. 하지만 그는 그 어떤 행동도 하지 않았다. 대신 내가 그 고통을 오롯이 감당해야만 했다. 할 수만 있었다면 그는 억지로라도 미소를 짓고 싶었을 것이다. 하지만 그조차 불가능했다는 사실은, 내가 그의 마음을 후벼 판 상처의 깊이가 얼마나 깊은지를 보여주는 가장 확실한 증거였다.

한편 건방지고 배은망덕한 제자의 공격을 덤덤히 받아들이고, 침묵 속에서 모욕을 감내하며, 제자가 한 말을 자신의 운명으로 인정하는 그의 모습을 보고 있자니 내 눈에 스스로가 혐오스러운 존재로 비쳤고, 내 경솔함이 백배나 더 참담하게 느껴졌다. 내가 그에게 비난을 쏟아부은 순간만 해도 상대가 기세 좋고 방어에 능한 사람이라고 생각했는데, 이제 보니 그는 아무런 저항도, 말도 없이 고통을 감내하고 항복하는 존재였다.

우리는 희미하게 꺼져가는 불 앞에 꽤 오랫동안 머물렀

다. 흐르는 불꽃의 형체와 휘어지는 잔가지 하나하나는 풍요롭고 기쁨이 넘쳤던 지난날들을 떠오리게 했고, 피스토리우스에게 진 빚을 뼈저리게 실감하게 했다. 더 이상 견딜 수 없던 나는 결국 자리에서 일어나 방을 빠져나왔다. 방문 앞에서 한참을 서 있었다. 어두컴컴한 계단 위에서도, 대문 옆에서도 혹시 그가 나를 따라 나오지 않을까 싶어 기다렸다. 그러고는 발길을 돌려 몇 시간 동안 동네와 변두리, 공원과 숲을 정처 없이 헤맸다. 그리고 저녁이 다가올 무렵, 나는 처음으로 내 이마에 카인의 표식이 있음을 느꼈다. 이 깨달음은 서서히 다가왔다. 원래 내 생각들은 전부 내 자신을 책망하며 피스토리우스를 옹호하는 쪽으로만 향해 있었다. 그러나 결론은 정반대였다. 내 성급했던 발언을 후회하고 당장이라도 철회하고 싶었지만, 내가 했던 말이 사실이라는 것을 나는 깨달았다. 그제야 처음으로 피스토리우스를 명확히 이해할 수 있었고, 그가 성취하고자 했던 꿈 전체를 머릿속에서 재구성해볼 수 있었다. 그는 사제가 되어 새로운 종교를 선포하고 종교 운동의 새로운 형태를 제시하며, 사랑과 헌신으로 신을 섬기고 새로운 상징들을 창조하고자 했다. 그러나 그에겐 그럴 능력이 없었다. 그는 이 모두를 결코 실행할 수 없는 인물이었다. 그는 너무 과거의 것들에만 매달려 있었다. 고대에 대한 지식을 너무 정확히 꿰뚫고 있었으며, 이집트와 인도, 미트라와 아브락사스에 대해서도 지나치게 많이 알고 있었다. 그의 사랑은 이미

세상에 존재하는 상징들에 얽매여 있었다. 진정한 새로움이란 완전히 새롭고 독창적이어야 하며, 박물관과 도서관이 아닌 신선한 토양에서 자라나야 함을 그도 뼛속 깊이 알고 있었다. 아마도 그의 소명은, 그가 내게 해주었듯 다른 이들이 자아를 찾을 수 있도록 돕는 일이지, 세상에 아직 드러나지 않은 새로운 신들과 메시지를 제시하는 일은 아니었을 것이다.

 이 지점에 이르렀을 때 나는 어떤 깨달음이 마치 날카로운 불꽃처럼 내 안에서 타오름을 감각했다. 누구에게나 저마다 주어진 역할이 있지만 그것을 자신이 선택하거나, 재구성하거나, 입맛대로 조정할 수는 없다. 누구도 새로운 신을 원할 권리가 없고, 누구도 세상에 그런 걸 선사할 자격이 없다! 성숙한 인간에게는 오직 하나의 의무가 있을 뿐이다. 자신에게로 가는 길을 찾는 것, 내면에서 굳건해지는 것, 그 길이 어디로 향하든 더듬거리며 나아가는 것. 이 깨달음은 내 영혼 깊은 곳까지 뒤흔들었다. 이번 경험을 통해 얻게 된 값진 결실이었다. 나는 틈만 나면 미래의 모습들을 상상했다. 내게 어떤 역할이 주어질까, 시인이나 설교자, 화가 또는 그와 유사한 직업의 내 모습을 꿈꾸곤 했다. 하지만 그것은 무용한 짓이었다. 내 존재의 목적이 시 쓰고, 설교하고, 그림 그리는 것은 아니지 않은가. 나뿐만 아니라 그 누구도 그런 목적을 지니고 태어나지 않았다. 그것들은 부차적인 것에 불과했다. 모든 사람에게 진정한 소명이 오직 하나 있다면 그것은 자신에게로 가는 길을 찾는 것이다. 시인이나 설교자가 아닌 광인이나 범죄자가 되고 말지라도, 그것은 그리 중요한 문제가 아니었다. 궁극적으로는 무의미했다. 인간의 소명은 자신이 선택할 수 없는 자신만의 운명을 발견하고, 그 운명을 내면 깊이 온전히 받아들이며 굳건히 살아내는 일이다. 그 외의 모든 삶은 반쪽짜리 삶에 불과하며, 다수의 이상 속으로 도피하는 삶, 현실에 안주하며 내면의 본질을 두려워하는 삶에 지나지 않는다. 새로운 이미지가 내 앞에 떠올랐다. 거룩하고 경외로운 이미지였다. 수백 번도 더 본 듯했고 어쩌면 자주 표현되었을 수도 있을 테지만, 온몸으로 절감하는 건 이번이 처음이었다. 나라는 존재는 자연의 실험물로서 미지의 세계로 '던져졌다'. 어쩌면 새로운 목적을 위해서일지도, 아니면 아무런 목적이 없을 수도 있다. 내 유일한 소명은 이 '던져진 존재'가 내 가장 깊숙한 내면에 자리 잡도록 하고, 내 안에서 피어나는 운명의 의지를 느끼면서 그것을 완전히 내 것으로 만드는 것이었다. 오직 그것뿐이었다!

나는 이미 숱한 고독을 맛보았다. 하지만 더 깊은 고독이 기다리고 있음을, 그 고독은 결코 피할 수 없는 것임을 예감했다.

나는 피스토리우스와 화해하려 하지 않았다. 우리는 여전히 친구로 남았지만, 우리의 관계는 달라져 있었다. 단 한 번, 그날의 대화를 언급한 적은 있었다. 그는 이렇게 말했다. "내가 사제가 되고 싶어 했다는 걸 너도 잘 알겠지. 무엇보다 너랑 내가 그토록 꿈에 그리던 그 새로운 종교의 사제가 되고 싶었어. 하지만 그 역할은 절대 내 것이 될 수 없을 거야. 오래전부터 알고 있었는데, 스스로 완전히 받아들이지 못했을 뿐이야. 이제는 다른 형태의 성직자 일을 할 생각이야. 아마도 오르간 연주를 하거나, 다른 방식이 될 수도 있겠지. 그래도 내 주변에는 언제나 아름답고 신성한 것들이 있어야 해. 오르간 음악이나 신비한 의식, 상징, 신화 같은 것 말이야. 나한텐 그런 것들이 필요해. 포기할 수 없어. 이게 바로 내 약점이지. 싱클레어, 나도 이런 욕망을 가져선 안 된다고, 그런 건 사치고 약점이라고 느껴. 내 자신을 기탄없이 운명에 맡긴다면, 난 더 위대한 정신을 소유한 완전한 사람이 되겠지. 하지만 난 그렇게 할 수 없어. 그건 내가 유일하게 할 수 없는 일이야. 하지만 너라면 가능할지도 몰라. 정말 어려운 일이야. 세상에서 제일 어려운 일이지. 나도 그런 삶을 많이 꿈꿔봤지만 두려웠어. 그렇게 홀로 발가벗고 선다는 건 내 능력 밖의 일이야. 난 힘없고 가엾은 강아지처럼 온기와 음식을 원하고, 나와 같은 동료들을 곁에 두면서 위안을 느끼고 싶어. 하지만 자신의 운명 외에 그 무엇도 바라지 않는 사람이라면, 주변에 친구조차 있을 수 없잖아. 철저히 홀로 서야 해. 그를 둘러싼 건 차디찬 세상 뿐이겠지. 겟세마네 동산의 예수처럼 말이야. 물론, 묵묵히 십자가에 못 박힌 순교자들도 있었지만, 그들도 진정한 영웅이라고 할 수 없었고, 완전한 자유를 얻은 것도 아니었어. 그들도 편안하고 익숙한 무엇인가를 원했으니까. 그들에겐 귀감도 있었고, 이상도 있었어. 하지만 자신의 운명을 따르는 사람한테는 그런 귀감이나 이상도 허락되지 않아. 위로가 되어주는 소중한 것들도 아무것도 없지! 하지만 그 길이, 우리가 가야 할 길일 거야. 너나 나 같은 사람들은 정말 고독하지만 그래도 아직은 서로가 있어. 남들과 다르다는 것, 저항한다는 것, 평범하지 않은 것을 추구한다는 것에 은밀한 기쁨을 느끼고 있지. 하지만 그 길을 끝까지 따르고 싶다면 그런 것마저도 버려야만 해. 혁명가가 되려 해서도 안 되고, 롤모델이나 순교자가 되려 해서도 안 돼. 그건 상상조차 할 수 없는 일이니까."

그렇다. 상상조차 할 수 없는 일이었다. 하지만 꿈꾸고, 기대하고, 예감하는 것은 가능했다. 가끔 오롯이 혼자만의 고요한 시간을 보낼 때면 그것을 희미하게나마 느꼈다. 그때 나는 내 내면을 깊숙이 응시하는 눈동자 속에서 내 운명의 형상을 보았다. 그 눈동자는 지혜로 혹은 광기로 가득 차 있었고, 사랑으로 또는 악으로 불타오르고 있었다. 하지만 어느 쪽이든 다 똑같았다. 무엇 하나를 선택할 수도 없었고, 무엇 하나를 원해서도 안 되었다. 오직 자기 자신과 자신만의 운명을 찾아야 할 뿐. 피스토리우스는 그 여정에서 내게 한 부분의 길을 안내해준 인도자였다.

그 무렵 나는 눈먼 사람처럼 이곳저곳을 헤매고 다녔다.

내 안에서 폭풍이 휘몰아쳤고, 내딛는 매 발걸음이 위태로웠다. 내 눈앞에는 오직 심연뿐이었다. 지금까지의 모든 길은 그 어둠 속으로 이어져 가라앉고 말았다. 하지만 내 안에서는 데미안을 닮은 인도자의 형상이 떠올랐고, 그의 눈동자에서 내 운명이 읽혔다.

나는 종이에 적었다. "내 인도자가 나를 떠나갔다. 나는 칠흑의 암흑 속에 서 있다. 혼자서는 한 발짝도 나아갈 수 없다. 제발 도와줘!"

이것을 데미안에게 보내고 싶었다. 하지만 참았다. 그런 충동이 일 때마다 스스로가 나약하고 쓸모없게 느껴졌다. 대신 짧은 기도문을 마음속에 새기고 자주 되뇌었다. 그것은 매 순간 나와 함께했다. 기도가 무엇을 의미하는지 나는 어렴풋이 알 것 같았다.

학창 시절이 끝났다. 쉬는 동안 아버지가 계획한 여행을 떠나기로 되어 있었다. 그 후 대학에 진학할 예정이었지만 어떤 전공을 택할지는 아직 몰랐다. 한 학기 동안은 철학을 공부할 수 있었다. 다른 어떤 전공이어도 상관없었을 것이다.

제7장

에바 부인

                          쉬는 동안 나는 몇 년 전 데미안이 어머니와 함께 살던 집을 찾아갔다. 한 노부인이 그 집의 정원을 거닐고 있었다. 나는 노부인에게 말을 걸었고, 노부인이 그 집의 주인임을 알게 되었다. 그리고 데미안 가족에 대해 물었다. 노부인은 그들을 아주 잘 기억하고 있었지만, 지금 어디 사는지는 알지 못했다. 내가 그들을 몹시 궁금해하는 기색을 눈치챘는지 노부인은 나를 집 안으로 데려갔고, 가죽 앨범 하나를 꺼내와서는 데미안 어머니의 사진을 보여주었다. 나는 그녀를 거의 기억하지 못했지만, 조그마한 사진 속 그녀를 보는 순간 심장이 멎는 것 같았다. 내가 꿈속에서 본 그 모습이었다. 그녀가 바로 거기에 있었다. 큰 키에 남성적인 풍모를 지닌 그녀는 자신의 아들과 닮았으면서도 어머니다운 따스함을 풍겼다. 엄격하고도 정열적인 기운, 눈부시고 매혹적인 외모, 범접할 수 없는 아름다움. 다이몬이자 어머니, 운명이자 연인. 바로 그녀였다!

내 꿈속 형상이 이 땅에 살아 숨 쉰다는 사실을 알게 된 순간, 그것은 마치 환상 같은 기적처럼 나를 흔들어 깨웠다. 그 모습의 여인이 실재하다니, 내 운명의 얼굴을 지닌 그 여인이! 그녀는 어디에 있을까? 도대체 어디에? 게다가 그녀가 데미안의 어머니라니!

이 일이 있은 직후 나는 여행길에 올랐다. 정말이지 기묘한 여행이었다! 나는 매 순간 직관에 이끌리듯 쉴 새 없이 그녀를 찾아 이곳저곳을 헤맸다. 어떤 날은 스치는 사람마다 그녀를 떠올리게 했고, 그녀와 비슷한 느낌을 주었고, 그녀의 얼굴이 겹쳐 보였으며, 나를 낯선 도시의 골목으로, 기차역으로, 열차 안으로 이끌었다. 모든 것이 혼란스러운 꿈처럼 느껴졌다. 또 어떤 날은 그녀를 찾는 일이 얼마나 헛된가를 절감했다. 그런 순간에는 공원이나 호텔 정원, 대합실 같은 곳에 망연히 앉아 내 안을 들여다보며 그 형상을 되살리려 애썼다. 하지만 이제 그 형상은 수줍은 듯 아련히 사라져갔다. 나는 잠을 이루지 못했다. 생경한 풍경을 내달리는 열차 안에서 쪽잠을 자는 것으로 버텨야 했다. 한번은 취리히에서 한 여자가 나를 따라왔다. 예쁘긴 했지만 건방진 느낌의 여자였다. 나는 그녀를 투명 인간처럼 무시하고 내 길을 계속 갔다. 다른 여자에게 단 한 시간이라도 관심을 두느니, 그 순간 차라리 죽어버리는 게 나았다.

내 운명이 나를 끌어당기고 있음을, 실현의 순간이 다가오고 있음을 나는 직감했다. 하지만 정작 아무것도 할 수 없는 현실에 속이 타들어가는 듯 초조했다. 어느 날, 아마도 인스브루크 역에서였을 것이다. 나는 막 출발하려는 열차의 창가에 앉은 한 여인의 모습에서 그녀가 떠올랐다. 이후 며칠 동안 나는 불행에 빠져 지냈다. 그러던 어느 날 밤, 그 형상이 꿈속에 다시 나타났다. 잠에서 깬 나는 내 부질없는 방황에 수치와 절망을 느끼며, 결국 집으로 발길을 돌렸다.

몇 주 후 나는 H대학의 학생이 되었다. 모든 면이 실망스러웠다. 내가 듣는 철학사 강의는 학부생들의 활동만큼이나 별 감동도 없이 전형적이었다. 학부생들은 전부 다 판에 박힌 듯 똑같이 행동했고, 아직 소년티를 못 벗은 얼굴에 드러난 활기와 들썩임은 공허하고 인위적으로 보였다. 하지만 나는 자유로웠다! 온종일 나만의 시간을 보냈고, 도심 밖의 허름한 집에서 평화롭고 안락하게 지냈다. 내 책상 위에는 니체의 책 몇 권이 놓여 있었다. 나는 그와 함께 살았고, 그의 영혼의 고독을 느끼며, 끊임없이 그를 밀어붙였던 운명의 예감을 나누고,

그와 함께 고통받고, 자신의 운명을 집요하게 따라갔던 인물이 존재했다는 사실에 환희했다.

어느 늦은 저녁, 거리를 한가로이 거닐고 있었다. 가을바람이 불어왔고, 주점들에서는 대학생들이 열창하는 소리가 들려왔다. 열린 창문을 통해 자욱한 담배 연기와 함께 떼창 소리가 흘러나왔는데, 크고 우렁차기는 했으나 아무런 영혼도 느껴지지 않았으며 획일적이고 개성이 죽어 있었다.

나는 거리 모퉁이에 서서, 다 같이 리허설이라도 한 듯한 청춘들의 흥겨운 노랫소리가 두 주점에서 퍼져 나와 그 밤을 가득 채우는 것을 듣고 있었다. 어딜 가든 공동체 정신이라는 이름 아래 다들 모여 앉아 있고, 어딜 가든 자신의 운명을 저버리고 아늑한 벽난로로 도피하기 바빴다!

내 뒤에서 두 남자가 유유히 걷고 있었다. 나는 그들 대화의 일부를 엿들었다.

"꼭 흑인 마을의 젊은이들 숙소 같지 않아?" 한 남자가 말했다. "요즘 유행하는 문신까지 모든 게 똑같아. 이게 바로 젊은 유럽의 현실이지."

그 목소리는 놀랍도록 익숙했다. 언젠가 들은 적 있는 목소리였다. 나는 어두컴컴한 골목 안으로 두 남자를 따라갔다. 한 명은 작은 키에 세련된 용모의 일본인이었다. 노란기가 도는 미소 띤 일본인의 얼굴이 가로등 아래에서 어슴푸레 빛났다.

다른 한 사람이 계속해서 말했다.

"일본도 다를 거 없겠지. 전 세계 어딜 가든 무리에 속하고 싶지 않은 자는 드무니까. 여기도 그런 자들이 있는 거고."

그의 한마디 한마디가 내 귀를 파고들 때마다 기쁨과 놀람이 교차하며 마음이 요동쳤다.

나는 그 목소리를 알았다. 데미안이었다.

거센 바람이 불던 그 밤 어둑한 골목길에서 나는 그와 일본인을 뒤따라가며 둘의 대화를 유심히 들었다. 데미안의 음성은 내 귀에 감미로운 음악과도 같았다. 그의 음성에는 익숙한 울림과 확신, 평온이 깃들어 있었고, 그 옛날 내게 발휘했던 힘 역시 여전했다. 다시 모든 것이 제자리로 돌아온 듯했다. 마침내 나는 그를 찾았다.

교외의 한 골목 끝자락에 다다르자, 일본인은 작별 인사를 한 후 집 대문을 열었다. 데미안은 길을 되돌아왔다. 나는 거리 복판에 가만히 서서 그를 기다리고 있었다. 경쾌한 걸음걸이와 꼿꼿한 자세로 내 쪽을 걸어오는 그를 보자 심장이 펄떡펄떡 뛰었다. 그는 옅은 갈색 반코트 차림에 가느다란 지팡이를 팔에 걸고 있었다. 흐트러짐 하나 없는 일정한 걸음걸이로 걸어오던 그가 바로 내 앞까지 다가와 모자를 벗었을 땐 낯익은 지적인 얼굴이, 결연함이 느껴지는 입매가, 독특한 광채가 비치는 너른 이마가 더 또렷이 보였다.

"데미안!" 내가 소리쳤다.

그는 내게 손을 내밀었다.

"너였구나, 싱클레어! 널 기다리고 있었어."

"내가 여기 있는 걸 알았던 거야?"

"정확히는 몰랐지만 네가 있었으면 하고 바라긴 했어. 오늘 저녁에야 널 봤지만, 네가 우리 뒤를 계속 따라왔잖아."

"그럼 날 바로 알아본 거야?"

"물론이지. 네 모습이 변하긴 했지만, 그래도 여전히 그 표식을 가지고 있길래."

"표식? 어떤 표식?"

"예전에 우리가 '카인의 표식'이라고 부른 거 있잖아. 기억할지 모르겠다. 그건 우리만 아는 표식이야. 넌 그걸 항상 가지고 있었어. 그래서 내가 너랑 친구가 될 수 있었고. 지금은 그 표식이 더 잘 보이는구나."

"난 몰랐어. 아니, 맞아, 알고 있었던 것 같아. 데미안, 예전에 내가 네 초상화를 그렸는데, 나랑 너무 닮아서 깜짝 놀란 적이 있었거든. 그게 표식 때문이었을까?"

"맞아, 바로 그거야. 좋아! 이제 너도 이해했구나! 우리 어머니도 기뻐하실 거야."

나는 깜짝 놀랐다.

"네 어머니? 어머니가 여기에 계셔? 그런데 네 어머니는 날 모르시잖아."

"어머니는 널 알고 계셔. 네가 어떤 앤지 내가 굳이 설명하지 않아도 널 알아보실걸. 그런데 그동안 어떻게 편지 한 통도 없었니."

"쓰고 싶을 땐 많았는데, 그러지 못했어. 널 조만간 꼭 만날 거라는 예감이 한동안 뼛속 깊이 파고들었거든. 매일 이 순간만 기다렸어."

그는 내게 팔짱을 끼고 함께 걸었다. 그의 차분한 분위기가 내게도 스며들었다.

우리는 곧 예전처럼 편안한 대화를 나누었다. 우리의 기억은 학창 시절로, 견진성사 수업으로, 그리고 방학 중의 그 불행했던 마주침으로 돌아갔다. 그날 우리는 맨 처음 서로를 알게 되고 친밀하게 지냈던 시절의 이야기만 나누었고, 프란츠 크로머에 관한 일은 단 한마디도 언급하지 않았다.

우리의 대화는 어느새 낯설고 심오한 주제로 흘러들었다. 우리는 데미안이 일본인 친구와 나눴던 대화를 되풀이하여 대학 생활에 대해 이야기하다가, 그것과는 거리가 멀어 보이는 다른 주제로 빠져들었다. 그러나 데미안이 했던 모든 말들은 긴밀하게, 근본적으로는 하나로 엮여 있었다.

그는 유럽의 정신과 이 시대의 징후에 대해 말했다. 그의 말에 의하면, 우리는 단결과 무리 본능이 만연한 시대를 보고 있지만, 그 어디에서도 사랑과 자유는 찾아볼 수 없다고 했다. 대학생 클럽이나 합창단, 심지어 정부에까지 퍼져 있는 이 연대 정신은 필연적으로 생겨난 것이지만, 그 안에는 불안과 두려움과 기회주의가 뿌리내리고 있다고, 그런 낡아빠지고 게으른 삶의 방식은 결국 붕괴할 수밖에 없다고 경고했다.

"연대 자체는 참 아름답지." 데미안이 말했다. "하지만 지금 우리 눈앞에 활개 치고 있는 건 진짜 연대가 아니야. 진정한 연대는 개개인의 독립적인 기여를 통해 새롭게 태어날 거고, 그 힘으로 세상은 한동안 완전히 바뀔 거야. 이 시대의 연대 정신이라고 하는 건 사실 무리 본능이 드러난 거에 불과해. 사람들은 서로를 두려워해서 서로의 품속으로 달려들지. 지배자들은 자신들이 가진 걸 잃을까 봐 두려워하고. 그러니까 공동체란 건 순전히 자기 자신만을 위한 거라고! 그런데 그들은 왜 두려워할까? 인간은 자기 자신과 하나가 되지 못할 때만 두려움을 느끼거든. 즉 그들이 두려운 이유는 바로 자기 내면을 아직 제대로 알지 못해서야. 그 공동체는 자기 안에 있는 자기도 모르는 모습들을 두려워하는 사람들로만 이루어진 거라고! 저들은 다 알고 있어. 자신들이 물려받은 삶의 법칙이 더 이상 유효하지 않다는 걸, 그리고 자신들이 구태의연한 규범에 따라 살고 있고, 그 종교나 관습이 이 시대의 필요에 맞지 않는다는 것도 말이야. 지난 100년 동안 유럽이 한 일이라고는 연구하고 공장 짓는 게 다였지! 한 사람을 죽이려면 몇 그램의 화약이 필요한지는 정확히 알면서, 정작 신에게 기도하는 방법은 모르지. 단 한 시간이라도 진정으로 행복을 느끼고 만족하는 법도 몰라. 저기 대학생들이 득시글거리는 광경을 봐! 아니면 상류층들이 모여드는 유흥 장소나. 희망이 하나도 없잖아! 싱클레어, 저런 곳에서 무슨 희망이나 용기가 솟겠어. 불안에 떨며 모인 군상들, 저 속에는 두려움과 악이 들끓지. 그러니 서로를 믿지 못하는 거야. 저들은 더 이상 존재하지 않는 이상에만 매달리고, 누군가 새로운 이상을 내세우면 돌을 던지기 바빠. 난 앞날에 거대한 분열이 일어날 것 같은 예감이 들어. 분열은 일어날 거야. 진짜로! 곧 일어날 일이야! 물론, 그 분열이 세상을 '더 나은 곳으로' 만들지는 못할 거야. 노동자가 자본가를 죽이든, 러시아와 독일이 서로 싸워 죽이든, 결국 달라지는 건 권력의 소유자뿐이겠지. 그렇다고 그 분열이 아예 헛된 일은 아냐. 이 시대의 이상을 무너뜨리고 석기시대 신들을 싹 쓸어 가버릴 테니까. 이 세계는 지금 이대로 멸망하고 말 거야. 파괴되고 말 거야. 우리 눈앞에서 벌어지게 될 일이지."

"그럼 그사이 우리는 어떻게 되는 거야?" 내가 물었다.

"우리? 우리도 같이 파괴되겠지. 하지만 그렇다고 해서 우리의 책임이 사라지는 것은 아니야. 우리에게 남은 것들이나 재앙에서 살아남은 자들 중심으로 미래 정신이 모여들 거야. 과학과 산업의 발전 속에서 잠시 억눌렸던 인간 하나하나의 의지가 다시 드러나게 될 거야. 그때가 되면 인간의 의지가 이 시대의 공동체인 국가, 민족, 연맹, 교회의 의지와는 결코 동일시될 수 없다는 사실이 명확히 밝혀지겠지. 자연이 인간에게 바라는 건 소수 개인의 내면, 그러니까 네 내면에, 내 내면에 쓰여 있어. 예수와 니체의 내면에 쓰여 있던 것처럼 말이지. 오늘날의 공동체들이 붕괴되고 나면, 이 중요한 흐름 — 매일 다른 형태로 나타날 수 있는 — 만을 위한 장이 열리게 될 거야."

우리가 강가의 정원 앞에서 걸음을 멈추었을 때는 늦은 시각이었다.

"여기가 우리 집이야." 데미안이 말했다. "조만간 놀러 와! 우리는 널 몹시 기다리고 있어."

한껏 고양된 나는 차가운 밤공기를 가르며 먼 길을 되돌아갔다. 가는 길 곳곳에서는 대학생들이 야단스럽게 떠들어대며 비틀비틀 집으로 걸어가고 있었다. 저들의 우스꽝스러운 흥취와 내 적막한 생활이 자꾸만 비교되곤 했는데, 때로는 경멸감을, 때로는 박탈감을 느꼈다. 그러나 오늘에 이르러서야 나는 그런 비교가 얼마나 하잘것없으며, 이제 그들 세계는 나와 아예 동떨어진 세계이자 죽은 것이나 다름없는 세계임을 처음 깨달았다. 내 고향 마을의 공무원들이 떠올랐다. 그들은 술에 절어 지냈던 자신들의 대학 시절이 축복받은 낙원의 추억이라도 되는 양 매달리고, 사라져버린 대학 시절의 '자유'를 마치 '낭만주의' 시인들이 유년 시절을 찬미하듯 예찬하고 또 예찬하던 늙수그레하고 명망 높은 신사들이었다. 어디서나 똑같았다! 그들이 '자유'와 '행복'을 찾았던 건 언제나 과거의 어디쯤에서였다. 그것은 순전히, 자신의 책임이 상기되고 미래의 길을 직면하게 될 것 같은 두려움 때문이었다. 그들은 몇 년 내내 술을 진탕 마시며 흥청망청 즐기다가 껍데기 속으로 기어들어가 국가에 헌신하는 근엄한 관리로 변장한 것이다. 그렇다. 그것은 나태함이었다. 세상은 나태한 정신에 젖어 있었으며, 저 대학생들의 어리석음보다 더 나쁜 어리석음은 무수히도 많았다.

멀리 떨어진 내 방에 도착해 잠자리에 들려고 할 즈음에는 이 모든 생각이 사라졌고, 그날이 내게 가져다준 위대한 희망에만 온 마음이 집중되었다. 원하면 내일이라도 당장 데미안의 어머니를 만날 수 있었다! 대학생들이 술판을 벌이고 술에 취하든 말든, 얼굴에 문신을 하든 말든, 세상이 나태함에 빠져 파멸을 기다리든 말든 내가 상관할 바가 아니었다! 오직 하나, 내 운명이 새로운 모습으로 다가오기만을 나는 기다리고 있었다.

숙면을 하고 아침 느지막이 일어났다. 어린 시절 이후로 경험해보지 못한 거룩한 축제일처럼 새로운 날이 밝아왔다. 마음이 뒤숭숭하여 어찌할 바를 몰랐지만, 그 속에 두려움은 전혀 없었다. 오늘 이 중요한 날이 나를 위해 동터온 것만 같았다. 나를 둘러싼 세계가 기대감으로 부풀어 올랐고, 의미심장했고, 숭엄했다. 부드럽게 떨어지는 가을날의 빗소리도 그 자체로 아름다웠고, 행복하고 신성한 음악이 흐르는 고요한 축제의 분위기가 흘렀다. 마치 마음속에 특별한 날이 찾아와 살아 있음이 축복으로 느껴지듯, 외부 세계와 내 안의 세계가 처음으로 완벽한 하모니를 이루었다. 모든 것이 마치 있어야 할 자리에 있듯 거리의 그 어떤 집도, 상점의 쇼윈도도, 그 누구의 얼굴도 내 마음을 어지럽히는 법 없이, 일상의 단조로움과 지루함도 전혀 없이, 모든 것이 저마다의 운명을 엄숙히 맞이할 준비와 기대를 하고 있는 듯했다. 어린 시절 성탄절과 부활절 같은 성대한 축제 날 아침에 세상이 내게 보인 바로 그 모습이었다. 세상이 아직 이토록 아름다울 수 있다니, 까맣게 잊고 지냈다. 나는 성장하는 동안 내면의 삶에만 열중한 나머지 외부 세계에 대한 감각을 상실했다고, 외부 세계의 눈부신 색채를 잃어버린 것은 곧 유년 시절을 잃어버린 것이나 다름없다고, 영혼의 자유와 성숙을 얻기 위해서는 순수한 빛의 반짝임을 일부 포기해야만 한다는 사실을 받아들였다. 하지만 황홀함에 빠져든 나는 이제야 그 모든 것이 단지 가려져 있었을 뿐, 유년 시절의 행복을 포기하고 '자유를 얻은' 사람도 여전히 세상이 빛나는 것을 보고, 어린아이의 시선으로 달콤한 전율을 느낄 수 있다는 사실을 깨달았다. 그러던 어느 순간, 그날 밤 막스 데미안과 헤어졌던 교외의 정원에 다다랐다. 높다란 담벼락과 안갯빛 나무들 너머로 환하고 아늑한 자그마한 집이 숨은 듯 서 있었다. 높은 유리 벽 뒤로는 키 큰 식물들이 자라 있었고, 반짝이는 창 너머로는 그림이 걸리고 책장이 놓인 어두운 벽이 보였다. 현관문을 열자 훈기가 도는 작은 복도가 이어졌고, 검은 피부에 흰 앞치마를 두른 나이 든 하녀가 조용히 나를 맞이하며 외투를 받아주었다.

하녀는 복도에 나를 홀로 남기고 떠났다. 주위를 둘러보던 나는, 별안간 꿈의 한복판으로 빨려 들어온 것 같은 감각을 느꼈다. 문 위쪽 어두운 나무 벽에 검은 액자가 걸려 있었는데, 그 안에는 내가 너무도 잘 아는 그림이 있었다. 그것은 지구의 껍데기에서 벗어나려 몸부림치는, 황금빛 매의 머리를 한 나의 새였다. 나는 아연하여 그 자리에 굳어버렸다. 가슴속에는 기쁨과 고통의 감정이 뒤엉켜 올라왔다. 마치 그 순간, 내가 경험해온 모든 것이 응답과 완성의 형태로 내게 되돌아오는 것만 같았다. 내 영혼의 눈앞을 수많은 장면이 필름처럼 스쳐 갔다. 아치형 대문 위에 낡은 문장이 있는 집, 그 문장을 스케치하던 소년 데미안, 크로머의 사악한 주문에 끔찍하게 걸려든 소년 시절의 나, 기숙사 책상에서 내 갈망의 새를 그리던 나, 스스로 얽힌 실타래 속에서 방황하던 내 영혼 그리고 지금 이 순간에 이르기까지의 모든 것, 그 모든 것이 내 안에 새로운 반향을 일으키며 확인되고 응답받고 인정받았다.

촉촉해진 눈시울로 내 그림을 응시하며 깊은 사색에 잠겼다. 그러다 시선을 내렸다. 새 그림 아래 열린 문 안에는 짙은 드레스를 입은 키 큰 여인이 서 있었다. 그녀였다.

나는 아무 말도 할 수 없었다. 세월과 나이를 초월하고,

내면의 힘이 충만하며, 자기 아들과 닮은 아름답고 기품 있는 여인이 내게 온화한 미소를 지어 보였다. 그녀의 눈빛은 삶의 완성이었고, 그녀의 인사는 고향으로 돌아온 듯한 느낌을 안겨주었다.

나는 말없이 그녀를 향해 손을 뻗었다. 그녀는 따스하고도 단단한 손길로 내 손을 잡아주었다.

"당신은 싱클레어군요. 한눈에 알아봤어요. 잘 왔어요!"

그녀의 음색은 울림이 깊고 따뜻했다. 나는 그것을 달콤한 와인처럼 들이켰다. 그리고 고개를 들어 그녀의 고요한 얼굴과 깊이를 헤아릴 수 없는 검은 눈동자, 생기로 빛나는 입술, 그리고 '표식'을 지닌 당당하고 위엄 있는 이마를 올려다보았다.

"너무 기쁩니다!" 나는 이렇게 말하고 그녀의 손등에 입을 맞추었다. "평생을 이곳에 이르기 위해 걸어온 것 같아요. 그리고 드디어 집으로 돌아왔어요."

그녀는 어머니처럼 따뜻한 미소를 지어보였다.

"사람은 그 누구도 집으로 돌아가지 못해요." 그녀는 상냥하게 말했다. "하지만 친근한 길들이 만나는 곳이라면, 잠시나마 세상이 집처럼 느껴질 수 있답니다."

그녀는 내가 그녀에게 가는 길에 느꼈던 바로 그 감정을 표현했다. 그녀의 음색도, 심지어 말씨도 그녀의 아들과 비슷했지만, 또 사뭇 다르기도 했다. 그녀의 모든 것이 더 원숙하고 온정이 있고 확고한 느낌이었다. 하지만 막스가 어린 시절에도 소년 같아 보이지 않았듯, 그의 어머니도 장성한 아들의 어머니 같아 보이지 않았다. 얼굴과 머리카락에서 묻어나는 분위기가 너무도 활력 있고 매력적이었고, 뽀얀 살결은 탱탱하고 매끄러우며, 입술은 생기가 흘렀다. 내 꿈속에서보다 훨씬 더 고귀하고 빛나는 모습으로 그녀는 내 앞에 서 있었다. 그런 그녀 곁에 가까이 있는 것은 더없는 축복이요, 그녀의 시선은 삶의 궁극이었다.

이것이 내 운명이 드러나는 새로운 방식이었다. 내 운명은 더 이상 냉정하지도, 나를 고립시키지도 않는 새롭고 희망찬 모습으로 다가왔다! 그 어떤 결심도, 서약도 더는 필요 없었다. 나는 이미 목적지인 높은 언덕에 이르렀다. 그곳은 약속의 땅과 이어지는 가장 높은 지점으로, 다가오는 행복의 나무들이 그늘을 드리우고 온갖 기쁨으로 그득한 정원들이 서늘함을 더해주었다. 내게 무슨 일이 닥칠지라도, 이 여인이 세상에 살아 있으며 내가 그녀의 목소리를 마시고 그녀의 존재로 숨을 쉴 수 있다는 사실을 아는 것만으로 나는 축복받은 존재였다. 그녀가 내 어머니나 연인, 나만의 여신이 될 수만 있다면! 그녀가 곁에 머물기만 한다면! 내 길이 그녀의 길과 가까이 닿을 수만 있다면!

그녀는 나의 매 그림을 가리켰다.

"막스가 이 그림을 받았을 때보다 더 기뻤던 순간은 없었지요." 그녀는 회상하며 말했다. "나도 그랬고요. 우리는 당신을 기다리고 있었답니다. 그림이 도착했을 때 당신이 우리에게 오고 있단 걸 우리는 알았어요. 싱클레어, 당신이 어린 소년이었을 때, 어느 날 아들이 학교에서 돌아와 이런 말을 했답니다. 이마에 '표식'을 지닌 아이가 있는데, 그 아이와 친구가 되어야겠다고 말이에요. 그게 바로 당신이었어요. 쉽지 않은 시간을 지나왔겠지만, 우리는 당신에게 굳은 믿음이 있었어요. 방학이 되어 집에 돌아왔을 때 막스를 마주친 적이 있었죠? 아마 당신이 열여섯 살쯤이었을 거예요. 막스가 그 얘기를 해주었는데……."

나는 그녀의 말에 끼어들었다. "막스가 그런 말을 했나요? 그 시기는 제 인생에서 가장 불행했던 시기였어요!"

"알아요. 막스가 말해주었거든요. 싱클레어는 바로 지금 가장 힘든 시기를 보내고 있다고요. 무리 속으로 도피하려 하고, 결국 술집까지 전전하게 되었지만, 그 친구의 방황이 계속되진 않을 거라고 말이죠. 그의 '표식'은 잠시 가려졌을 뿐, 영혼의 깊숙한 밑바닥에 불도장처럼 찍혀 있다고 말하면서요. 정말 그렇지 않았던가요?"

"네, 맞아요. 정확히 그랬어요. 그 후 저는 베아트리체를 발견했고, 마침내 인도자 한 명이 제 앞에 나타났어요. 그의 이름은 피스토리우스였어요. 그제야 제 어린 시절이 왜 데미안과 그렇게 깊이 연결되어 있었는지, 왜 데미안에게서 벗어날 수 없었는지 분명해졌어요. 사랑하는 부인, 어머니, 저는 제 생을 마감해야 할 것만 같은 생각이 수시로 들었어요. 삶의 길이 누구에게나 이렇게 힘든 걸까요?"

그녀는 내 머리칼을 부드럽게 쓰다듬었다. 그녀의 손길은 살랑거리는 바람처럼 가벼웠다.

"태어나는 건 언제나 고통스러운 과정이지요. 알을 깨고 나오기 위해 힘겹게 분투하는 새에게도 그 과정은 쉽지 않아요. 지난날을 되돌아보고 자신에게 되물어보세요. 그때 그 길이 정말로 고통스럽기만 했나요? 아름답기도 하지 않던가요? 만약 그보다 더 평탄하고 눈부신 길이 있었다면 그 길을 원했을까요?"

나는 고개를 가로저었다.

"힘들었어요." 나는 꿈결에 젖은 듯한 목소리로 말했다. "꿈이 오기 전까지는 힘들었어요."

그녀는 고개를 끄덕이며 내 눈을 똑바로 바라보았다.

"그래요, 자신의 꿈은 반드시 찾아야 한답니다. 그러면 길이 쉬워져요. 하지만 어떤 꿈도 영원하지 않아요. 각각의 꿈은 새로운 꿈을 낳으니까. 어느 한 꿈에만 지나치게 매달려서는 안 돼요."

나는 깊은 충격에 빠졌다. 그녀의 말은 경고였을까? 방어적인 조치였을까? 사실 무엇이든 상관없었다. 나는 목적지도 묻지 않고 무작정 그녀를 따를 준비가 되어 있었다.

"제 꿈이 얼마나 오래 지속될지는 모르겠어요. 영원하길 소망해요. 새 그림 아래에서 제 운명은 저를 어머니처럼, 연인처럼 맞아주었거든요. 전 그 운명에만 속할 뿐 다른 어떤 것에도 속하지 않아요."

"그 꿈이 당신의 운명이고, 당신이 그 꿈에 충실히 머무는 한 그럴 거예요." 그녀는 엄숙한 어조로 단언했다.

마법 같은 그 순간에, 돌연 나는 슬픔과 죽고 싶은 열망에 사로잡혔다. 눈물이 하염없이 차오르는 것이 느껴졌고 ─ 얼마나 오랜 세월 눈물을 흘리지 않았던가 ─ 참을 새도 없이 쏟아져 내렸다. 나는 황급히 돌아서서 창가로 걸어가서는, 눈물에 가려진 시야로 화분들 너머 먼 곳을 내다보았다.

뒤에서 그녀의 목소리가 들렸다. 침착하면서도, 와인이 넘칠 듯 찰랑이는 유리잔처럼 감미로움이 그득한 목소리였다.

"싱클레어, 당신은 아직 어린아이로군요! 당신의 '운명'은 당신을 진심으로 사랑해요. 그 꿈에 변함없이 머문다면, 언젠가 그것은 당신이 꿈꾸는 대로 온전히 당신의 것이 될 거예요."

나는 평정심을 되찾고 그녀를 향해 고개를 돌렸다. 그녀는 손을 내밀었다.

"내겐 친구들이 몇 명 있어요." 그녀가 싱긋 웃었다. "얼마 되지 않는 아주 가까운 친구들인데, 나를 '에바 부인'이라고 부른답니다. 원한다면 날 그렇게 불러줘요."

그녀는 나를 문 쪽으로 데려가 문을 열고 정원을 가리켰다. "저기 가면 막스가 있을 거예요."

키 큰 나무들 아래에서 나는 얼떨떨한 채 멍하니 서 있었다. 꿈을 꾸는 것인지 깨어 있는 것인지 알 수 없었다. 빗방울이 나뭇가지에서 부드러이 떨어졌다. 강을 따라 이어진 정원을 향해 나는 천천히 걸어갔다. 마침내 데미안이 보였다. 사방이 트인 정자에 있는 그는 웃통을 벗은 채, 매달려 있는 샌드백으로 권투 연습을 하고 있었다.

나는 깜짝 놀라 멈춰 섰다. 넓은 가슴, 남성적이고 단단한 두상을 지닌 데미안은 눈부시도록 멋있었다. 들어올린 근육질의 두 팔은 굵직하고 강건했으며, 그의 동작들은 마치 샘물이 솟구치듯 엉덩이와 어깨, 팔에서 터져 나왔다.

"데미안!" 내가 외쳤다. "여기서 뭐 하고 있어?"

그는 유쾌한 웃음을 지었다.

"연습 중이야. 그 키 작은 일본인 친구랑 권투시합 하기로 했거든. 그 친구는 고양이처럼 날쌔고 재주도 넘쳐. 하지만 이번엔 날 당해내지 못할 거야. 그 친구에게 빚진 약간의 굴욕이 있거든."

그는 셔츠와 겉옷을 입었다.

"방금까지 어머니와 있던 거지?" 그가 물었다.

"응, 데미안. 어머니 참 멋진 분이셔! 에바 부인! 이 이름, 정말 감탄이 나올 만큼 잘 어울려. 만인의 어머니 같아."

순간 그는 내 얼굴을 유심히 살폈다.

"벌써 이름까지 알고 있단 말이야? 친구, 넌 충분히 자부심을 가져도 돼. 어머니가 첫 만남에 이름을 알려준 사람은 네가 처음이야."

그날 이후 나는 아들이자 형제처럼, 어쩌면 연인처럼 그들의 집을 드나들었다. 문을 닫고 집에 들어서는 순간부터, 혹은 정원에 우뚝 솟은 나무들을 바라보는 순간부터 나는 그윽한 행복감을 느꼈다. 바깥세상에는 '현실'이 있었다. 거리와 집, 인간과 단체, 도서관과 강의실이 있었다. 그러나 이곳은 사랑이, 영혼이 살아 숨 쉬고 있었다. 꿈과 신화가 있는 집이었다. 하지만 우리가 세상과 철저히 단절된 삶을 산 것은 아니었다. 단지 기반만 다를 뿐, 우리의 사고와 토론은 대부분 세상의 한복판에 머물렀다. 우리를 대다수 사람들과 구별 짓는 것은 물리적 경계가 아닌 또 다른 관점이었다. 우리의 소명은 세상 속에서 섬 같은 존재가 되는 것, 우리 삶의 방식을 통해 새로운 삶의 가능성을 제시하는 일종의 원형이 되는 것이었다. 오랜 세월 고독 속에 살았던 나는, 완전한 고독을 맛본 이들 사이에서만 가능한 형제애를 배웠다. 이제는 부귀를 누린 자들의 식탁이나 축복받은 자들의 향연을 동경하지 않게 되었다. 무리 지어 다니는 자들을 보아도 더 이상 부러움이나 향수를 느끼지 않았다. 그렇게 서서히 나는 이마에 '표식'을 지닌 이들의 비밀에 입문하게 되었다.

'표식'을 지닌 우리 같은 존재들은 세상 사람들에게 특이하고 심지어는 미쳤거나 위험한 존재로 여겨졌을지 모른다. 우리는 '깨어 있는 자들' 혹은 '깨어가고 있는 자들'이었으며, 우리의 분투는 점점 더 높은 차원의 각성을 향해 나아가고 있었다. 반면 다른 이들은 자신의 생각, 이상과 의무, 삶과 운명을 점점 더 집단의 것과 일치시키려 하는 데서 행복을 찾았다. 그것 또한 하나의 노력이며, 그것 또한 강력하고 위대했다. 하지만 우리의 관점에서 우리는 새로움과 개별성에 대한 자연의 뜻을 대표하며 미래로 나아갔다면, 다른 이들은 현재 상태가 영속되기를 바라는 마음으로 살아갔다. 그들에게 인류는 — 그들도 우리처럼 인류를 사랑했지만 — 이미 완성된 존재였으며, 유지되고 보호되어야 할 대상이었다. 하지만 우리에게 인류는 여전히 도달해야 할 머나먼 목표였으며, 그곳의 모습은 아직 누구도 알지 못했고, 그 법칙은 어디에도 기록되지 않았다.

에바 부인과 막스 그리고 나 외에도 아주 다양한 부류의 구도자들이 우리 모임에 긴밀히 혹은 느슨히 연결되어 있었다. 그들 중 다수는 자신만의 길을 걸어왔고, 특별한 목표를 세워 특정한 사상과 의무에 신념을 두고 있었다. 그중에는 점성술사와 카발라 신도, 톨스토이 백작의 추종자도 있었고, 섬세하고 수줍고 연약한 이들, 신생 종파의 신도, 인도 수행자, 채식주의자 등도 있었다. 이들과 우리가 나누는 영적 유대는 각자의 비밀스러운 이상을 존중하는 것일 따름이었다. 우리와 더 가까운 이들이라고 한다면, 과거에 신성한 존재와 새로운 사상을 추구했던 사람들이었다. 그들의 뇌리를 사로잡고 있던 생각들은 종종 피스토리우스를 떠올리게 했다. 그들은 책을 가져와 고대 텍스트들을 번역해주었고, 고대 상징과 의식에 관련된 삽화를 보여주었다. 또한 그들은 인류의 모든 산물이 무의식적인 영혼과 꿈에서 흘러나온 이상들로 이루어져 있으며, 그 속에서 인류가 자신들의 미래 가능성에 대한 모호한 개념을 더듬어가며 찾았다는 것을 알려주었다. 이렇게 우리는 수많은 신비로운 고대 신들의 무리를 헤쳐나아가 기독교 개종의 시작에 이르게 된 것이다. 우리는 고독한 성자들의 신조를, 다양한 민족들 사이에서 발생한 종교적 변화를 알아갔다. 그리고 이 모든 지식을 통해 우리는 이 시대에 대해, 그리고 막대한 노력으로 인류 살상 무기를 창조했지만 결국엔 심각한 영혼의 황폐화로 몰락한 현대 유럽에 대해 비판적으로 바라볼 수 있게 되었다. 유럽은 전 세계를 정복했지만, 그 과정에서 영혼을 잃었던 것이다.

우리 모임은 특정 희망과 신념을 지닌 신자들, 추종자들도 함께했다. 유럽을 불교로 개종시키고자 열망하는 불교도들과 톨스토이 추종자들도 있었고, 그 외 다른 종파의 사람들도 있었다. 유독 친밀하게 지냈던 이들이 있었는데, 우리들은 미래의 모습에 그 어떤 불안감도 느끼지 않았다. 모든 종파와 신앙은 이미 죽은 듯 무용하게만 보였다. 우리가 인정하는 유일한 의무와 운명은 각자가 온전한 자신이 되어 자신 안에서 왕성히 자라나는 자연의 씨앗에 절대적으로 충실하고 그것에 따라 살아가는 것, 그리하여 다가올 알 수 없는 미래를 준비된 자아로 맞이하는 것이었다.

말로 꺼냈든 꺼내지 않았든, 우리는 새 시대의 탄생과 현 시대의 붕괴가 눈앞에 닥쳤음을 분명히 직감했고, 이미 그 조짐도 보였다. 데미안은 내게 이렇게 말하곤 했다. "다가올 미래는 우리가 감히 상상하지 못하는 모습일 거야. 유럽의 영혼은 무한히 긴 세월 동안 족쇄가 채워져 있던 한 마리 짐승과도 같지. 자유를 얻고 난 후에 보이는 최초의 충동이 유쾌하지만은 않을 거야. 하지만 그 과정이 곧게 뻗어 있든 휘어 있든 그건 중요하지 않아. 그토록 오랜 세월 약에 취해 잘못된 길로 인도되어왔던 영혼의 진정한 욕구가 마침내 드러나기만 한다면 말이야. 그때는 우리의 날이 동터올 거야. 그러면 우리는 필요한 존재가 되겠지. 지도자나 입법자의 모습은 아닐 거야. 우리는 살아생전 새로운 법을 경험하지 못할 테니까. 그보다는 선한 의지를 가진 자, 운명이 우리를 필요로 하는 곳이라면 어디든지 나아갈 준비가 된 자가 되어 있을 거야. 자, 봐, 인간은 자신의 이상이 위협받는 순간에는 뭐든 불사하고 놀라운 힘을 발휘하잖아. 하지만 새로운 이상이, 새로우면서도 어쩌면 위험하고 비밀스러운 삶이 고개를 내밀고 문을 두드릴 때는, 거기엔 아무도 없을 거라고. 그때, 선두로 나아갈 준비가 된 극소수의 사람들이 바로 우리야. 그래서 우리한텐 카인처럼 표식이 있는 거지. 공포와 증오를 일으킨 표식, 안락하다 못해 지루하기 짝이 없는 일상에서 인류를 더 위험한 길로 이끈 카인의 표식 말이야. 인류의 진보를 위해 힘쓴 이들은 모두, 단 한 명의 예외도 없이 자신의 운명을 받아들일 자세가 되어 있었기 때문에 능력을 갖춘 사람이 되었고, 또 그 능력을 유용하게 발휘했지. 모세와 부처도, 나폴레옹과 비스마르크도 그랬어. 개인이 어떤 이념에 헌신하고, 어떤 지향점을 설정하는지는 스스로 선택할 수 있는 문제가 아니야. 만약 비스마르크가 사회민주주의자들을 충분히 이해하고 적당한 선에서 자기 뜻을 강요했다면, 기민한 전략가로 기억될 수는 있었겠지만 운명적인 인물로 남지는 못했을 거야. 나폴레옹도, 카이사르도, 로욜라도 다 그래. 개인의 상황은 반드시 생물학적으로, 역사적 변천 속에서 생각해야 해! 지각 변동이 일어나 바다 생물들이 육지로 밀려오고 육지 생물들이 바다로 내던져졌을 때, 자신의 종에서 미리 정해진 역할을 수행할 준비가 된 개체들은 자신의 운명을 기꺼이 따라 새롭고 경이로운 일을 해내고, 생물학적으로 적응해 자신의 종을 멸망으로부터 구해냈어. 이 개체들이 과거에 자신의 종 내에서 지독히 보수적이어서 현 상태를 보전하려 했는지, 아니면 별스럽게 혁명적이었는지는 우리가 알지 못해. 다만 그들이 준비된 존재였고, 그 덕에 자신의 종을 새로운 진화 단계로 이끌 수 있었다는 것,

이건 알 수 있지. 그래서 우리도 준비된 사람이 되려는 거야."

우리가 이런 대화를 나눌 때 에바 부인도 함께 있기는 했지만 대화에 직접 참여하지는 않았다. 우리가 각자의 생각을 이야기할 때 그녀는 청취자였으며, 우리의 생각을 신뢰와 이해로 품어주는 메아리였다. 우리의 모든 생각이 그녀에게서 흘러나와 그녀에게로 되돌아가는 것 같았다. 그녀 곁에 앉아 가끔 들려오는 그녀의 목소리를 들으며, 그녀를 감싼 그윽하고 내면을 일깨우는 공기를 함께 들이마시는 순간은 내게 한없는 기쁨이었다.

그녀는 내 안의 불행과 감정의 변화를 즉시 알아챘다. 내가 밤에 꾸는 꿈들도 그녀의 영향을 받아 나타나는 것 같다는 느낌이 들었다. 그녀에게 나는 꿈 이야기를 종종 들려주었고, 그녀는 마치 당연하다는 듯 그 모든 꿈을 자연스럽게 이해했다. 그녀가 직관적으로 풀지 못하는 의문의 꿈은 하나도 없었다. 낮 동안 오갔던 대화의 내용이 한동안은 꿈에서 재현되기도 했다. 꿈속에서 나는 온 세상이 혼돈에 휩싸인 가운데 홀로 또는 데미안과 함께 결정적인 순간을 숨죽인 채 기다리고 있었다. 운명의 형상은 베일에 가려져 있었지만 에바 부인을 닮아 있었다. 그녀에게 선택받거나 그녀에게 거부당하는 것, 그것이 곧 운명이었다.

"당신의 꿈 이야기는 아직 완전하지 않아요, 싱클레어. 가장 중요한 부분을 빼먹었군요." 그녀는 미소를 머금으며 종종 이렇게 말했다. 그러면 그제야 나는 잊었던 부분이 다시 떠오르곤 했는데, 어떻게 그걸 잊었는지 스스로 이해할 수 없었다.

때로 나는 욕망에 사로잡혀 불안해하고 극심한 고통을 겪었다. 그녀를 품에 안지 못하고 곁에 둘 수밖에 없는 이 상황을 더 이상 견딜 수 없을 것만 같았다. 이런 내 마음을 그녀는 곧 알아차렸다. 며칠 동안 그녀에게 모습을 드러내지 않은 적이 있었는데, 괴로운 상태로 다시 그녀를 찾아간 날 그녀는 나를 따로 부르더니 이렇게 말해주었다. "당신 스스로 믿지 않는 욕망에 절대로 굴복해서는 안 돼요. 난 당신이 무엇을 원하는지 알아요. 하지만 당신은 그 욕망을 포기할 수 있어야 하거나, 온전히 정당한 감정이라고 느낄 수 있어야 해요. 원하는 걸 간절히 소망하면서, 그것이 실현될 수 있다는 믿음이 당신 안에 존재한다고 확신할 수 있을 때, 그 소망은 언젠가 이루어질 거예요. 하지만 지금 당신은 일단 소망했다가 곧바로 또 후회하고 불안에 떨고 있잖아요. 이 모든 걸 극복해야 해요. 내가 이야기를 하나 들려줄게요."

그녀는 별을 사랑하게 된 청년의 이야기를 해주었다. 청년은 바닷가에 서서 두 팔을 뻗고 별에게 기도하고, 별을 꿈꾸고, 오직 별만을 생각했다. 하지만 그는 필멸의 존재인 인간이 별을 품을 수 없다는 것을 알고 있었다. 아니, 안다고 생각했다. 희망 없이 별을 사랑하는 것이 자신의 운명이라 여겼고, 이 생각을 바탕으로 그는 고통 속에서 절제와 고뇌, 침묵으로 물든 낭만의 철학을 완성해 자신의 영혼을 정화하고 승화하려 했다. 하지만 그의 모든 꿈은 별을 향하고 있었다. 바닷가의 높은 절벽 위에 서서 별을 응시하며 그리움으로 온 마음이 불타올랐다. 그러다 그리움이 너무도 깊어진 순간, 그는 별을 향해 허공으로 몸을 던졌다. 그러나 그가 뛰어오르자마자 '이건 불가능한 일이잖아!'라는 생각이 그의 머릿속을 관통했다. 바로 다음 순간, 그의 몸은 해변으로 추락해 산산조각이 났다. 그는 사랑하는 방법을 알지 못했다. 만약 그가 뛰어오르는 순간 사랑의 실현에 대한 굳건하고 변함없는 믿음을 지니고 있었더라면, 그는 하늘로 날아올라 별과 하나가 되었으리라……

"사랑은 구걸하지 않아요." 그녀가 이어 말했다. "요구하지도 않고요. 사랑은 스스로 확신에 이르는 힘을 지니고 있어야 해요. 그러면 끌려만 가지 않고, 끌어당기는 힘을 갖게 된답니다. 싱클레어, 당신의 사랑은 내게 끌려오고 있어요. 그 사랑이 나를 끌어당기는 날, 그땐 내가 갈 거예요. 난 당신에게 선물처럼 주어지지 않을 거예요. 난 쟁취되어야만 해요."

다음에 그녀는 또 다른 이야기를 들려주었다. 짝사랑에 빠진 남자에 관한 이야기였다. 남자는 내면으로 깊숙이 침잠했고, 사랑이 자신을 불살라버릴 거라 믿었다. 그에게 세상은 공허하게 느껴졌다. 푸른 하늘과 녹음이 우거진 숲도 더 이상 보이지 않았고, 졸졸 흐르는 시냇물의 속삭임도 들리지 않았다. 하프의 선율에도 아무 감흥이 없었다. 그 무엇도 그에게 중요하지 않았고, 그는 점점 가련하고 비참해져갔다. 하지만 그의 사랑은 나날이 커져만 갔기에, 자신이 미쳐 있는 이 아름다운 여인을 갖는 것을 포기하느니 차라리 파멸과 죽음을 맞이하겠노라고 그는 다짐했다. 그 후 사랑의 열병이 자신 안의 모든 것을 불태워버렸음을 느꼈다. 그 사랑은 이토록 강력하고 매혹적인 것이어서, 마침내 아름다운 여인을 끌어당기게 되었다. 그녀가 왔고, 그는 그녀를 두 팔 벌려 끌어안을 준비를 하고 있었다. 그의 앞에 선 그녀는 완전히 다른 모습으로 변해 있었다. 그리고 그 순간 그는 이전에 잃어버렸던 것들을 모두 되찾았음을 느꼈다. 그녀는 그의 앞에 서서 그에게 자신을 내맡겼다. 하늘과 숲도, 시냇물도 새로운 찬란한 색채로 다시금 그에게로 다가와 그의 언어로 속삭였다. 여인을 얻는 대신 그는 온 세상을 가슴속에 품게 되었고, 하늘의 모든 별이 그 안에서 빛나며 환희가 그의 존재에 흘러넘쳤다. 그는 사랑했고, 그로써 진정한 자아를 발견했다.

에바 부인을 향한 사랑은 내 삶을 꽉 채운 듯 느껴졌다. 하지만 그녀는 매일 새로운 모습으로 다가왔다. 나는 그녀가 단순히 내 존재를 다 바쳐 내가 동경하는 한 사람이 아니라, 내 내면 자아를 상징하는 외적 형상으로, 오직 나를 더 깊은 내면으로 이끌기 위해 존재하는 사람이라는 느낌을 받기도 했다. 때로는 그녀의 입에서 흘러나오는 말들이, 나를 괴롭히며 재촉하는 질문들에 대한 내 무의식의 응답처럼 들리기도 했다. 그녀 곁에 앉아 있을 때면 관능적인 욕망에 휩싸여 그녀의 손길이 닿은 물건들에 입을 맞추기도 했다. 그리고 점차 육체적 사랑과 초월적 사랑이, 현실과 상징이 뒤섞여갔다. 내 방에서 고요히 그녀의 생각에 잠길 때면 그녀의 손이 내 손을 잡고, 그녀의 입술이 내 입술에 스치는 것을 느꼈다. 때로는 그녀의 존재가 확연하게 느껴지고, 그녀의 얼굴을 바라보며 대화를 나누고 목소리를 들을 때, 그것이 현실인지 꿈인지 알 수 없었다. 나는 어떻게 한 사람의 사랑이 영원하고 불멸할 수 있는지를 깨닫기 시작했다. 책을 읽으며 새로운 종교에 대해 배울 때, 그것은 에바 부인의 입맞춤을 받는 것 같은 감동을 안겨주었다. 그녀가 내 머리칼을 쓰다듬으며 따스한 애정을 담은 미소를 지을 때, 나는 내 내면의 깨달음을 향해 한 발짝 다가설 때와 같은 감정을 느꼈다. 그녀라는 존재는 내 삶에서 의미 있고 운명적인 모든 것을 포용하고 있었다. 그녀는 내 생각들 하나하나로 변할 수 있었고, 내 생각 하나하나도 그녀로 변할 수 있었다.

나는 크리스마스 휴가 동안 부모님 집에 있을 생각에 걱정이 되었다. 에바 부인과 2주나 떨어져 지내는 시간은 고문과도 같을 것이기 때문이다. 하지만 그렇지 않았다. 고향에서 그녀를 마음속으로 그릴 수 있다는 건 아름다운 경험이었다. H시로 돌아와서도 나는 그녀라는 물리적 존재의 부재 속에서 느껴지는 안정감과 자립감을 만끽하려고 이틀 동안이나 그녀를 찾지 않았다. 상징적인 의미에서 그녀와의 결합이 성사되는 꿈을 꾸기도 했다. 그녀는 별이었고, 나는 그녀에게로 가는 별이었다. 우리는 마주한 채 서로를 끌어당겼고, 하나가 되어 천상의 선율 속에서 영원한 환희에 빠져 서로를 맴돌았다.

다시 그녀를 찾아간 날, 나는 이 꿈을 이야기했다.

"아름다운 꿈이네요." 그녀는 차분히 말했다. "그 꿈을 실현시켜봐요!"

결코 잊히지 않는 초봄의 어느 하루를 나는 기억한다. 복도에 들어서니 창문 하나가 열려 있고, 히아신스의 짙은 내음이 은은한 바람을 타고 집 안 가득 퍼져 있었다. 아무도 없는 것 같아 나는 막스 데미안의 서재로 올라갔다. 가볍게 노크한 후, 늘 그랬듯 대답을 기다리지 않고 들어갔다.

방 안은 커튼이 모두 닫혀 있어 어두웠다. 데미안이 화학 실험실로 꾸며놓은 옆방으로 이어지는 문이 열려 있었다. 그곳에는 비구름 사이로 비치는 새하얀 봄 햇살이 방 안을 환하게 비추고 있었다. 방 안에 아무도 없는 듯하여 나는 커튼 한쪽을 걷었다.

그러자 커튼으로 가려져 있던 창가에 몸을 웅크린 채 앉아 있는 막스 데미안이 보였다. 평소와는 다른 이상한 모습이었다. 이 장면을 이전에도 경험한 적 있다는 생각이 순간 스쳤다. 두 팔은 힘없이 축 늘어졌고, 두 손은 무릎 위에 놓였으며,

고개는 무릎 위로 살짝 숙여져 있었다. 눈은 뜨고 있었지만, 초점 없이 죽은 눈빛이었다. 동공은 가느다란 빛줄기를 반사하는 유리 조각 같았다. 그의 납빛 얼굴은 텅 빈 채 오직 무시무시한 고요만을 담고 있었다. 마치 고대 신전의 입구를 지키는 짐승의 가면과도 같았다. 숨조차 쉬지 않는 듯했다.

그 순간 어떤 기억이 강렬히 되살아났다. 여러 해 전, 어렸을 때 나는 정확히 이 모습의 데미안을 본 적이 있었다. 그때도 그의 시선은 오직 내면을 향했고, 두 손은 축 늘어졌으며, 파리 한 마리가 그의 얼굴 위를 기어가고 있었다. 그때도 —아마 6년 전이었을 것이다— 그는 늙지도 않고, 세월에 구애받지 않은 이 모습 그대로였다. 얼굴의 주름살 하나 변한 흔적이 없었다.

겁에 질린 나는 조용히 방을 빠져나와 황급히 계단을 내려갔다. 복도에서 에바 부인을 마주쳤다. 그녀는 창백하고 피곤해 보였다. 그런 모습은 처음이었다. 그때 그림자 하나가 창문을 스치더니 눈부신 백색의 햇빛이 갑자기 사라졌다.

"막스랑 있었어요." 나는 작은 목소리로 조심스럽게 말했다. "무슨 일이라도 있었나요? 잠에 빠져 있는 건지, 아니면 마취되어 있는 건지 모르겠어요. 예전에도 한 번 그런 모습을 본 적이 있어요."

"막스를 깨우진 않았죠?" 그녀가 차분히 물었다.

"네, 제 인기척도 듣지 못했는걸요. 전 곧바로 방을 나왔어요. 에바 부인, 말씀해주세요. 데미안에게 무슨 일이 일어난 건가요?"

"걱정하지 말아요, 싱클레어. 아무 일 없으니까. 그 애는 자신 안에 깊이 빠져 있는 거예요. 곧 돌아올 거예요."

비가 내리기 시작했지만, 그녀는 자리에서 일어나 정원으로 나갔다. 그녀가 나와 함께 있기를 원하지 않는다는 느낌을 받았기에, 나는 강렬한 히아신스 향기를 들이마시며 복도를 왔다갔다 서성이다가 문 위에 걸린 나의 새 그림에 시선을 고정한 채, 그날 아침 집 안을 가득 채운 그 숨 막힐 듯 묘한 공기를 숨결로 느꼈다. 이게 뭐지? 대체 무슨 일이 일어나고 있는 거지?

에바 부인은 금방 돌아왔다. 그녀의 짙은 머리카락에 빗방울이 송골송골 맺혀 있었다. 그녀는 항상 앉던 안락의자에 앉았다. 몹시 지친 기색이었다. 나는 그녀에게 다가가 몸을 숙이고, 그녀의 머리카락에 맺힌 빗방울들을 입맞춤으로 닦아주었다. 그녀의 눈빛은 밝고 고요했지만, 그 빗방울에서는 눈물 맛이 느껴졌다.

"그를 보러 가볼까요?" 나는 속삭이며 물었다.

그녀는 옅은 미소를 지었다.

"어린애처럼 굴지 말아요, 싱클레어!" 그녀는 마치 자기 자신에게 걸린 주문을 깨려는 듯 단호히 말했다. "지금은 돌아가고 나중에 다시 와요. 지금은 당신과 이야기할 수 없어요."

나는 서둘러 그 자리를 빠져나왔고, 동네를 벗어나 산을 향해 걸었다. 비스듬히 떨어지는 가느다란 빗물이 나를 때렸고, 낮게 드리운 구름들이 공포에 짓눌린 듯 황황히 지나가고 있었다. 대지 가까이에는 바람이 거의 불지 않았지만, 높은 곳에서는 폭풍이 밀려오는 것 같았다. 강철빛 구름들 틈새로 백색의 눈부신 태양이 언뜻언뜻 내비쳤다.

그때 갑자기, 하늘에서 눈길을 사로잡는 노란 구름 한 덩이가 가로질러오더니 회색 구름층과 겹쳐졌다. 그리고 몇 초 뒤 바람이 불면서 노란 구름과 검푸른 구름 덩어리가 합쳐져 어떤 형상을 만들어내는 것이었다. 그것은 푸른 납빛의 혼돈을 찢고 나와 힘찬 날갯짓으로 하늘 높이 솟아오르는 한 마리의 거대한 새였다.

그 순간 폭풍 소리가 들리고, 우박과 비가 후두두 쏟아지기 시작했다. 비에 채찍질당하는 풍경 위로, 믿기지 않을 만큼 무시무시한 뇌성이 짧게 울려 퍼졌고, 곧이어 갑자기 햇살 한 줄기가 비쳤다. 근처 산마루에 쌓인 눈이 갈색 숲 위에서 비현실적으로 창백하게 빛났다.

몇 시간 후, 비에 쫄딱 젖고 사정없이 바람맞은 몰골로 다시 돌아왔을 때 문을 열어준 사람은 데미안이었다.

그는 나를 데리고 자기 방으로 올라갔다. 실험실에는 가스등의 불꽃이 타오르고, 바닥에는 종이들이 여기저기 흩어져 있었다. 분명 무언가 작업을 하고 있었던 모양이었다.

"앉아." 그가 권했다. "많이 힘들었지. 정말 무시무시한 폭풍우였어. 밖에서 고생 많았겠구나. 금방 차를 내올 거야."

"오늘 뭔가 이상해." 나는 주저하며 입을 뗐다. "폭풍 때문만은 아니야."

그는 나를 탐색하듯 바라보았다.

"뭘 보기라도 한 거야?"

"응, 구름 속에서 어떤 형상을 봤어. 아주 잠깐. 또렷했어."

"어떤 형상이었니?"

"새였어."

"매? 그 매? 네 꿈에 나왔다던?"

"맞아, 나의 매였어. 거대한 노란 매였는데 푸른 납빛 하늘 속으로 날아갔어."

데미안은 깊은숨을 내쉬었다.

노크 소리가 들렸다. 나이가 지긋한 하녀가 차를 내왔다.

"마셔, 싱클레어. 네가 그 새를 본 게 그냥 우연은 아닐 거야."

"우연? 그런 게 우연히 보일 리가 있어?"

"그렇지, 그럴 일은 없어. 그건 뭔가를 의미해. 그게 뭔지 알겠어?"

"모르겠어. 근데 뭔가 세상이 뒤흔들릴 큰 사건이 일어날 것 같은 예감이 들어. 운명의 움직임 같은 거? 우리 모두와 관련된 일 같아."

그는 안절부절못하며 방 안을 걸어 다녔다.

"운명의 움직임?" 그가 목소리를 높였다. "어젯밤 나도 비슷한 꿈을 꿨어. 그리고 어머니도 어제 비슷한 예감을 느꼈다고 하시더라고. 난 나무줄기였나, 탑이었나. 아무튼 거기에 기대어 놓인 사다리를 타고 올라가는 꿈을 꿨거든. 꼭대기에 다다르니까 도시와 마을들의 광활한 평원이 내려다보였고, 온 땅이 불타고 있었어. 꿈 내용이 전부 기억나지는 않아. 아직 좀 헷갈려."

"그 꿈이 너한테 어떤 개인적인 의미가 있는 거야?" 내가 물었다.

"그야 당연해! 어떤 꿈도 그 꿈을 꾸는 사람과 무관할 수 없거든. 하지만 이번 꿈은 나 혼자만의 꿈이 아니야. 네 예감이 맞는 것 같아. 난 내가 꾼 꿈이 내 영혼과 관련된 건지, 아니면 정말 드물지만 인류 전체의 운명을 암시하는 건지 꽤 확실히 구별해내는 편인데, 인류의 운명을 암시하는 그런 꿈은 거의 꾼 적이 없었어. 그러니 예언이 이루어졌다고 확실히 말할 수 있는 꿈도 당연히 없었고. 해석하기가 너무 불분명하잖아. 하지만 이번만큼은 분명해. 이 꿈은 나 혼자만 관련된 꿈이 아니야. 과거에 꿨던 다른 꿈들과 연결되어 있어. 내가 전에 이야기한 적 있는 그 예감을 얻은 꿈들의 연속이라고 할 수 있지. 우리는 이 세상이 절망적일 만큼 나태하다는 사실을 알고 있어. 하지만 그것만으로는 세상의 붕괴를 예언할 이유가 되지 않아. 그런데도 몇 년 전부터 난 구세계가 무너질 날이 가까워졌다는 느낌이 드는 꿈들을 꿔왔어. 처음엔 막연하고 희미한 예감이었는데, 갈수록 강렬하고 분명해지고 있어. 나도 아직은 정확히 몰라. 다만 어떤 거대한 일이 일어날 거라는 예감이 들어. 그것도 무시무시한 일이. 그리고 그 일이 나와도 깊이 연관되어 있을 거란 걸 느껴. 싱클레어, 우리가 늘 이야기하던 그 일이 무엇이든 우린 살아남을 거야. 세상은 새로워질 거야. 하지만 죽음의 냄새가 공기 중에 떠다니고 있어. 새로움이 탄생하려면 죽음은 필연적이지. 그리고 그 죽음은 내가 상상했던 것보다 훨씬 더 끔찍할 거야." 나는 놀란 눈으로 그를 쳐다보았다.

"나머지 꿈 얘기도 들려줄 수 있어?" 내가 용기 내어 물었다.

그가 고개를 저었다.

"그럴 순 없어."

문이 열리고 에바 부인이 들어왔다.

"너희들 여기 같이 있었구나! 혹시 슬퍼하고 있는 건 아니겠지?"

그녀의 모습은 활기가 넘쳤고 더 이상 피로의 흔적은 없었다. 데미안은 그녀를 향해 미소 지었고, 그녀는 겁먹은 아이들에게 다가오는 어머니처럼 우리 곁으로 다가왔다.

"슬퍼하긴요, 어머니. 새로운 징조들의 수수께끼를 좀 풀어보려 하고 있었어요. 하지만 그게 뭐가 중요하겠어요. 일어날 일은 어느 순간 갑자기 일어날 거고, 그때가 되면 우리는 알아야 할 모든 것들을 자연스럽게 알게 되겠죠."

하지만 나는 마음이 무거웠다: 인사를 하고 홀로 복도를 걸어 나오는데, 히아신스 향이 시들고 썩은 듯해 시취를 연상케 했다. 우리 위로 그림자가 드리워져 있었다.

제8장

종말의 시작

                    나는 H시에서 여름 학기를 무사히 마쳤다. 우리는 대부분의 시간을 집 안이 아닌 강가의 정원에서 보냈다. 권투 시합에서 완패한 일본인 학생은 떠났고, 톨스토이 추종자도 떠나고 없었다. 데미안은 말 한 마리를 기르며 날마다 긴 시간 말을 타고 돌아다녔다. 나는 데미안의 어머니와 단둘이 보내는 시간이 많았다.

이토록 충만한 만족감 속에서 살아가고 있다는 사실이 가끔은 낯설게도 느껴졌다. 나는 오랫동안 혼자 지내며 삶을 부정하고 무거운 짐을 지고 사는 데에 익숙했기 때문에, H시에서의 몇 달은 마치 꿈의 섬 같아서 아름답고 기분 좋은 것들로 둘러싸여 안락하고 황홀한 삶을 누릴 수 있도록 허락받은 느낌이었다. 이것이야말로 우리가 그토록 꿈꿔온 한층 높은 차원의 새로운 형제애의 모습이 아닐까 하는 예감이 들었다. 때로는 이 행복이 오래가지 않을 것임을 너무나도 잘 알았기에 깊은 절망에 빠져들기도 했다. 나는 풍요와 안락 속에서 자유로이 숨 쉴 운명이 아니었다. 내게는 고통이라는 자극제가 필요했다. 언젠가 나는 이 아름다운 환상에서 깨어나고, 또다시 고독뿐인 혹은 투쟁뿐인 차디찬 타인들의 세상에 홀로 서게 되리라는 것을 느꼈다.

그리하여 내 '운명'이 아직은 그 고요하고 아름다운 모습을 지니고 있음을 기뻐하며, 나는 두 배로 깊어진 애정으로 에바 부인의 곁에 머물렀다.

그 여름은 별다른 어려움 없이 순식간에 지나가버렸다. 학기도 거의 끝나가고, 이제 곧 이별의 시간이 찾아올 터였다. 나는 이별을 감히 생각할 수 없었고, 생각하지도 않았다. 꿀이 많은 꽃에 달라붙은 나비처럼 나는 이 행복한 나날들에 매달렸다. 내 인생 처음으로 충만한 기쁨을 맛보고 마법 같은 세계 속으로 받아들여진, 찬란한 행복의 시간이었다. 그다음에는 무엇이 기다리고 있을까? 나는 또다시 힘겨운 고투를 계속하고, 옛 그리움에 사무치고, 꿈속에서 헤매고, 그렇게 홀로 살아가야 하리라.

어느 날은 이 불길한 예감이 너무도 거세게 밀려오면서, 에바 부인을 향한 내 사랑이 뜨겁게 치솟아 나를 깊은 고통 속으로 몰아넣었다. 오, 신이여, 내게 남은 시간이 얼마나 짧은가! 머지않아 그녀의 얼굴을 볼 수도 없고, 당당히 울리는 그녀의 발걸음 소리도 들을 수 없으며, 책상 위에 놓인 그녀의 꽃들을 다시는 찾아볼 수도 없을 텐데! 그런데 나는 도대체 무엇을 이루었단 말인가? 그녀를 쟁취하기 위해 분투하기는커녕, 꿈에나 빠져 있고 안락에나 심취해 있을 뿐이었다! 그녀가 들려주었던 진정한 사랑에 관한 말들이 전부 떠올랐다. 그 수많은 조언들, 어쩌면 미래를 기약하고 용기를 북돋기 위해 해주었을지도 모르는 그녀의 조심스럽고도 다정한 말들이 내 마음을 뒤흔들었다. 그 말들을 듣고도 나는 무엇을 했던가? 아무것도, 아무것도 하지 않았다.

나는 방 한가운데 서서 나의 온 의식을 불러 모아 에바를 떠올렸다. 그녀가 내 사랑을 느끼고 내게 끌려오도록, 내 모든 영혼의 힘을 모았다. 그녀가 반드시 내게로 와야 한다. 그녀가 내 품을 그리워해야만, 내 입술이 그녀의 탐스러운 입술 위에서 떨려야만 한다.

그대로 선 채 온 힘을 다해 정신을 집중하자 손끝과 발끝에서부터 서서히 냉기가 퍼지기 시작했다. 내 안의 힘이 서서히 빠져나가는 것을 느꼈다. 잠시 동안 내 안에서 차갑고 밝은 무언가가 응축되는 것 같았는데, 마치 내 심장 속에 유리 결정체가 들어 있는 느낌이었다. 그것은 바로 내 자아였다. 냉기가 가슴께까지 스멀스멀 올라왔다.

이 오싹한 긴장에서 깨어났을 때 나는 뭔가가 다가오고 있음을 느꼈다. 죽을 만큼 피로했지만, 에바가 빛나고 황홀한 모습으로 내 방으로 들어오기만을 간절히 바라고 있었다.

말발굽 소리가 저 아래 길가에서 들려왔다. 점점 더 가까워지더니 갑자기 멈추었다. 나는 창가로 한달음에 달려갔다. 내려다보니 말에서 내리는 데미안이 보였다. 나는 아래로 뛰어 내려갔다.

"무슨 일이야, 데미안? 어머니는 별일 없는 거지?"

그는 내 말을 듣지 못했다. 얼굴이 시퍼렇게 질려 있었고, 이마 양옆의 땀이 뺨을 타고 흘러내렸다. 그는 땀으로 흠뻑 젖은 말의 고삐를 정원 울타리에 묶더니, 내 팔을 꽉 잡고 길을 걸어 내려갔다.

"소식 들었어?"

나는 어찌 된 영문인지 몰랐다.

데미안은 내 팔을 세게 쥐고는, 연민이 깃든 생경하고도 침울한 눈빛으로 나를 돌아보았다.

"그래, 이제 시작됐어. 우리가 러시아와 긴장이 고조됐다는 얘기는 너도 알고 있을 거야."

"뭐? 전쟁이 났다는 거야? 정말로 전쟁이 터지다니."

근처에 아무도 없었지만 데미안은 작게 이야기했다.

"아직 선전포고는 없었는데, 전쟁이야. 확실해. 네가 걱정할까 봐 말은 안 했지만 그날 이후로도 난 세 번이나 새로운 징조를 봤어. 그건 세상의 몰락도 지진도 혁명도 아니야. 전쟁이 터진 거야. 앞으로 사람들이 어떻게 반응하는지 보게 될 거야. 사람들은 전쟁에 광분할 거야. 모두들 삶이 너무 지루해졌거든. 그래서 벌써 첫 포성이 울리기를 목 빠지게 기다리고 있어. 하지만 싱클레어, 이건 시작에 불과해, 두고 봐. 어쩌면 엄청난 전쟁이 될지도 몰라. 정말 엄청난 전쟁. 그 후엔 새로운 세상이 열릴 거고, 낡은 것에 매달리는 자들에겐 그 새로운 세상이 끔찍하겠지. 넌 어떻게 할 거야?"

나는 어안이 벙벙했다. 그의 말이 너무 낯설고 비현실적으로 들렸다.

"모르겠어. 너는?"

그는 어깨를 으쓱했다.

"동원령이 바로 내려졌어. 나도 소집됐고. 나는 소위야."

"소위라고? 전혀 몰랐는데."

"그래, 그건 내가 세상과 타협한 것 중 하나였어. 알잖아, 내가 주목받는 걸 얼마나 싫어하는지. 매사에 지나치게 올바르게만 행동하려고 했고. 난 아마 일주일 안으로 전선에 나가 있게 될 거야."

"어떻게 이런 일이……."

"친구, 너무 감상에 빠지면 안 돼. 살아 있는 사람을 조준

해 발포 명령을 내리는 일이 나로서도 전혀 기쁠 리 없지만, 그건 사소한 문제에 불과해. 이제 우리는 모두 거대한 수레바퀴에 휩쓸리게 될 거야. 너도 예외는 아니야. 분명 징집될 테니까."

"그럼 어머니는 어떻게 되는 거야, 데미안?"

그제야 나는 15분 전의 상황을 다시금 떠올리게 되었다. 세상이 얼마나 변해버렸나! 나는 온 힘을 끌어모아 가장 고귀한 이미지를 불러내려 했지만, 지금 이 순간 운명은 무시무시하고 위협적인 가면을 쓰고 나타나 나를 노려보고 있었다.

"어머니? 아냐, 어머니는 염려할 필요 없어. 세상 그 누구보다 안전하게 계시니까. 너, 우리 어머니를 정말 그 정도로 사랑하는 거야?"

"이미 알고 있었구나, 데미안?"

그는 밝고 편안하게 웃었다.

"이 순진한 녀석! 물론 알고 있었지! 어머니를 사랑하지 않으면서 '에바 부인'이라고 부른 사람은 지금껏 단 한 명도 없었어. 그런데 어쩐 일이야? 네가 오늘 어머니나 나를 부른 거 아니었어?"

"맞아, 내가 불렀어⋯⋯. 에바 부인을 불렀어."

"어머니가 그걸 느끼셨어. 그래서 갑자기 날 보내셨지. 널 찾아가보라고. 그때 난 어머니께 러시아 소식을 전해드리고 있었거든."

우리는 왔던 길을 되돌아갔고, 더 이상의 대화는 없었다. 그는 고삐를 풀어 말에 올라탔다.

위층 내 방에 올라와서야, 데미안의 소식과 그 이전의 무리한 정신 집중이 나를 얼마나 피로하게 했는지 깨달았다. 하지만 에바 부인이 내 부름을 들었다니. 내 마음의 뜻이 그녀에게 가닿았던 것이다. 그녀가 직접 찾아왔더라면, 하지만 그렇지 않았다 해도 이 모든 일이 얼마나 신비롭고 그 자체로 얼마나 아름다웠던지. 이제 전쟁이 시작될 것이다. 우리가 그토록 자주 이야기했던 일들이 벌어질 것이다. 데미안은 이 모든 걸 이미 알고 있었다. 이 얼마나 이상한 일인가, 세상의 흐름이 이젠 어딘가로 막연히 흘러가는 것이 아니라 우리의 심장 중심부를 뚫고 지나간다니. 이 얼마나 기묘한 일인가. 운명이 달린 거친 모험이 우리를 부르고, 이제 곧 세상에 우리가 필요하며 변혁의 순간이 다가온다니. 데미안이 옳았다. 이 상황을 감상적으로 바라보아서는 안 된다. 놀라운 점이 있다면, 이제 내 외로운 '운명'을 수많은 사람들과, 아니 세상 전체와 함께하게 되었다는 사실이다. 그렇다면 더더욱 좋다!

나는 준비가 되어 있었다. 저녁 무렵 동네를 걷다 보면, 가는 길목마다 크나큰 흥분으로 들끓고 있었다. 모두의 입에서 '전쟁'이라는 단어가 흘러나왔다.

나는 에바 부인의 집을 찾아갔다. 우리는 여름 별채에서 저녁 식사를 함께했다. 내가 유일한 손님이었다. 그녀도 나도 전쟁에 대한 말을 입에 올리지 않았다. 한참 후 내가 집을 나서기 직전에야 그녀는 이렇게 말할 뿐이었다. "사랑하는 싱클레어, 오늘 당신은 날 불렀죠. 내가 왜 직접 가지 않았는지 당신은 알 거예요. 하지만 잊지 말아요. 당신은 이제 날 부르는 법을 알게 되었어요. '표식'을 지닌 누군가가 필요하면 언제든 날 다시 부르면 된답니다."

그녀는 자리에서 일어나 정원의 어스름 속으로 나보다 앞서 걸어갔다. 큰 키에 마치 여왕 같은 신비로운 여인이 고요한 나무 사이를 거닐고 있었고, 그녀의 머리 위로는 무수히 많은 별이 부드럽게 반짝였다.

내 이야기가 끝나가고 있다. 사태는 급속도로 진전되었다. 전쟁이 곧 시작되었고, 데미안은 군복 위에 은빛 회색 외투를 걸친 기이하고도 아름다운 모습으로 우리 곁을 떠나갔다. 나는 그의 어머니를 집까지 바래다주었다. 머지않아 나도 그녀에게 작별을 고했다. 그녀는 내 입술에 입을 맞추고, 나를 잠시 동안 가슴에 안아주었다. 그녀의 커다란 눈동자가 나를 향해 흔들림 없이 강렬히 불타올랐다.

모든 이가 형제가 되었다. 사람들은 애국심과 명예라고 말했지만, 그것은 운명의 민낯을 잠깐 마주한 것이었다. 젊은 남자들은 막사를 나와 기차에 올라탔고, 나는 그 수많은 얼굴에서 '표식'을 알아볼 수 있었다. 우리의 것과는 다른 표식, 헌신과 죽음을 의미하는 숭고하고 존엄한 표식이었다. 나 역시 처음 보는 이들에게 포옹을 받으며, 그들의 마음을 이해하고 기꺼이 화답했다. 그것은 운명의 의지와는 무관한, 일종의 도취였다. 하지만 잠시나마 모든 이가 운명의 눈을 마주했던 짧고도 결정적인 순간이었기에, 그 도취는 고결하고 감격적이었다.

겨울이 다가올 무렵, 나는 전선에 투입되었다. 난생처음 총탄이 빗발치는 전장에 서게 된 짜릿함도 잠시, 금세 환멸을 느꼈다. 이전에는 이상을 좇으며 살아가는 이들이 왜 그토록 드문지 자주 고민했다. 그러나 이제 깨달았다. 많은 사람이, 아니 모든 사람이 이상을 위해 죽을 수 있다는 사실을. 하지만 그 이상은 자발적으로 선택한 자유로운 이상이 아닌, 모두가 공유하고 받아들여야만 하는 이상이었다.

그러나 시간이 흐르면서 나는 인류를 과소평가했음을 깨달았다.

모두가 똑같은 군사적 의무와 공통된 위험을 짊어지고 있는 탓에 그 모습이 획일적으로 보일지라도, 나는 살아 있는 이들과 죽어가는 이들이 존엄한 모습으로 운명의 의지에 다가서는 것을 목격했다. 많은 이들이, 수없이 많은 이들이 전장에서만이 아니라 매일 매일의 순간에서도 마치 목적을 상실해버린 듯 광기 어린 눈빛을, 먼 곳을 응시하는 결의에 찬 눈빛을 하고 있었다. 그것은 그 순간의 공포에 온전히 자신을 맡기고 있음을 의미했다. 저마다 무엇을 믿든 무엇을 생각하든, 그들 모두는 희생될 준비가 되어 있었으며, 그들로부터 미래가 창조될 것이었다. 세상의 이목이 전쟁과 영웅주의에, 명예를 비롯한 온갖 낡은 이상들에 쏠릴수록, 표면적으로만 인간성을 외치는 하찮은 목소리는 점점 더 아득하고 실현 불가능하게 들려왔다. 그 모든 것은 겉치레에 불과했다. 전쟁의 외교적, 정치적 목적을 묻는 말이 피상적인 것에 불과하듯 말이다. 저 심연 속에서 무언가가, 새로운 인간성 같은 것이 형성되고 있었다. 증오와 분노, 살육과 말살 행위가 진정한 궁극적 목표와는 거리가 멀다는 것을 인지한 이들 — 그중 다수는 내 바로 옆에서 죽어갔다 — 을 나는 목격했다. 아니, 목표나 목적이라는 것은 사실 우연에 불과했다. 그들의 가장 원초적인 감정, 심지어 가장 맹렬한 감정조차도 적을 향한 것이 아니었다. 그들의 피비린내 나는 임무는 그저 내면의 영혼이 외부로 분출된 것일 뿐이었다. 분노에 차서 때려죽이고, 말살시키려는 욕망으로 가득 찬 분열된 영혼, 그것은 새롭게 태어나기 위한 몸부림이었다. 거대한 새가 알에서 나오려 몸부림치고 있었다. 알은 세계였고, 세계는 산산이 부서져야만 했다.

초봄의 어느 밤, 나는 우리가 점령한 농장 앞에 서 있었다. 잔잔한 바람이 불어오다 말다 했다. 플랑드르의 높은 하늘 위로는 구름의 군대가 몰려가고 있었고, 그 너머로 달빛이 아스라이 비쳤다. 온종일 나는 불안했고, 막연한 근심으로 괴로웠다. 지금 이 어둠 속에서 보초를 서며 내 삶에 깊은 영향을 미친 이들, 에바 부인과 데미안을 마음속으로 되새기고 있었다. 포플러 나무에 기대서, 종종걸음을 치는 구름 사이로 살짝살짝 엿보이던 환한 빛들을 응시하고 있었다. 그런데 갑자기 그 빛들이 부풀어 오르더니 거대하고 몽환적인 형상을 만들어냈다. 이상하리만치 희미해진 맥박과 비와 바람에 무감각해진 피부, 내 안의 이 감각들은 나를 인도해줄 존재가 그리 멀지 않은 곳에 있음을 직감하게 했다.

구름 속에서 커다란 도시의 형상이 보였다. 그 도시에서 수백만 명의 사람들이 쏟아져 나와 떼를 지어 광활한 대지 위로 흩어져갔다. 그리고 그 사이로, 거대한 신의 형상이 당당히 걸어 나왔다. 그 신은 머리카락에서 별들이 반짝였고, 산처럼 거대하면서도 에바 부인의 특징을 지니고 있었다. 사람들의 무리가 엄청나게 큰 동굴 속으로 빨려 들어가듯 그 여신의 형상 안으로 삼켜 들어가 시야에서 사라졌다. 여신은 땅에 웅크리고 앉았다. 그녀의 이마에는 '표식'이 빛나고 있었다. 그녀는 어떤 꿈에 사로잡혀 있는 듯했다. 그녀는 눈을 감았고, 그녀의 커다란 얼굴은 고통으로 일그러졌다. 그리고 갑자기 날카로운 비명을 지르더니, 이마에서 수천 개의 별들이 솟아났고, 그 별들은 우아한 곡선을 그리며 어두운 밤하늘을 가로질렀다.

그중 하나의 별이 청아한 소리를 내며 나를 향해 곧장 날

아왔다. 나를 찾아오는 것만 같았다. 그러고는 굉음과 함께 수천 개의 불꽃으로 폭발하더니, 나를 공중으로 들어 올렸다가 다시 땅으로 내동댕이쳤다. 내 위에서 세상은 천둥소리와 함께 산산이 갈라졌다······.

나는 흙에 뒤덮이고 상처투성이가 된 채 포플러 나무 근처에서 발견되었다.

나는 지하실에 누워 있었고, 머리 위로는 쿵쿵 울리며 떨어지는 포탄 소리가 들렸다. 그 후 덜컹거리는 수레에 실려 폐허가 된 들판을 가로질렀다. 대부분의 시간에 나는 잠들었고, 의식을 잃은 상태였다. 하지만 깊은 잠에 빠질수록, 무언가가 나를 앞으로 끌어당기는 느낌을 받았다. 내 몸을 지배하는 어떤 힘에 의해 이끌려가는 기분이었다.

나는 외양간의 짚 더미 위에 누워 있었다. 그곳은 깜깜했다. 누군가가 내 손을 밟고 지나갔다. 하지만 내 내면은 꿋꿋이 앞으로 나아갔고, 그 어느 때보다도 나를 강력하게 이끌었다. 또다시 나는 수레에 실렸고, 나중에는 들것이나 사다리에 올려졌다. 어딘가에서 애타게 나를 부르는 소리가 들려왔고, 나는 기필코 그곳으로 가야만 했다.

비로소 목적지에 닿았다. 때는 밤이었고, 의식은 완전히 깨어 있었다. 방금까지 내면에서 저항할 수 없는 충동을 느끼다 깨어난 참이었다. 이제 나는 어떤 방 안의 바닥에 깔린 매트리스 위에 누워 있었다. 마침내 부름을 받은 장소에 다다랐음을 느꼈다. 주변을 둘러보았다. 내 매트리스 바로 옆에는 다른 매트리스가 있었다. 거기서 누군가가 몸을 숙여 나를 내려다보고 있었다. 그의 이마에는 '표식'이 있었다. 그는 데미안이었다.

나는 말을 할 수 없었다. 그도 말을 할 수 없었거나, 하고 싶지 않은 듯했다. 나를 내려다볼 뿐이었다. 그의 위쪽 벽에 걸린 램프 불빛이 그의 얼굴을 비추었다. 그가 내게 미소를 보였다.

영원처럼 느껴질 만큼 긴 시간 동안 그는 내 눈을 응시했다. 그러더니 그의 얼굴이 내 얼굴에 닿을 만큼 가까이 다가왔다.

"싱클레어!" 그가 속삭였다.

나는 눈짓으로 그의 마음을 읽었다는 표시를 보냈다. 그는 다시 미소 지었다. 그것은 연민 어린 미소에 가까웠다.

"이 녀석." 그가 웃으며 말했다.

그의 입술이 이제 내 입술에 닿을 듯 가까운 거리였다. 그는 나지막이 말을 이었다.

"프란츠 크로머, 아직 기억해?" 그가 물었다. 나는 긍정의 의미로 눈을 깜박이며 힘겹게 미소를 지어보였다.

"잘 들어, 꼬마 싱클레어. 난 이제 떠나야 해. 언젠가 크로머나 다른 일로 네가 나를 필요로 하게 될지도 몰라. 그때 네가 날 부르면, 난 말을 타거나 기차를 타고 무작정 달려오지 못해. 그땐 네 내면의 목소리에 귀를 기울여야만 해. 그러면 네 안에서 내가 말하는 소리를 들을 수 있을 거야. 알겠지? 그리고 하나 더 있어. 에바 부인이 만일 네가 큰 어려움에 빠지게 된다면, 이 입맞춤을 전해달라고 했어……. 눈을 감아, 싱클레어."

나는 그대로 눈을 감았다. 내 입술 위로 입맞춤이 스치듯 닿는 것을 느꼈다. 거기에는 사라지지 않는 피 한 방울이 맺혀 있었다. 그리고 나는 잠이 들었다.

다음 날 아침, 상처에 붕대를 감아야 한다며 사람들이 나를 깨웠다. 잠에서 완전히 깨어난 나는 재빨리 옆 매트리스로 고개를 돌렸다. 거기에는 한 번도 본 적 없는 낯선 이가 누워 있었다.

붕대 감는 일은 아팠다. 이후 내게 일어난 모든 일이 아팠다. 하지만 이따금 열쇠를 찾아서 내 안으로 침잠할 때, 어두운 거울 속 운명의 이미지가 잠들어 있는 곳으로 완전히 침잠할 때, 나는 그저 고개를 숙여 그 검은 거울 속을 들여다보면 된다. 그러면 내 모습이 보인다. 나의 친구, 나의 인도자인 그를 꼭 닮은 모습이.

DEMIAN

데미안

초판 1쇄 인쇄 2025년 6월 3일
초판 1쇄 발행 2025년 6월 10일

지은이 헤르만 헤세
옮긴이 한다해

대표 장선희　**총괄** 이영철
책임편집 오향림　**기획편집** 현미나, 정시아, 안미성
책임 디자인 양혜민　**조판** 프롬디자인　**디자인** 이승은
마케팅 김성현, 유효주, 이은진, 박예은
경영관리 전선애

펴낸곳 서사원　**출판등록** 제2023-000199호
주소 서울시 마포구 성암로 330 DMC첨단산업센터 713호
전화 02-898-8778　**팩스** 02-6008-1673　**이메일** cr@seosawon.com

홈페이지　**인스타그램**

ⓒ 서사원(주), 2025

ISBN 979-11-6822-431-5 03850

- 이 책은 저작권법에 따라 보호를 받는 저작물이므로 무단 전재와 무단 복제를 금지합니다.
- 이 책 내용의 전부 또는 일부를 이용하려면 반드시 저작권자와 서사원 주식회사의 서면 동의를 받아야 합니다.
- 잘못된 책은 구입하신 서점에서 바꿔 드립니다.　• 책값은 뒤표지에 있습니다.

서사원은 독자 여러분의 책에 관한 아이디어와 원고 투고를 설레는 마음으로 기다리고 있습니다.
책으로 엮기를 원하는 아이디어가 있는 분은 서사원 홈페이지의 '출간 문의'로
원고와 출간 기획서를 보내주세요. 고민을 멈추고 실행해보세요. 꿈이 이루어집니다.